컬트 1

Cult

Kult
Copyright ⓒ 2022 Camilla Läckberg and Henrik Fexeus
Korean Translation Copyright ⓒ2024 by Pencil Inc.
Korean edition is published by arrangement with Nordin Agency AB, Sweden, through Duran Kim Agency, Seoul.

이 책의 한국어판 저작권은 듀란킴 에이전시를 통한 Nordin Agency AB와의 독점계약으로 펜슬프리즘(주)에 있습니다. 저작권법에 의하여 한국 내에서 보호를 받는 저작물이므로 무단전재와 무단복제를 금합니다.

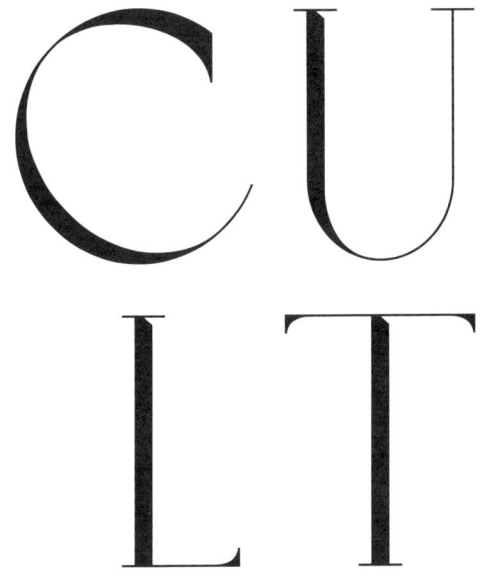

컬트
1

카밀라 레크베리, 헨리크 펙세우스 지음

김소정 옮김

어느날 갑자기

첫째 주

비닐 쇼핑백 밖으로 아무것도 보이지 않음을, 프레드리크는 분명 백 번은 확인했다. 깜짝 놀랄 순간을 망치고 싶지 않았다. 작열하는 여름 햇볕이 프레드리크의 얼굴을 달구고 있었다. 확실히 기온이 29도는 될 것이다. 너무나도 더운 날이었지만 스칸스툴에 있는 사무실에서 싱켄스담 지하철역에 가까운 오시안의 어린이집까지 걷기로 했다. 수요일이었지만, 프레드리크는 간신히 평소보다 조금 일찍 사무실에서 나올 수 있었다. 이렇게 더운 날에 근무 시간을 철저하게 지키는 사람은 없었다. 이미 동료들 대부분이 사무실에서 빠져나가 서늘한 술집에서 더위를 식히고 있었다.

고작 20분 거리였지만, 이런 날씨에 걷기로 했다면 정말로 물병을 챙겨 왔어야 했다. 재킷 단추를 풀고 소매를 걷어 올렸다. 땀 때문에 셔츠가 등에 달라붙었다. 하지만 그런 건 조금도 중요하지 않았다. 오늘은 모든 것이 그저 일어나야 하는 대로 일어나고 있었다.

프레드리크는 쇼핑백을 다시 확인했다. 쇼핑백에는 손잡이 너머로 툭 튀어나올 만큼 커다란 레고 테크닉 키트가 담겨 있었다. 맥라렌 세나 GTR 키트. 오시안이 자동차를 좋아하는 건 신기했다. 프레드리크도 요세핀도 자동차에는 그다지 관심이 없었다. 하지만 아버지와 아들이 확실하게 공유하고 있는 관심사도 있었다. 레고 조립 말이다.

레고 상자에는 '10세 이상'이라는 표시가 있었고 오시안은 아직 다섯 살밖에 되지 않았지만, 프레드리크는 아들이 어렵지 않게 맥라렌 세나를 조립하리란 걸 알았다. 영리한 아이였다. 어떨 때는 이 아빠보다 똑똑할 때가 있다. 프레드리크는 해를 보고 웃으면서 생각했다. 맞아, 정말 그렇다니까. 이 멋진 여름날 몇 시간이고 실내에만 처박혀 있을 활동 도구를 깜짝 선물로 준비한 예리하고도 지성적인 아빠가 바로 나란 말이지. 오, 이런. 하지만 어쩔 수 없었다. 날씨는 아마 내일도 좋을 것이다.

게다가 오시안은 이미 종일 밖에 있었다. 그러니까 실내 활동이 필요했다. 집중할 수 있는 레고라도 없으면 오시안은 집 안에서 벽을 타고 오르려고 할 것이다. 요세핀은 어쩌면 아들에게 들어맞는 진단명이 있을지도 모른다고 생각할 때가 많았다. 물론 두 사람 모두 아직 검사를 받으러 갈 생각은 없었지만 말이다. 어쨌든, 지금은 없었다. 현재까지는 오시안의 행동에서 긍정적인 부분이 보였다. 특히 어린이집에 부모가 데리러 온 순간 부모의 휴대폰을 낚아채고 화면에서 눈을 떼지 못하는 아이들에 비하면 오시안은 양호한 편이었다. 그나저나 아이들이 그렇게 휴대폰에 집착하다니, 정말 비극이었다.

바켄스 어린이집에 도착한 프레드리크는 손목시계를 보았다. 이렇게 더운데도 너무 빨리 걸어 예정보다 일찍 도착했다. 어린이집 사람들은 아직 스킨나르빅 공원에 있을 것이다.

어린이집 뒤에 있는 언덕을 오르며, 프레드리크는 요즘 오시안이 가장 좋아하는 노래 '강남 스타일'을 흥얼거렸다. 잘못하면 큰 소리를 내겠는데? 프레드리크는 마음속으로 생각하면서 씩 웃었다. 아빠와 아들은 사실 함께 춤도 연습하고 있었다.

언덕 위에는 커다란 놀이터가 있었고, 그 사이를 돌아다니며 놀 수 있는 나무가 몇 그루 있었다. 오시안의 눈에는 그 나무들이 숲처럼 보일 것이다. 오시안은 숲을 사랑했다.

"강남 스타일 추자!"

프레드리크가 크게 소리치자, 그의 무릎에 간신히 닿을 조그만 아이들이 깜짝 놀라 고개를 돌렸다. 하지만 아이들은 곧바로 다시 놀이로 돌아갔다.

아이들이 걸치고 있는 다양한 천 조끼에는 그 아이들이 다니는 어린이집 로고가 새겨져 있었다. 이곳은 인기 있는 공원이었다. 공원에는 비명과 웃음이 가득했다. 아들에게 레고 테크닉 키트를 주려면 조금 기다려야 할지도 모른다. 오늘은 나무 사이를 뛰어다니며 숨바꼭질을 해야 할 것 같았다. 서둘러 집에 갈 이유도 없었다. 오늘 저녁은 요세핀이 준비하겠다고 했으니까. 프레드리크는 주위를 둘러보았고, 바켄스 어린이집 교사 톰을 발견했다.

"안녕하세요."

프레드리크는 한 아이의 코에서 굵은 콧물을 닦아 내고 있는 톰을 보면서 웃었다.

"안녕하세요."

톰도 밝게 웃으며 대답했다.

"오늘 신체 활동 시간에는 누가 음악을 골랐을까요?"

"미리 경고해 드렸었지요. 이번 주가 끝나기 전에 아이들 30명이 '강남 스타일' 춤을 출 거라고 했잖습니까. 그런데 그 댄스 천재는 어디 있습니까? 안 보이네요."

아이에게서 콧물을 다 닦아 준 톰은 잠시 생각했다.

"그네로 가 보세요. 오시안은 거기 앉아 있는 걸 좋아해요."

맞는 말이었다. 과잉 활동 상태가 아닐 때면 오시안은 그네를 타는 걸 좋아했다. 음, 정확히 말하면 그네에 앉아 있는 걸 사랑했다. 오시안에게 그네는 안식처였다. 방해 받지 않고 엄청난 생각들을 할 수 있는 장소였다.

프레드리크는 그네까지 걸어갔다. 그네에는 모두 아이들이 앉아 있었지만, 오시안은 없었다. 마침 오시안보다 나이가 많은 펠리시아가 놀이터에서 나가려고 했다. 프레드리크는 펠리시아를 붙잡았다.

"안녕, 펠리시아. 오시안 어디 있는지 아니?"

"아니요. 아까 보고는 못 봤어요."

펠리시아의 말에 프레드리크는 얼굴을 찌푸렸다. 무슨 일이 벌어졌을지도 모른다는 불안한 기분이 느껴지기 시작했다. 물론 프레드리크는 이 기분이 부모라면 자주 느끼는, 일반적인 과보호 반응이 폭발하려는 순간에 느껴지는 감정에 지나지 않는다는 것을, 사실은 이성과는 거리가 먼 기분임을 알고 있었다. 이런 기분은 보통 무언가 잘못될 수도 있는 상황에서는 곧바로 튀어나오는데, 실제로 나쁜 일이 발생했음을 보여 주는 증거가 있는지는 신경 쓰지 않는다. 인류가 초원에서 살았던 시절에야 아주 중요한 생존 본능이었겠지만, 지금은 전혀 쓸모가 없는 기능이었다. 프레드리크도 이 기분의 정체를 잘 알았다. 논리적으로는 말이다. 하지만 그런 논리적인 지식은 전혀 도움이 되지 않았다. 이 기분은 살짝 차가운 강풍처럼 등줄기를 타고 내려가면서 프레드리크를 불편하게 했다. 지금까지는 그를 아주 신나게 했던 거대한 레고 상자가 이제는 서둘러 톰이 있는 곳으로 가야 하는 상황을 가장 크게 방해하는 짐처럼 느껴졌다.

"그네에도 없던데요."

프레드리크가 말했다.

"이상하네요."

톰은 아이들 이름 옆에 체크 박스가 그려져 있는 활동 기록지를 살펴보았다.

"오시안은 지금…… 여기 있어야 하는데요. 예냐 선생님이 작은 아이들을 데리고 들어갔거든요. 아마 화장실에 가려고 따라 들어갔다가 그냥 안에 있는 걸지도 몰라요. 죄송해요. 예냐 선생님이 오시안을 데리고 들어갔다면 당연히 알리고 갔어야 했는데요. 하지만, 잘 아시잖아요."

물론 프레드리크는 잘 알았다. 무언가 잘못됐다는 느낌은 사라졌다. 안도감에 한숨이 나왔다. 톰과 예냐는 훌륭한 어린이집 교사였지만, 아이들에게는 있을 것이라고 생각한 장소에 없을 수 있는 능력이 있으며 그와 더불어 자기만의 의지도 있었다. 크게 당황한 톰을 보자 왠지 미안해졌다. 아이들은 조금만 방심해도 제멋대로 군다. 이 세상에는 이보다 사소한 일을 가지고도 야단법석을 떠는 부모들이 있을 것이다.

"그럼요."

프레드리크가 대답했다.

"주말 잘 보내세요. 월요일에 뵐게요."

프레드리크는 가볍게 달리면서 어린이집이 있는 언덕 아래로 내려갔다. 어린이집 문은 닫히지 않게 받침대로 괸 채 열려 있었다. 그는 아이들의 여분 옷을 보관하는 옷걸이 못과 서랍장이 있는 화장실로 들어갔다. 오시안의 옷걸이 못에는 아무것도 걸려 있지 않았다. 물론 그것에 의미를 둘 이유는 없었다. 오시안이 변기를 사용하려고 화장실에 왔다면, 재킷은 화장실 바닥에 던져 놓았을 테니까. 이런 열기를 생각해 보면 놀이터 바닥에 던져 놓았을 수도 있었다. 이런 날에는 아들에게 재킷을 입히는 게 아니었는데. 참 바보 아빠다. 오시안은 분명히 더워서 죽을 것 같았을 것이다.

언제나 그렇듯이 프레드리크는 어린이집으로 들어가면서 굳이 신발은 벗지 않았다.

"오시안?"

첫 번째 칸막이 문을 두드리면서 프레드리크가 소리쳤다.

"오시안, 안에 있니?"

예냐가 복도를 걸어 프레드리크에게 다가왔다. 예냐 뒤로 기쁨과 공포를 동시에 표출하며 깔깔 웃고 있는 두 살 아이들이 친구들에게 손가락으로 칠하는 물감을 집어 던지고 있었다.

"안녕하세요, 프레드리크."

예냐가 인사를 건넸다.

"잊어버린 거 있으세요? 오시안은 위에, 공원에서 톰 선생님과 있어요."

무언가 잘못됐다는 느낌이 너무나도 빨리 돌아와 프레드리크는 쓰러질 것 같았다. 이제 그 느낌은 등줄기를 타고 흘러내리는 작은 강풍이 아니었다. 위장을 움켜잡는 주먹이었다.

"공원에 없던데요. 지금 거기서 오는 길입니다. 톰 선생님이 선생님하고 있을 거라던데요."

"아니에요, 여기 없어요. 그네에는 가 보셨어요?"

"네, 말씀드렸지만, 거기에 없었습니다. 이런 젠장."

프레드리크는 몸을 돌려 밖으로 뛰어나갔다. 그 엉뚱한 아이는 어린이집을 빠져나가는 걸로 유명했다. 펠리시아처럼. 어린이집 직원이 펠리시아가 사라졌다는 걸 알아챘을 때쯤 펠리시아는 집에 다 와 있었다. 그 뒤로 펠리시아의 부모는 희미한 메스꺼움이 사라지지 않는다고 했다. 그런 기분을 늘 겪어야 한다는 건 어떤 느낌일까? 프레드리크는 절대로 느끼고 싶지 않았다.

프레드리크는 다시 언덕을 달려 올라갔다. 망할 레고 상자가 그의 다리를 계속 세게 쳤다. 공원은 아이들로 가득했다. 아이들 때문에 제대로 앞으로 나갈 수 없었다. 아이들 사이에서 오시안을 찾으려고 필사적으로 애쓰면서도, 한편으로는 진정하려고 노력했다. 허둥댄다고 나아지는 건 없으니까. 하지만 오시안은 보이지 않았다.

아이 중에 프레드리크의 아들은 없었다.

돌아온 프레드리크를 본 톰의 눈이 휘둥그레졌다. 곧바로 그의 상황을 알아챈 것이 분명했다.

"틀림없이 여기 있을 거예요."

조금 더 빠르게 공원을 찾아볼 수 있도록 들고 있던 가방을 손에서 떨어뜨리며 프레드리크가 말했다.

톰은 가까이 있는 아이들에게 오시안을 보았는지 물었다. 장난감 집에 있나? 어쩌면 오시안은 장난감 집에 숨어 있을지도 모른다. 프레드리크는 장난감 집을 향해 뛰었지만, 멀리서도 장난감 집이 텅 비어 있음을 알 수 있었다. 도대체 어디에 있는 거지? 나무들 사이에 없는 거…… 확실한 거지? 혼자서 이런 일을 벌일 수는 없어. 오시안과 함께 이런 일을 할 수 있는 아이가 누가 있을까?

펠리시아.

펠리시아는 아까 오시안을 봤다고 했다.

프레드리크는 다시 톰과 아이들이 있는 곳으로 달려갔다. 급한 뜀박질에 목이 말랐다. 이마에서는 땀이 솟아나고, 등줄기로는 땀이 흘러내렸다. 펠리시아는 양동이로 모래성을 쌓고 있었다. 평소와 다름없는 일상이 흘러가고 있는 것처럼, 이 세상은 끝나지 않을 것처럼 말이다.

"펠리시아."

내부에서 소용돌이치는 난폭함을 밖으로 드러내지 않으려고 애쓰면서 프레드리크가 펠리시아를 불렀다.

"아까 오시안을 봤다고 했잖아? 그게 언제였니?"

"바보 같은 아줌마랑 말하고 있을 때요."

펠리시아는 모래성에서 눈을 떼지 않고서 대답했다.

"바보 같은 아줌마라니……."

프레드리크의 목이 사포처럼 거칠어졌다.

"나이 많은 아줌마였니?"

펠리시아는 단호하게 고개를 저으며 삽으로 모래성을 두드렸다.

"안 많았어요. 우리 엄마랑 비슷했어요. 얼마 전에, 우리 엄마 생일이었어요. 엄마는 지금 서른다섯 살이에요."

프레드리크는 침을 꿀꺽 삼켰다. 누군가 여기 있었다. 누군가 그의 아들과 이야기를 했다. 선생님도 학부모도 아니었다. 낯선 사람이었다. 프레드리크는 펠리시아를 마구 흔들고 싶은 충동을 억누르며 펠리시아 옆에 웅크리고 앉았다.

"너도 아는 사람이었니?"

그는 소리치지 않으려고 애쓰면서 물었다.

"그 아줌마가 왜 바보 같았어?"

모래성에서 시선을 떼고 고개를 든 펠리시아의 눈에 눈물이 가득했다. 주저앉지 않으려고 프레드리크는 한 걸음 뒤로 물러났다. 펠리시아의 눈 속에서 그는 볼 수 있었다. 이미 무슨 일이 일어난 건지 분명하게 알 수 있었다. 절대로 일어나면 안 될 일이 일어난 것이다. 일어날 수 없는 일이 일어난 것이다.

"그 아줌마 장난감 자동차는 보고 싶지 않았어요. 오시안은 장난감 자동차를 좋아하지만, 난 아니니까요. 강아지들은 만져 보고 싶었어요. 아줌마가 차에 강아지들이 있다고 했거든요. 근데 난 아줌마랑 가면 안 된다고 했어요. 오시안은 자기는 가서 볼 거라고 했어요. 그래서, 아줌마랑 가 버렸어요."

프레드리크의 몸 안에서 블랙홀이 활짝 열렸고, 그는 속절없이 그 안으로 빨려 들어갔다.

*

미나는 입구에 서서 내부를 자세히 살펴보았다. 이런 오후 시간에는 체육관이 그다지 붐비지 않았다. 좋은 일이었다. 게다가 대부분이 노인이었다. 고등학생이나 크로스핏에 열중하는 여자들과 남자들은 이미 다녀갔다. 평일 오후 3시에는 노인들이 체육관을 차지하고 있었다. 이 상태는 적어도 한 시간 이상 지속될 것이다. 노인들은 운동 기구를 끊임없이 닦으면서 자신들과 그 전에 사용한 땀 괴물들의 흔적을 말끔하게 제거해 버리기 때문에 훨씬 좋은 운동 파트너들이었다. 하지만 미나는 위험을 감수할 생각이 전혀 없었다. 언제나처럼 미나의 운동복 주머니에는 얇은 일회용 장갑과 소독약이 들어 있는 작은 스프레이 병 두 개, 극세사 천, 다 쓴 천과 장갑을 담을 수 있는 지퍼 백이 들어 있었다.

오늘 집중할 부위는 다리와 코어였다. 미나는 장갑을 끼고 비어 있는 다리 운동 기구로 걸어가 기구를 구석구석 닦았다. 이곳에 오는 사람 중에는 손잡이만 닦는 사람도 있다. 더 끔찍하게도 시트만 닦는 사람도 있다. 하지만 다른 사람의 세균과 땀은 모든 곳에 묻는다. 필요한 절차를 무시하고 생략하는 사람들을 미나는 도무지 이해할 수 없었다.

미나는 천을 접어 지퍼 백 안에 넣고 새 천을 꺼냈다. 체육관으로 들어가는 건 질병 발생지로 걸어 들어가는 일일 수도 있다. 경찰서 피트니스실에서 운동하는 게 불가능한 이유는 그 때문이다. 어떤 추잡한 녀석들이 운동 기구를 사용하는지 정확하게 아니까. 적어도 여기서는 그런 녀석들을 걱정할 필요가 없다.

경찰서 피트니스실 내부로 퍼지는 것들을 생각해 보면 마스크를 쓰고 운동하는 것이 가장 이상적이다. 역도를 드는 녀석들은 방귀를 자주 뀐다. 그 소리를 들을 때마다 미나는 환풍기를 통해 피트니스실 전체로 퍼질 대장의 세균들 때문에 숨을 쉴 수가 없을 정도였다. 마스크를 쓰면 불필요한 관심을 끌겠지만, 호흡기 근육을 강화해 주는 운동용 마스크를 쓰는 건 괜찮을지도 모른다.

"운동을 하러 온 거야, 청소를 하러 온 거야? 끝났으면, 좀 비켜 주면 좋겠는데."

한참 등받이를 닦고 있던 미나는 깜짝 놀라 고개를 들었다. 작고 둥근 안경을 쓴 은발의 70대 노인이 지금 뭐 하고 있냐는 표정으로 미나 앞에 서 있었다. 노인은 통기성 좋은 헬스복이 아니라 면으로 만든 평범한 빨간색 티셔츠를 입고 있었다. 노인의 가슴은 흥건하게 땀에 젖어 있었다. 미나는 부르르 몸을 떨었다.

"면직물이 얼마나 비위생적인지 아세요?"

미나가 말했다.

"땀에 절어서 기구를 얼마나 엉망으로 만드는 줄 아시냐고요. 그런 옷감으로 만든 옷은 운동할 때 절대 입으면 안 돼요."

노인은 눈을 가늘게 뜨고 미나를 보았다. 하지만 그저 고개를 젓더니 걸어가 버렸다. 그녀에게 자신이 시간을 써야 할 가치가 없다고 생각하는 것이다. 물론 미나는 조금도 개의치 않았다. 천으로 몇 번 더 기구를 닦고 천과 장갑을 지퍼 백에 넣었다. 그리고 레그 머신 위로 올라가 중량을 조절했다. 빨간색 티셔츠를 입은 노인은 미나에게 등을 보인 채 풀다운 머신에 앉아 있었다. 당연히 등에도 땀이 흥건했다. 미나는 얼굴을 찌푸렸다. 그녀에게 사람들의 호감을 사는 것과 건강한 것 가운데 하나를 고르라고 한다면, 자신이 무엇을 고를지 분명히 알고 있었다. 사람들은 자기가 보유한 세균도, 자기가 남에게 하는 인정도 자기만의 것으로 간직할 수 있는 법이다.

미나는 자신을 외계에서 온 존재처럼 보는 사람들의 시선에 익숙했다. 그런 사람들을 굳이 그녀의 인생에 들일 이유는 없었다. 다른 사람들과 연결되어 있다는 감정에 대한 것들은 모두 할리우드에서 팔아먹고 싶어서 애쓰는 '영혼의 동반자'니 '진정한 사랑'이니 하는 비현실적인 개념들처럼 터무니없는 신화일지도 모른다. 그런 개념들이 만들어 내는 게 뭐지? 그것들은 그저 평범한 사람들을 불안하게 만들 뿐이다. 이 생각을 입증해 주는 증거도 있다. 미나는 사람들이 로맨스 코미디 영화를 본 뒤에 연인에 대해서도, 자신이 연인과 맺는 관계에 대해서도 그 이전보다 나쁘게 평가했다는 연구 결과를 보았다. '영원한 사랑'이라는, 미디어가 만들어 낸 개념에 부응하는 관계는 현실에는 없다.

미나는 요즘 다른 사람과 연결되어 있다는 기분을 느낀 적이 없다. 사실, 그런 기분은 과거에도 느낀 적이 없었다. 딸과 함께 지낸 아주 짧은 기간에는 그런 느낌을 받기도 했다. 하지만 한때 같이 살았던 남자에게서는 그리 좋은 추억을 찾기 힘들다. 맞다, 그에게서는 '연결되어 있다'는 느낌을 받은 적이 없었다. 미나는 그 누구하고도 연결된 적이 없었다.

단 한 명…….

그 사람만 빼고.

그 멘탈리스트만 빼고.

하지만 그건 정말 오래전 일이다.

페이스북에서 빈센트가 공연한다는 광고를 보았다. 표도 살 뻔한 걸 간신히 참았다. 무대에 있는 그를 보면 자신이 어떻게 반응할지 알 수 없었다. 관객석에 있는 자신을 그가 알아보지 못한다면 자신이 어떤 반응을 보일지도 알 수 없었다.

그런데, 혹시 그가 미나를 알아본다면?

미나는 얼굴을 찌푸렸다. 거리를 두는 게 나았다. 그게 안전했다. 결국 그는 연락을 하지 않았다. 그 이유가 무엇인지는 분명히 알았다. 그에게는 가족이 있으니까. 그의 아내가 2년 전쯤 그와 미나가 뭘 했는지 캐묻는다고 해도, 미나는 그의 아내를 비난하지 않을 것이다. 빈센트는 마리아의 질투심이 아주 강하다고 했다. 섬에서의 사건은 그 문제를 조금도 개선하지 못했다. 미나는 빈센트와 함께 죽을 뻔했다. 빈센트의 아내로서는 그 뒤로 미나를 미워할 만한 충분한 이유가 있는 것이다. 물론 그것이 미나의 잘못은 아니었다. 하지만 그때도 미나는 경찰이었다.

게다가 미나와 빈센트는 다른 사람들에게는 설명할 수 없는 무언가를 공유했다. 리되 섬에서의 사건은 두 사람을 그 전보다 더욱 가까워지게 했다.

그와 동시에 두 사람이 '연결'되어 있다는 느낌은 더 이상 서로에게 연락할 수 없게 했다. 두 사람은 너무 가까워졌다.

미나가 감당할 수 없을 정도로 가까워졌다. 그러니, 이대로가 좋았다. 혼자일 때 미나는 요새에 들어 있었다. 안전했다. 빈센트도 같은 감정일 것이다.

그래도…….

*

"지금부터 여러분이 보게 될 모습은 실제가 아님을 기억해야 합니다. 어떻게 하면 실존하지 않는 초자연적인 힘을 발휘하는 것처럼 보일 수 있는지 알려 드리려고 합니다. 저를 믿으세요. 당연히 저에게는 초자연적인 힘이 전혀 없습니다."

그는 무언의 질문을 하는 것처럼 눈썹을 위로 추켜올렸다. 관객 절반이 웃었다. 하지만 진짜 웃음은 아니었다. 무언가 확신하지 못하는 웃음이었다. 그것이 그가 바라는 웃음이었다.

한 주의 중반이었는데도 린셰핑에 있는 크루셀할렌 극장은 서까래까지 사람들로 가득 찼다. 지역 주민들과 인근 지역 주민 1,200명이 '마스터 멘탈리스트'를 보겠다고 몰려와 있었다. 사실 공연이 그의 취향에는 훨씬 더 맞았지만 주류 언론의 주목을 끈 것은 2년 전 그가 연루된 살인 사건 수사였다. 사건에 연루되기 전에는 그에게 인지도가 없었다고 해도, 그 후로는 분명히 인지도가 생겼다. 물론 그 자신에 대한 인지도는 아니었다. 아무도 빈센트가 누구인지 몰랐다. 하지만 '마스터 멘탈리스트'는 대중 매체의 사랑을 받는 사람이었다. 일반 사람들에게도. 그가 물탱크 안에서 죽을 뻔했다는 뉴스가 나가자 공연 입장료는 두 배로 뛰었다.

그래도 움베르토는 빈센트가 사건 수사에 참여했다는 것 외에 대중이 다른 사실은 알지 못하도록 잘 감추었다. 솔직히 말해서 그것이 그가 아직도 멘탈리스트로 활동할 수 있는 유일한 이유였다. 그가 세 건의 살인 사건에 간접적인 원인을 제공했다는 사실이 알려지면 분명히 대중은 지금까지와는 전혀 다른 시선으로 그를 볼 것이다. 결백이라는 건 언론에게는 언제나 상대적인 개념이었다. 그래서 그와 그의 에이전트는 예인의 범행 동기와 진짜 신분을 감추려고 할 수 있는 모든 일을 했고, 그 노력은 예인과 케너트가 지구상에서 사라지면서 도움을 받았다.

《엑스프레센》이 그의 어머니에 관해 밝히려고 한 적이 있었지만, 움베르토는 재빨리 그 사실을 알아내 매처럼 공격했다. 빈센트 어머니의 이야기를 기사로 낸다면 추후 자신이 담당하는 모든 아티스트의 언론 인터뷰와 보도 자료 배포에서 《엑스프레센》을 배제하겠다고 협박했다. 일개 일간지가 더러운 사건 하나 때문에 스웨덴 연예 사업의 거의 절반에 해당하는 지분을 가진 회사와 관계를 단절하겠다고 선언할 배짱

이 있을까? 당연히 아니었다. 빈센트는 움베르토의 가차 없는 행동에는 이탈리아인의 기질이 어느 정도는 작용했으리라고 생각했다.

그러나 살인자는 살인 날짜를 이용해 빈센트의 이름을 대중에게 알리는 데에는 가까스로 성공했다. 그 이야기는 너무나도 매혹적이어서 자력으로 살아남을 수 있었다.

그 뒤로 사람들은 자신이 잔인한 행동을 하고 있다는 자각 없이 빈센트에게 직접 만든 수수께끼를, 난해한 문제를, 퍼즐을 보내오기 시작했다. 이해할 수 없는 행동들이었지만 한편으로 생각했을 때, 사람들이 쉽게 이해되는 존재였다면 그는 결코 멘탈리스트가 되겠다는 결심을 하지 않았을 것이다.

"제가 하려는 것이 백여 년 전에나 쓰던 방법처럼 보일지도 모릅니다."

마스터 멘탈리스트는 말을 이었다.

"하지만 지금도 종교를 창시할 때 이런 방법을 사용합니다. 사이비 종교는 말할 것도 없고요."

무대는 19세기 말의 응접실처럼 꾸며졌고, 빈센트는 그 시대에 맞는 옷을 입고 있었다. 가죽을 덮어씌운 안락의자 두 개가 마주 보게 놓여 있었다. 그중 한 의자에 누가 봐도 긴장한 것이 분명한 남자가 앉아 있었다.

조금 전에 빈센트는 오늘 공연을 보러 온 사람들 가운데 의술 훈련을 받은 사람이 있는지, 적어도 맥박을 재는 법을 아는 사람이 있는지 물었다. 남자는 그 질문에 손 든 사람 가운데 한 명이었다. 빈센트가 무대로 올라오라고 했을 때, 남자의 반응은 정말로 차분했다. 정확히는 웃고 있었다. 하지만 빈센트가 앞으로 일어날 일에 그 남자는 의학적으로나 법적으로 아무런 책임이 없으며, 이곳에서 일어나는 일은 전적으로 빈센트의 책임임을 명시한 서약서에 서명하라고 하자 남자는 눈에 띄게 긴장했다. 그 남자만이 아니었다. 사실 그곳에 있는 관객 모두가 긴장하고 있었다. 빈센트는 그런 순간을 사랑했다. 서약서는 극적인 긴장감을 쉽게 조성할 수 있는 수단이었다. 무대 위로 올라온 관객에게 서명을 받을 때마다 빈센트는 묘기가 정말로 잘못될 수도 있다는 생각을 했다.

"그러니까, 아드리안."

빈센트는 남자가 앉은 의자 반대편에 있는 빈 의자에 앉으면서 말했다.

"이제 다른 쪽에 있는 존재와 접촉해 볼 겁니다. 죽은 사람과요. 혹시 얼마 전에 돌아가신 만나 보고 싶은 가족이 있나요? 왠지 당신 안에서 상실이 느껴집니다. 하지만 할머니는 아니군요…… 아직 살아 계신 게 느껴집니다…… 그러면, 아마도…… 할아버지일까요? 할아버지가 그리운가요?"

남자는 초조한 듯 웃으며 몸을 뒤척였다.

"네, 엘사는 살아 계십니다. 아르비드는 10년 전에 돌아가셨어요. 아르비드는 할아버지 성함입니다."

이 정도는 경험 있는 영매라면 누구나 해낼 수 있는 일이었다. 그저 추론만 하면 된다. 남자는 20대 후반처럼 보였다. 그렇다면 남자의 부모는 50대나 60대일 것이다. 따라서 조부모는 80대나 90대여야 한다. 보통 남자보다 여자가 오래 사니까 통계적으로 할아버지보다는 할머니가 살아 있을 확률이 더 높다. 다른 상황이라면 빈센트는 허세를 부리는 자신이 부끄러웠을 것이다. 앞에 있는 남자가 크게 충격받는 모습을 보아야 할 때면 특히 더. 하지만 이 첫 번째 단계야말로 사람들을 올가미로 낚고, 신뢰를 얻어, 마침내 돈을 가져올 수 있는 중요한 과정이었다. 그러니까 모든 수단을 동원해야 했다.

"자, 그럼 이제 아르비드 할아버지를 만나 볼까요?"

빈센트가 말했다. 그는 관객석을 쭉 훑어봤다.

"다시 한번 말씀드리지만, 이것은 실제가 아님을 기억하고 계셔야 합니다."

고개를 돌려 남자의 얼굴을 보았다. 아드리안은 심각한 표정을 짓고 있었다.

"이제 다른 쪽과 접촉할 겁니다. 하지만 그러려면 먼저…… 그곳으로 건너가야 합니다."

빈센트는 허리띠를 하나 꺼내 모두가 볼 수 있도록 높이 들어 올렸다. 그리고 허리띠를 목에 두른 후 버클을 잠가 올가미처럼 만들었다. 그런 다음 왼손을 점점 더 창백해지는 남자에게 내밀었다.

"제 맥박을 재 보세요. 모든 분이 제 심장이 뛰는 속도를 알 수 있도록, 맥박이 뛸 때마다 발을 굴러 주셔야 합니다."

남자는 빈센트의 손목을 잡고 제대로 맥을 짚을 때까지 검지와 중지를 이리저리 움직였다. 그리고 빈센트의 혈류의 흐름에 맞춰 규칙적으로 발을 굴렀다. 빈센트는 남자의 눈을 똑바로 보았다.

"돌아와서 만나죠. 꼭 그랬으면 좋겠네요. 발로 내 맥박 변화를 계속 알려 주세요."

목에 허리띠를 두르자 빈센트의 얼굴이 일그러졌다. 이건 굳이 아픈 척할 필요도 없었다. 정말로 아팠으니까. 아드리안이 규칙적으로 발을 구르는 동안 빈센트는 계속 허리띠를 조였다. 몇 초 뒤, 아드리안이 발을 구르는 속도가 느려지기 시작했다.

허리띠를 놓지는 않았지만 빈센트의 눈은 감기고 고개는 옆으로 기울어졌다. 초조하게 발을 구르던 아드리안이 멈추었다. 불안감과 웅성거림이 관객석으로 퍼져 나갔다. 아드리안은 여전히 빈센트의 손목을 잡고 있었지만 더는 발을 움직이지 않았다. 그 모습이 뜻하는 바는 분명했다. 빈센트에게서 더는 맥박이 잡히지 않는다. 스스로 목을 졸라 죽은 것이다.

그는 사람들이 의자에서 가만히 있지 못하고 뒤척이는 소리가 들릴 때까지 기다렸다. 그것은 정말로 무서워지기 시작했다는 증거였다. 천천히 고개를 똑바로 세우고 허리띠를 손에서 놓았다. 그리고 아드리안 쪽으로 몸을 돌렸다. 시선은 먼 곳을 응시한 채로.

"아드리안."

빈센트가 중얼거렸다. 깜짝 놀란 아드리안이 펄쩍 뛰었다.

"지금 이곳에는 아르비드라는 이름으로 불리던 사람의 영혼이 와 있습니다."

빈센트의 입에서 아주 힘없는 목소리가 흘러나왔다.

"그 영혼이 정말로 당신의 할아버지인지 확인해 주세요. 당신과 할아버지만이 아는 일을 물어보세요. 아주 어렸을 때 있었던 일 같은 거 말입니다. 아르비드 말이…… 당신에게 자전거 타는 법을 가르쳐 주었다는데, 그와 관련해 물어볼 말이 있을까요?"

혼란스러운 표정으로 아드리안이 고개를 끄덕였다.

"제가 넘어졌던 이야기를 물어봐 주세요."

빈센트는 그만이 들을 수 있는 목소리에 귀를 기울이는 것처럼 잠시 가만히 있었다.

"무릎이 까졌어요. 어머니에게는 아무 말도 하지 말아 달라는 할아버지 말에 그렇게 하겠다고 했고요. 아직도 무릎에는 흉터가 있어요."

충격에 휩싸인 아드리안이 빈센트를 잡고 있던 손을 놓았다. 진실은 사람들은 대부분 어린 시절에 무릎이 까진 기억이 있다는 것이다. 그가 한 나머지 말들은 순전히 넘겨짚은 것에 불과했다. 하지만 기억은 연약하다. 빈센트가 말한 일들이 실제로는 일어나지 않았다고 해도, 그런 이야기를 듣는 것만으로도 아드리안의 머리는 그 일이 일어났다고 믿게 되는 것이다.

"아르비드가 당신에게 하고 싶은 말이 있다고 하네요."

그가 이어서 말했다.

"아르비드 말이…… 인내하고, 자신을 믿고 계속하라는군요. 예상보다는 조금 더 걸리겠지만 결국 성공할 거라고요. 어쨌든 희망을 포기하면 안 된다는군요. 그게 무슨 뜻인지 알겠어요?"

아드리안은 고개를 끄덕였다.

"제 사업 이야기입니다. 그게 할아버지가 돌아가시기 전에 저와 마지막으로 나눈 이야기이기도 하고요. 하지만 지금도 제대로 해내지 못하고 있습니다."

"당신이 겪어야 했던 일 때문에 마음이 좋지 않다고 하시는군요. 그게 무슨 뜻인지 아시나요?"

"마지막 몇 년 동안은 서로 말도 하지 않고 지냈습니다. 할

아버지와 싸웠거든요."

아드리안이 조용히 대답했다.

"이제는 후회하고 있다는군요. 그때도 당신을 사랑했고 지금도 사랑한다고 말씀하시네요."

아드리안의 뺨을 타고 눈물이 흘러내리기 시작했다. 이 부분은 공연에서 아주 중요했지만, 이것이 사람들에게 엄청나게 강력한 영향을 미친다는 사실이 빈센트는 정말 싫었다. 빈센트가 구사한 것은 모두 바넘 진술이라고 하는 대화 기술이었다. 바넘 진술은 구체적인 사실을 말하고 있는 것 같지만 실제로는 듣는 사람마다 제 나름대로 해석하고 의미를 적용할 수 있는 열린 발언이다. 영매가 사용하는 고전적인 기술은 영매가 하는 모든 말에 고객 스스로 의미를 부여하고 해석하게 하는 것이다. 그 방법을 구사하면 잘못될 일이 없었다. 말이 되지 않는 부분들은 제대로 기억하지 못하는 고객 탓으로 돌리면 된다.

"연결이 약해지고 있네요."

빈센트의 목소리가 부자연스러워졌다.

"너무 늦기 전에 하고 싶은 이야기가 있으면 하세요."

"그냥…… 고맙다고, 고맙다고 전해 주세요."

아드리안이 속삭였다.

빈센트는 팔을 내밀고, 고개를 숙였다. 분명히 의식이 없는 것처럼 보였다. 공연장 안으로 무거운 침묵이 내려앉았다. 아드리안이 주저하며 빈센트의 손목을 잡고 손가락을 더듬어 맥을 찾았다. 잠시 뒤에 아드리안은 조용히 발을 구르기 시작했다. 처음에는 확신에 차지 않은 소리로 불규칙하게 다리를 움직였다. 조금씩 규칙적으로 바뀌던 발 구름은 빈센트의 맥박이 정상으로 돌아올 때까지 점점 더 커지고 일정해졌다.

빈센트는 눈을 떴다. 그리고 머뭇거리듯 웃으며 아드리안의 손을 잡고 힘을 주었다. 이 쇼는 결코 관객의 갈채를 끌어내지는 않았다. 그러기에는 그들이 언제나 너무 멍해졌다. 사람들은 지금 자신들이 목격한 상황을 그다지 확신하지 못했다. 하지만 빈센트는 앞으로 몇 달 동안 이들이 지금 본 장면을 계속해서 이야기하게 되리라는 것을 알았다.

"기억하세요."

빈센트는 시작하기 전에 했던 말을 다시 한번 했다. 이번에는 훨씬 부드러운 목소리로.

지금 관객들은 취약한 상태였다. 빈센트는 그 상태를 존중해야 했다.

"저는 영혼과 접촉할 수 없습니다. 솔직히 말해서 영혼과 접촉할 수 있는 사람은 없다고 생각합니다. 영혼이 존재한다고는 믿지 않기 때문입니다. 하지만 영혼이 있는 것처럼 보이게 할 수는 있습니다. 정말로 영혼이 존재하듯 행동하는 영매들 말입니다. 그런 사람들은 150년 전에 썼던 심리적, 언어적 기술을 지금도 세상을 떠난 그리운 사람들과 연결될 수만 있다면 큰돈을 낼 의사가 있는 사람들에게 막대한 영향을 주는 수단으로 활용하고 있습니다. 늘 그렇지만 현실이라기엔 너무나도 좋아 보이는 것들은 진짜 현실이 아닙니다. 오늘 밤, 와 주셔서 감사합니다."

관객들이 박수를 치기 전에 빈센트는 무대에서 내려왔다. 그들이 잠시 시간을 내어 방금 경험한 사건을 반추해 보기를 바랐다.

목이 아팠다. 그 망할 허리띠에 목을 다친 것이다. 조금 더 조심해야 했다. 게다가 오늘은 너무 오랫동안 맥박을 멈추고 있었다. 영혼과 접촉하는 건 거짓이지만 맥박을 멈추는 건 진짜였다. 물론 허리띠가 아니라 다른 방법으로 맥박을 멈추었고, 몸 전체가 아니라 팔의 맥박만을 멈춘 것이지만. 고립된 신체 부위에서 맥박을 멈추는 기술은 심리술사 업계가 밖으로 드러내지 않는 일급 기밀이었고, 빈센트도 자신이 사용하는 방법을 절대로 아무에게도 말하지 않았다. 맥박을 멈추는 부위가 팔뿐이라면 조금도 문제가 되지 않았다. 그래도 맥박을 멈추고 있는 시간이 30초가 넘으면 정말로 위험해졌다. 보통 사람들은 그가 맥박을 멈추면 곧바로 손을 뗐다. 오늘은 아드리안이 머뭇거리는 바람에 어쩔 수 없었다. 이번 투어만 끝나면 빈센트는 아주 행복한 남자가 될 것이다. 혈액의 흐름을 차단하는 건 그 누구에게도 좋을 것이 없었다.

휴게실에 들어가자 탁자 위에 놓인 물병이 보였다. 물병은 세 개였다. 빈센트는 입을 앙다물었다. 병을 세 개 보는 건 불협화음을 듣는 것과 같았다. 재빨리 냉장고 문을 열어 또 한 병을 꺼내 와서 물병을 네 개로 만들었다. 그제야 턱에서 힘이 빠져나갔다. 그는 싱크대에서 유리잔에 수돗물을 받아 소파에 앉았고, 한숨을 내쉬었다.

여전히 박수 소리가 들렸지만 무대로 돌아가지는 않았다. 관객에게 돌아가 활짝 웃으며 그들의 경험을 일상적인 무언가로 바꾸는 것은 오히려 쉬운 일이다. 하지만 빈센트는 그들이 각자의 생각에 몰입하기를 바랐다.

1분만 쉬면 바뀔 것이다. 공연이 끝나면 빈센트는 바닥에 눕고 싶은 마음을 참아야 했다. 가끔 성공할 때도 있었지만 보통은 실패했다. 휴대폰을 꺼냈다. 투바 실종·살해 사건 수사를 도와주었던 일루전 제작자이자 친구인 생 베르얀데르가 오늘 밤 공연을 보려고 와 있었다. 그 친구는 새로운 시도를 어떻게 생각할지 궁금했다. 베르얀데르는 당연히 문자 메시지를 보냈다. 시간을 보니 빈센트가 무대를 떠난 직후에 보낸 것이 분명했다. 하지만 베르얀데르는 잠깐 기다려야 한다. 다른 사람들의 문자가 와 있을 수도 있으니까.

정확히 말하면, 그 문자 메시지가 와 있을 수도 있으니까.

문자 메시지함을 열었다. 새로 온 문자들이 읽어 주기를 기다리고 있었다. 하지만 빈센트가 기다리는 문자는 아니었다. 그녀 인생의 일부가 되었을 때, 그 자신의 인생을 바꾸어 버린 사람에게서 온 문자는 아니었다. 가장 깊은 내면의 자아를 기꺼이 함께 나눈 사람에게서 온 문자는 아니었다. 나타나자마자 그의 앞에서 사라져 버린 사람에게서 온 문자는 아니었다.

마지막으로 본 것은 10월이었다. 그리고 겨울이 왔고, 봄이, 여름이, 가을이 지나갔다. 지금은 또 다른 여름이었다. 1년하고도 6개월 동안 그 어떤 연락도 없었다. 이제 2년이 되어 간다. 물론 빈센트가 연락을 하려고 했던 적도 없었다. 하고 싶은 마음은 굴뚝같았지만. 그와 마리아는 부부 문제로 상담을 받고 있었고, 아내에게 불필요한 질투심을 유발하는 일은 하고 싶지 않았다.

상담은 얼마 전에 그만두었다. 그들이 바라는 것만큼은 효과가 없었기 때문이다. 그때는 이미 너무 많은 시간이 흐른 뒤였다. 그렇게 긴 침묵의 시간이 지난 후에 그 사람의 인생에 침입해 들어가고 싶지는 않았다. 자신의 사생활을 소중하게 여기는 사람이었고, 그는 그 사람의 마음을 존중했다. 아무리 그 인생의 일부였던 때가 그리워도 말이다. 그 사람이 빈센트에게 연락할 이유도 없었다. 그녀는 자기 스스로 살아갈 수 있음을 아주 명확히 했다. 지금 그 사람이 어떻게 살아가고 있는지 빈센트는 전혀 몰랐다. 결혼을 했을지도 모른다. 가족이 생겼을 수도 있다. 아니면 해외로 나갔을지도.

   그도 어쩔 수 없었다. 두 사람은 공연이 끝난 뒤에 처음 만났고, 그 후로 그는 무대에서 내려올 때마다 그녀를 찾았다. 하지만 그의 문자 메시지함은 다른 이야기를 했다.

   미나는 오늘 밤에도 연락하지 않았다.

*

   여자는 안경을 벗고 그를 보며 웃었다. 그리고 한쪽 다리를 다른 쪽 다리 위에 올리더니 의자 위에서 몸을 앞으로 숙였다. 두 사람은 탁자를 사이에 두고 마주 앉아 있었다. 처음에 루벤은 여자의 그런 태도가 너무나도 불쾌했다. 왠지 벌거벗겨진 것만 같았다. 하지만 점차 익숙해졌다. 그는 몸을 숙인 여자의 가슴골을 보려고 애쓰지 않았다. 이제 더는 말이다. 게다가 아만다는 매력과는 거리가 멀었다.

   "그 말은, 끝났다는 뜻입니까?"

   루벤이 시간을 확인하면서 물었다. 고작 30분 머물렀을 뿐이었다. 그런데도 아만다는 벌써 끝낼 준비를 하고 있는 것 같았다.

"끝나지는 않은 것 같아요. 하지만 새로운 일이 일어나지 않는 한, 루벤 씨가 여기 다시 와야 할 설득력 있는 이유는 없겠죠. 물론 그걸 결정할 사람은 내가 아니지만요. 기분은 어떤가요?"

루벤은 아만다를, 그러니까 그가 거의 1년 넘게 2주에 한 번씩 목요일마다 어김없이 만나 온 정신과 의사를 쳐다보았다. 기분이 어떠냐고? 정말 징그러운 질문이었다. 하지만 이제는 처음 들었을 때만큼 짜증이 나진 않았다.

"내 기분은 프로이트가 알겠죠. 내가 배운 게 한 가지 있다면, 그건 내 감정을 내가 느껴야 한다고 생각하는 대로 느낄 필요는 없다는 거예요. 이제는 감정이 이끄는 대로 행동하는 걸 택하지 않을 겁니다. 이성적인 사고로 행동을 이끌 거예요. 지난 6개월 동안 섹스를 자제한 것처럼요. 아무리 내 감정이 섹스를 좋아한다고 해도 말이에요."

아만다는 말없이 질문을 하는 것처럼 눈썹을 올렸다.

"아니, 섹스 상대를 찾아서 돌아다닌 적은 없어요."

루벤은 그 사실만은 분명히 했다.

"선생님하고 약속한 것처럼요. 그게 내가 한 말의 의미입니다. 물론 완전히 그만둔다는 건 아닙니다. 어쨌거나 나는 한창때의 남자니까요. 하지만 지금은 그런 행동이 무엇을 원하는 건지 깨달았기 때문에, 그렇게까지 중요하게 느껴지지는 않아요."

"그런 행동이 원한다는 게 뭐죠?"

루벤은 한숨을 쉬었다. 또 이 지점에 이르렀다. 망할 감정을 느껴야 하는 것이다.

"그건 나에게 내가 그들을 가질 수 있다는 걸 알게 해 주는 힘을 느끼게 해요. 여자들 말이에요. 게다가 더 깊은 욕망을 채울 수 있게 해 줘요. 그러니까……."

다시 한숨을 쉬었다.

"친밀함을 느끼고 싶다는 욕망이요."

그가 마지못해 고백했다.

"이제 만족해요?"

친밀함이라니. 루벤은 자신이 그런 말을 입 밖으로 내뱉게 되리라고는 생각지도 못했다. 그건 여자 역할을 하는 망할 게이나 사용할 것 같은 단어였다. 하지만 그런 반응조차도 루벤이 내세우는 방어 기제였다. 그 정도는 이미 배웠다. 세상에. 기동대 동료 군나르와 다른 녀석들이 루벤이 정신과 의사를 만나고 있다는 걸 알면 기겁할 것이다. 군나르는 노를란드의 목재를 깎아서 만든 사람이다. 그것이 군나르가 늘 하는 말이었다. 그가 문제를 해결하는 방법은 맥주를 들고 숲으로 가는 거였다. 루벤이 아만다에게 하는 말을 들었다면 녀석들은 루벤의 헬멧을 분홍색으로 칠해 버릴 것이다. 그는 다시 벽시계를 보았다. 8시 30분이었다. 지금쯤이면 경찰서에 가 있어야 했다. 도대체 목요일 아침마다 루벤이 무슨 일을 하기에 늦는 것인지 궁금해하는 사람이 생기기 전에 말이다. 하룻밤 상대를 집에서 내보내는 게 너무 힘들었다는 뻔한 변명을 너무 자주 써먹을 수는 없었다.

하룻밤 상대라. 음. 이제는 그런 관계를 맺으려면 무엇을 해야 하는지도 기억이 잘 나지 않았다. 아만다를 처음 만났을 때는 분명히 자연스럽게 같이 자자고 제안하려 했다. 그리고 그 시도는 완전한 성공으로 끝나진 않았다.

"내가 할 일은 하나밖에 남지 않은 것 같아요. 엘리노르를 만나는 거 말이에요."

"루벤."

아만다의 목소리에는 경고가 가득했다.

"이제는 앞으로 나아갈 때라고 했던 말 기억하죠? 엘리노르는 오랫동안 유령처럼 당신 곁을 맴돌고 있어요. 당신 행동은 그 때문에 나타나는 반응이에요. 이제는 떠나보내야 해요. 그 유령을 물리쳐야 끝이 날 거예요."

"알아요. 그래서 만나려는 거예요. 끝을 내려고. 그냥 거기 가서 인사만 하고 올 거예요. 약속해요. 엘리노르를 내가 올려놓았던 전시대에서 내려놓을 겁니다. 그러면 과거의 루벤에게는 어떤 연료도 남지 않겠죠."

"당신답지 않게…… 냉철한 생각이네요."

아만다는 눈을 가늘게 뜨고 루벤을 보았다.

"확실해요?"

"그래서 벌어질 최악의 일이라고 해 봐야 당신이 나한테 몇 시간 더 내담 비용을 청구하는 것뿐이지 않겠어요?"

루벤은 웃으며 말했다. 진실은 그가 굳게 결심했다는 거였다. 그는 1년 전보다 더 나은 루벤이었다. 군나르는 입을 다물어야 할 것이다.

두 사람은 일어섰고, 루벤은 아만다와 악수했다. 50번째로 그는 아만다에게 나가서 같이 한잔하지 않겠냐고 말하고 싶은 유혹을 꾹 눌러 참았다. 행동으로 옮기지 않는 한 생각하는 건 괜찮았다. 결국 그는 여전히 루벤인 것이다. 어쨌거나 잡아야 할 다른 물고기가 있었다. 이미 엘리노르가 사는 곳을 알아 놓았다. 그저 잠깐 들러서 인사만 할 것이다. 어떻게 지내는지만 확인할 것이다. 미안하다고만 말할 것이다. 그럼 끝나는 것이다.

*

아침을 준비하러 부엌으로 들어가기 전, 빈센트는 크게 숨을 들이마셨다. 마리아는 이미 한 시간 정도 부엌에 있었을 것이다. 빈센트는 부엌에 들어가면 엄청나게 강력하고 기분 나쁜 냄새가 자신을 덮칠 것임을 알았다. 그 예상은 옳았다. 다양한 향초, 천 주머니에 넣은 말린 식물, 비누와 방향제가 냄새의 벽을 이뤄 젖은 담요처럼 그를 감쌌다.

"당신, 언제까지 이것들을 집에 둘 거야?"

찬장에서 머그잔을 꺼내면서 빈센트가 물었다.

잔에는 *내가 서투른 게 아니라 네가 멍청한 거야*라는 문구가 쓰여 있었다. 그는 커피머신으로 커피를 내려 식탁에 앉았다.

"상담사가 해 준 이야기는 전혀 기억하지 못하는 거지?"

바닥에 앉은 마리아가 말했다.

"당신한테 내 사업 능력을 뒷받침해 주는 게 정말 중요하다고 했잖아."

아내는 돌아보지도 않고 무릎을 꿇은 채 큰 상자에 작은 도자기 천사들을 조심스럽게 담고 있었다.

"아, 맞아. 그랬지. 나는 당신이 하는 건 뭐든지 지지하고 도울 거야. 당신이 시작한 온라인 쇼핑몰은, 음, 아주 흥미로워. 그냥 한 가지 바람이라면 당신 물건들을 다른 곳에 보관하는 게 좋지 않을까 하는 거지. 그러니까…… 창고를 빌리는 게 어떨까?"

마리아는 한숨을 쉬었다. 여전히 그에게는 아내의 등만이 보였다.

"케빈도 말했지만, 창고를 빌리는 건 돈이 많이 들어. 게다가 당신이 새로 시작한 쇼는 아직 제작비도 감당하지 못하고 있잖아. 그러니까 내가 책임을 지고 우리 가족의 생활비를 벌어야지."

빈센트는 물끄러미 아내를 바라보았다. 지난 수년 동안 그녀가 내세운 주장 가운데 가장 정상적인 주장이었다. 마리아가 그동안 들은 창업 수업이 아무 소용이 없는 건 아니었나 보다. 물론 아주 솔직하게 말하면 두 문장에 한 번씩은 마리아의 멘토인 케빈의 이름이 거론된다는 게 지겹기는 했다. 마리아는 추구하는 자였다. 따라야 할 사람을 찾아다니는 것, 그것이 마리아의 본질이었다. 하지만 가장 최근에 선택한 스승이 스타트업 컨설턴트라는 건 정말 예상치 못한 일이었다.

"책임이라니?"

레베카가 느긋하게 부엌으로 들어오면서 말했다.

"이건 그냥 돈을 날리는 거잖아. 누가 이런 이상한 걸 사?"

레베카의 뚱한 표정은 이제 얼굴에 영원히 고정된 것처럼 보였다. 레베카는 역겹다는 듯이 흰색 나무판을 들고 거기에 적힌 글을 크게 읽었다.

"'삶은 사랑을 웃게 한다'. 뭐야, 이거. '죽음은 미움을 울게 한다'가 더 나을 거 같은데."

"심술부리지 마."

빈센트가 대꾸했다. 하지만 마음 깊은 곳에서는 딸의 말에 동의했다.

"케빈이 나에게는 상업적으로 성공할 수 있는 놀라운 본능이 있다고 했어."

마리아가 의붓딸을 노려보면서 쏘아붙였다. 레베카는 마리아를 무시하고 지나가더니 냉장고 문을 열었다.

"아이, 뭐야. 야, 아스톤!"

레베카가 아스톤의 방 쪽으로 고개를 돌리면서 소리쳤고, 이내 그녀만큼이나 큰 소리로 외치는 아스톤의 대답이 돌아왔다.

"아, 왜?"

"네가 시리얼 먹으면서 우유 다 먹었지? 왜 빈 통을 냉장고에 넣어 놔?"

"다 안 먹었어. 조금 남겼어!"

아스톤의 목소리가 벽에 부딪히며 울려 퍼졌다. 레베카가 빈센트를 똑바로 쳐다보면서 우유갑을 천천히 거꾸로 뒤집었다. 똑똑똑, 우유 세 방울이 바닥에 떨어졌다. 마리아가 벌떡 일어섰다.

"도대체 무슨 생각으로 그러는 거야? 빨리 안 닦아?"

급하게 일어서는 바람에 마리아의 무릎에 있던 천사가 밑으로 떨어졌다. 바닥에 부딪힌 천사는 천 개의 조각으로 쪼개져 버렸다. 나뭇잎처럼 얇게 만들어진 도자기인 것이 분명했다.

"이런, 세상에. 네가 한 짓을 좀 봐, 레베카!"

"내가? 내가 뭘 했는데? 자기가 떨어뜨려 놓고 왜 남 탓을 하고 그래. 맨날 그러지. 맨날 내 잘못이래. 아빠도 그래. 아빠는 왜 한 마디도 하지 않고 그냥 서 있기만 해? 왜 맨날 나한테 저러는 걸 놔두냐고. 진짜 짜증 나. 나갈 거야. 드니한테 갈 거야."

빈센트가 무슨 말을 하려고 입을 열었지만 이미 늦었다. 레베카는 현관으로 걸어가고 있었다.

"8시까지는 돌아와! 아직 목요일이야."

레베카를 향해 마리아가 소리쳤다.

"여름 방학이거든!"

현관 옆 고리에 걸어 둔 여름 재킷을 잡아채 내리고 현관문을 쾅 닫고 나가면서 레베카도 소리쳤다.

"뭐, 도와줘서 고마워."

팔짱을 끼고 빈센트를 노려보며 마리아가 말했다.

"아스톤을 레크리에이션 클럽에 데려다줘. 벌써 늦었어."

빈센트는 입을 다물었다. 아무 말도 하지 않는 것이 최선이었다. 지금도 빈센트는 이런 감정 폭풍에 대처하는 방법을 조금도 알지 못했다. 무슨 말을 하든 틀린 말일 가능성이 컸다. 따라서 빈센트는 가능한 한 입을 다물고 있는 것을 새로운 전략으로 택했다.

기억을 마구 뒤져 부부 문제 상담사가 했던 말을 떠올려 봤다. 분명히 도움이 될 만한 말을 해 줬던 것 같은데? 상대가 하는 일을 그보다 더 잘 알고 있는 사람이 도움을 받는 것은 어려운 법이기에 확실히 쉬운 과제는 아니었다. 그래도 빈센트는 겸손해지려고 노력했다.

처음에는 빈센트도 치료를 받아야 한다는 이야기를 들었다. 어렸을 때 어머니에게 일어났던 일을, 40년 동안 그를 억압해 왔던 사건을 풀어낼 수 있도록 말이다. 하지만 그는 단호하게 거절했다. 타인이 자신의 과거를 들쑤시고 다니게 둘 수는 없었다. 그의 내면에는 그 부분을 너무나도 조심스럽게 지키고 있는 그림자가 있었다. 그렇게 깊은 곳까지 들여보낼 만큼 믿을 수 있는 사람은 없었다.

빈센트는 두 사람이 받는 상담 치료가 자신이 마리아가 생각하는 방식을 이해하게 해 주고 그와 마리아를 다시 연결해 주는 기적의 치료가 되어 주기를 바랐다. 아주 옛날에는 그랬던 것처럼 말이다. 그의 직업을 생각해 보면 당연히 여러 도시를 돌아다닐 수밖에 없는데도, 투어를 다녀올 때마다 두 사람 모두를 지치게 하는 마리아의 질투도 사라지기를 바랐다. 두 사람은 정말로 노력했다. 특히 마리아는 최선을 다해 노력했다.

상담사의 의견은 분명했다. 마리아의 질투심은 자부심 결여에 뿌리를 두고 있다. 그와 마리아가 부부가 됐을 때의 상황이 마리아의 자부심을 앗아갔는지도 모른다. 전 아내였던 울리카와 헤어지고 그녀의 동생인 마리아와 만났으니까.

하지만 빈센트는 그렇게 단순한 이유가 아님을 알았다. 빈센트가 집이나 가족이 아닌 다른 대상이나 사람에게 관심을 두는 순간 마리아가 공격 반응을 일으키는 데에는 그녀도, 상담사도 정확히 짚어 내지 못하는 다른 이유가 있었다. 그런 식으로 반응하는 것이 사실은 마리아의 잘못이 아님도 알고 있었다. 그건 그저 본능이었다. 이제는 빈센트를 비행접시 보듯이 바라보고 있는 것과 같은 그 본능 말이다. 이미 이전에도 여러 번 그랬던 것처럼 그는 마리아가 자신에게 원하는 것이 무엇인지 알고 싶었다.

처음에는 아주 쉬웠다. 열병은 모든 것을 무시하게 했다. 그들은 그들의 사랑과 관계가 없는 사람은, 그리고 일은 모두 무시했다. 그는 서로 사랑했던 느낌을 아직 기억하고 있었다. 여전히 그 느낌은 그의 내면 어딘가에 존재하고 있었다. 두 사람이 서로의 문장을 완성하고, 표정으로 마음을 전했던 순간들의 기억이 남아 있었다. 그러나 이제는 해가 바뀔수록 두 사람에게 통했던 언어는 사라져 가는 것만 같았다. 그 반대여야 하는데도, 두 사람은 시간이 갈수록 서로를 더 이해하지 못하게 되는 것 같았다. 빈센트는 그런 상황을 원하지 않았다. 하지만 다시 아내에게 닿으려면 무엇을 해야 하는지 몰랐다. 아내에게 가는 길을 찾으려면 무엇을 해야 하는지 몰랐다.

마리아는 그가 무슨 말을 해 주기를 기다리는 것이 분명했다. 상담 시간에 들었던 소소한 충고를 따르는 것이 좋을까? 상담사는 마리아가 흥분하면, 아무리 아내가 부당한 행동을 하고 있다는 기분이 들더라도 빈센트가 그녀에게 마음을 쓰고 있음을 언제나 보여 주어야 한다고 했다. 그래야 마리아에게 안정감을 줄 수 있다고 했다. 안정감을 느끼면 마리아는 자신의 감정이 분노로 바뀌기 전에 훨씬 더 건설적인 방법으로 감정을 표현할 수 있게 된다고도 했다. 대체로 그 방법은 효과가 없었다. 하지만 다시 시도한다고 손해 볼 일은 없었다.

"여보, 당신이 화가 난 걸 알겠어."

그는 짐짓 차분하고도 부드러운 목소리로 말했다.

"하지만 분노는 당신 몸에 좋지 않아. 당신도 근육과 관절이 긴장한 게 느껴질 거야. 하지만 그것만이 아니야. 혈액이 흐르는 속도도 느려지고 신경계와 심혈관계, 호르몬계의 자연적인 평형 상태도 함께 깨지고 있어. 혈압도 맥박도 테스토스테론 수치도 높아지고, 담즙이 너무 많이 분비돼서 결국 신체 기관들이 적절하지 못한 상태에 놓이게 될 거야."

마리아가 빈센트를 보면서 눈썹을 올렸다. 상담사의 충고가 효과가 있는 것 같았다.

"당신이 화를 내면 뇌 활동도 변해. 특히 측두엽과 전두엽이 바뀌지. 그러니까 내가 말한 것처럼, 당신이 화를 내는 건 당신에게 좋지 않아. 레베카하고 조금 더 건설적인 방법으로 대화해 보는 게 어떨까?"

빈센트는 조심스럽게 웃으면서 입을 다물고 마리아를 보았다. 마리아도 빈센트를 물끄러미 보았다. 그러고는 레몬을 한 입 베어 문 사람처럼 입술을 오므리더니, 몸을 돌려 떠나 버렸다.

*

다시 돌아왔다는 기쁨에 눈꺼풀 뒤에서 눈물이 맺혀 따끔거렸다. 율리아는 자신이 스톡홀름의 쿵스홀멘에 있는, 솔직히 조금은 보기 싫은 경찰서로 돌아오기까지 이렇게 오랜 시간이 걸리리라고는 결코 생각해 본 적이 없었다. 율리아의 귀환을 축하하듯 경찰서 내부는 사우나처럼 뜨거웠다. 환기 장치는 하필 관측 사상 가장 뜨거운 열파가 스톡홀름을 덮친 이 시기에 맞춰 고장이 난 것 같았다. 율리아는 종이로 부채질을 하면서 회의실 문을 열었다. 동료들에게는 오늘이 그저 어느 날과 다르지 않은 목요일일 것이다. 하지만 그녀에게는 천국으로 돌아온 날이었다.

적어도 동료들이 회의실에 모여 있는 이유를 듣기 전까지는 그랬다.

"율리아!"

그녀를 보자 표정이 밝아진 남자가 외쳤다. 수염이 난 남자였다. 율리아는 두 눈을 휘둥그레 뜨고 남자를 바라보다가 그가 페데르임을 깨달았다.

"이거, 멋쟁이 수염 아니야. 아빠 수염이지."

율리아의 표정을 읽은 페데르가 만족스러운 듯이 말했다.

"자꾸 변명하는데, 그거 멋 내려고 기른 거 맞아."

루벤이 율리아의 뒤를 쫓아 들어오면서 중얼거렸다.

"그나마 이젠 너무 더워서 봄에 내내 쓰고 있었던 작은 모자를 쓸 수 없다는 게 우리에게는 행운이지."

모든 것이 율리아가 떠나기 전과 완벽하게 같은 것 같았다. 미나와 크리스테르도 율리아를 다시 만나 기뻐하고 있다는 점만 빼면 말이다.

"축하를 해야겠네."

크리스테르가 우물거리며 말했다. 그 옆에서 꼬리를 흔들고 있는 골든 레트리버 보세도 6개월 전에 마지막으로 봤던 자리에 그대로 엎드려 있었다. 다른 점이라면 오늘은 개에게도 너무 더운 날이라 예전처럼 벌떡 일어나서 인사하지 않는다는 것이었다. 보세는 그저 반갑다는 듯이 율리아를 보면서 낮게 짖었다.

"맞아! 축하해야지!"

미나가 끔찍하다는 표정으로 율리아의 재킷에 시선을 고정하면서 말했다. 율리아는 미나가 시선을 떼지 못하는 왼쪽 어깨로 고개를 돌렸고, 큰 소리로 욕설을 내뱉었다.

"세상에. 토하지 않은 옷이 한 벌이라도 있기는 한 거야?"

율리아는 재킷을 벗어 의자에 걸려고 하다가 미나와 눈이 마주치고는 문 옆에 있는 못에 걸었다.

"아직까지는 분유를 토하는 것뿐이잖아."

페데르가 이해한다는 듯이 웃었다.

"그건 문제없이 뺄 수 있어. 바나나와 통조림 스트로가노프를 먹기 시작하면 진짜 힘든 시기가 오거든. 그때 유일하게 효과 있는 방법은 바니시 얼룩 제거제에 담가 두는 거야. 분홍색 통에 든 가루로 된 게 가장 좋아. 90까지 세고 빨면 돼. 표백제를 함께 사용하면 더 좋고. 그럼 정말로 처음 산 것처럼 하얀 옷을 입게 될……."

"기억해 둘게."

율리아는 한 손을 들어 올려 그만하라는 신호를 보냈다.

"아무튼, 모두 좋은 아침."

율리아도 6개월 된 아기와 관련한 끝없이 반복되는 노동에 대해 잘 알고 있었다. 그러니 굳이 고맙게도 알려 줄 필요는 없었다. 그녀도 당연히 아이의 발달 단계가 미래에서 불러오는 고통의 다리들을 건너왔다.

"맞아. 다시 와서 정말 좋고, 모두 보게 돼서 기뻐. 휴직해 있는 동안에도 너희가 한 일은 확실하게 살펴봤어. 다들 잘해 주었고, 진심으로 자랑스러워. 미나, 그동안 정말로 잘 이끌어 줘서 고마워. 이제 기꺼이 내 의무를 수행할 준비가 됐어. 내가 처리해야 할 일이 그렇게 많을 것 같지는 않지만, 미나가 모든 걸 다 할 수는 없지."

율리아는 반쯤 건성으로 웃었다. 오늘 경찰서 로비를 지나오기 위해 자신이 겪어야 했던 일련의 짜증스러운 사건을 동료들에게 털어놓고 싶은 마음도 있었다. 그 사건들은 여태껏 평등한 관계라고 생각했던 것이 사실은 판타지였음을, 지금까지는 그 사람이 아이가 일으키는 스트레스를 받지 않은 덕분에 만들어졌던 환상이었을 뿐임을 깨닫게 해 주었다. 그가 율리아에게 퍼부은 주장들은 이미 율리아가 친구들에게 듣고 크게 한숨을 내쉬었던 것과 정확히 같은 이야기였다. 생물학적으로 그녀가 아이를 기르는 데 더 적합하다는 주장 말이다. 토르켈 자신은 휴직할 수 없다. 그랬다가는 분명히 모든 것이 붕괴하고 말 것이다. 회사는 파산하고, 스웨덴 GDP는 폭락하고, 유로화의 가치는 바닥으로 가라앉고, 전 세계로 재앙이 퍼져 나갈 테고, 결국 이 행성은 즉시 종말을 맞게 될 것이다.

하지만 무엇보다도 율리아를 열 받게 하는 건 두 사람이 이미 합의했다는 사실이었다. 율리아가 6개월 동안 먼저 휴직하고 그 다음에 토르켈이 6개월 휴직하기로 했었다. 둘 다 육아휴직 신청서를 냈고, 둘 다 승인 받았다. 율리아가 깨닫지 못한 것은 토르켈에게는 그것이 남들에게 보일 쇼였을 뿐이라는 것이다. 그는 절대로 율리아가 육아를 자신과 나누리라는 생각을 하지 않았다. 지난주에, 다음 주 목요일이 자신이 직장에 복귀해야 하는 날임을 상기시켰을 때 토르켈의 얼굴에 나타났던 충격을 율리아는 아직도 선명하게 떠올릴 수 있었다.

토르켈은 '율리아가 하뤼와 함께 집에 있고 싶다는 걸, 다시 일하러 나가고 싶지 않다는 걸 스스로 깨닫게 될 것'이라고 생각한 모양이었다.

그 뒤로 두 사람은 며칠 동안 한 마디도 주고받지 않았다.

한 시간쯤 전 율리아가 출근 준비를 마쳤을 때 그는 마치 낯선 사람처럼 율리아 앞에 섰다. 당황스럽고 잔뜩 화가 난 눈길과 삐쭉 선 머리를 한 그 남자는 '애착'과 '생물학적 유산'이 어쩌고 하면서 떠들어 댔고, "상사에게 말해 봐야 해"라고도 했다. 율리아는 그저 하뤼를 그 남자에게 안겨 주고 재빨리 현관을 빠져나왔다. 그리고 지금까지도 차마 휴대폰을 쳐다볼 엄두가 나지 않았다.

"잘 돌아왔어."

루벤이 율리아를 보고 늑대처럼 웃으면서 말했다. 율리아는 그가 자기 가슴에서 눈길을 돌리려 한다는 사실 같은 건 애써 무시했다. 일주일 전에 모유 수유를 중단했지만 그녀의 가슴은 그 사실을 인지하지 못한 것 같았다. B컵 가슴은 간절하게 다시 보고 싶은 과거의 일부였다. E컵 가슴과는 정말로 친해질 수가 없었다.

 "기분이 저조할 때 풀 수 있는 최상의 방법이 있지. 업무 시작하기 전에 기운을 돋우자고!"

 페데르가 경쾌하게 말하면서 휴대폰을 꺼냈다.

 "다시는 안 돼."

 미나가 대꾸하자 크리스테르와 루벤이 동조하듯 신음했다.

 페데르는 개의치 않았다. 율리아의 손에 휴대폰을 쥐어 주더니 동영상을 틀었다.

 "우리 세쌍둥이야. '멜론'을 들으면서 아니스 돈 데미나의 노래를 따라 하고 있어. 정말 귀엽지 않아?"

 기저귀를 찬 세 아이가 커다란 텔레비전 앞에서 되는대로 몸을 마구 흔들고 있는 모습이 보였다. 율리아도 머리로는 정말로 아주 귀여운 아이들일 것이라 생각했다. 다만 오늘만큼은 마주하고 싶지 않은 것이 '더 많은 아이들'인지라, 그 귀여움을 느끼기가 조금 어려웠다.

 "잠깐만, 소리 높여 줄게. 노래도 부르거든."

회의실에 불만에 찬 탄성이 터져 나왔다.

"고마워, 기운이 나네."

휴대폰을 돌려주면서 율리아가 말했다.

"정말 귀여워. 아무튼, 이제 업무를 시작하는 게 좋겠어. 어제 오후에 어린아이 유괴 사건이 접수됐어. 오시안 발테르손이라는 남자아이고, 다섯 살이야. 그런데 실수가 있었어. 우선 수사 사항이라는 표시가 되지 않았어. 긴급 사건이라는 건 오늘 아침에 우리 스스로 깨달았고."

"뭐야, 일 처리를 그렇게 하면 안 되지."

페데르가 말했다.

"당연히 안 되지. 하지만 이미 일어난 일은 어쩔 수 없어. 상부에서는 이 사건을 우리에게 맡겼고, 최우선으로 수사하기를 바라고 있어."

미나는 고개를 끄덕이면서 병에 담긴 물을 한 모금 마셨다. 그리고 페데르의 수염에서 최대한 멀리 떨어진 곳에 물병을 내려놓았다. 보세가 그 모습을 보고는 몸을 일으켜 고마움을 가득 담은 눈빛으로 혀를 축 늘어뜨린 채 미나를 향해 어슬렁어슬렁 걸어왔다.

"크리스테르!"

미나가 목소리를 높였다.

"보세를 여기 데려오려면 적어도 마실 물은 줘야 할 거 아니에요. 내 물병에 1센티라도 가까이 와 봐요. 새로 한 병 사 내야 해요."

"유난 떨지 마."

크리스테르가 한숨을 쉬었다.

"강아지 혀는 사실 아주 깨끗해. 그래도 우리가 여기 머무는 시간을 생각하면 내가 물그릇을 가져오는 게 낫겠지. 그런데 보세가 그걸 별로 좋아하지는 않아."

크리스테르가 보세를 손짓해 불렀고, 보세는 미나를 원망 가득한 눈으로 쳐다보다가 주인의 발치에 다시 앉았다. 율리아는 크리스테르에게 개의 혀는 조금도 깨끗하지 않으며 그저 사람과는 다른 박테리아 내성을 갖고 있는 것뿐임을, 개의 박테리아 중에는 사람에게 치명적인 종도 있음을 말해 줘야 하는 건 아닌지 고민했다. 하지만 보세를 쳐다보는 크리스테르의 표정이 너무나도 부드러워 그만두었다.

"여기가 얼마나 정신없는 곳이었는지 잠시 잊었네."

율리아가 말했다.

"다시 정신 차리고 해야 할 일을 파악하는 데 집중하는 게 좋겠어. 우리 팀에 지원이 올 거야. 비슷한 사건을 처리한 적이 있는 경험자지. 협상가인 거 같은데…… 협상 팀 요원이라고 해야 하나? 부서명이 딱히 없어서 뭐라고 불러야 할지 잘 모르겠네. 아무튼 내 말이 무슨 뜻인지, 모두 알지?"

율리아는 잠시 말을 멈추고 자신을 바라보는 놀란 표정들을 보았다.

"근데 도대체 왜 그 사람들은 이름이 없는 거야?"

페데르가 물었다.

"그냥 심리적인 이유야. 이름이 없으면 존재도 없는 거니까. 그럼 범죄자들이 그들이 누구인지 파악하는 게 그만큼 더 어려워지잖아."

율리아가 대답했다.

"우와."

페데르가 눈썹을 올렸다.

"하지만, 말했듯이 우리 팀에 올 사람은 이제 더는 그 팀 소속이 아니야. 우리 소박하지만 화목한 팀원들이 따뜻하게 환영해 주면 좋겠어. 이미 우리와 함께 오시안 사건에 관해 의견을 나눌 준비가 됐다고 해. 아마 곧 도착할 거야."

"우리한테 정말 인원이 더 필요하긴 한 거야?"

미나가 얼굴을 찌푸리며 물었다.

"자네 말은 우리가 이렇게 적은 수로도 충분하다는 건가?"

크리스테르가 키득거리면서 팔꿈치를 미나가 있는 쪽 허공에 쿡 찔렀다. 그는 직접 접촉을 피할 만큼 자신의 동료를 잘 파악했다. 율리아도 미나의 반응을 이미 예상하고 있었다. 미나 다비리는 변화에 조금도 매력을 느끼지 못했다. 새로운 사람과 관계를 맺어야 하는 일이라면 특히 달가워하지 않았다. 하지만 새로운 관계에서 무언가 좋은 변화를 얻을 수 있는 사람이 있다면 그건 미나였다. 2년 전 가을에 빈센트와 함께한 수사가 끝난 뒤로 미나가 동료들 외에 다른 사람에게 말을 걸거나 누군가에 대해 이야기하는 모습을 전혀 보지 못했다. 율리아가 육아 휴직을 하는 6개월 동안 미나가 사교성을 꽃피웠을 것 같지는 않았다. 그러니 미나에게 동료의 범위를 확장해 주는 건 전혀 해가 되지 않을 것이다.

"아마도 정치적인 이유로 윗선에서 결정한 거겠지."

크리스테르가 말을 이었다. 그는 보세의 귀를 긁어 주었고, 사랑이 듬뿍 담긴 눈길을 답례로 받았다.

"요즘은 평등과 다양성 둘 다 챙겨야 하잖아. 우리에게는 이미 여자가 두 명 있으니까, 장담하지만 오늘 올 녀석은 게이거나 고자일 거야."

"크리스테르!"

페데르가 연장자인 자신의 동료를 엄한 눈으로 쳐다보면서 낮게 으르렁거렸다.

"여기로 옮기게 된 이유가 바로 그런 말을 했기 때문이잖아요. 경찰청이 비싼 돈 들여 가면서 보낸 그 교육들이 석기 시대에서 벗어나는 데에는 전혀 도움이 되지 않은 거예요?"

크리스테르는 한숨을 쉬면서 보세의 귀 뒤를 긁었다.

"아, 그냥 농담한 거야."

크리스테르가 어색하게 말했다.

"요즘 사람들은 참 까칠해. 아무튼, 내가 무슨 의도를 갖고 그런 말을 하는 건 아니야. 나랑 같이 교육을 들은 사람들은 무슨 말인지 알 거야."

"하지만 특정 단어를 선택한다는 건 분명히 무언가를 암시하는……."

조심스럽게 문을 두드리는 소리가 페데르의 말을 막았다. 모두 문을 돌아보았다.

"완벽한 타이밍이에요."

율리아가 한 손을 문을 향해 쭉 뻗으며 말했다.

"우리 팀에 새로 온 가족을 소개할게. 아담 발론데무 블롬이야."

"발음이 인상적이군요."

활짝 웃는 남자가 성큼성큼 걸어 들어오면서 대답했다.

"하지만 아담 블롬이면 충분합니다."

*

저 아줌마는 정말로, 정말로 바보야. 강아지가 있다고 해놓고 없었어. 하지만 아줌마 차는 진짜 레이싱 카였어. 아줌

마가 갖고 있는 장난감처럼 생겼고, 정말로 아주 큰 차야.

어제 어린이집에 갔을 때, 아줌마가 나한테 레이싱 카를 타 보고 싶으냐고 물었어. 난 그렇다고 했어. 근데 차가 움직였어. 아줌마는 레이싱 카에 타면 어떤 기분인지 느끼게 해 주겠다고, 조금만 달릴 거라고 했어. 곧 어린이집에 데려다준다고 했어. 그런데 아니었어. 아줌마는 어린이집으로 돌아가지 않았어.

그래서 무서웠어. 정말로 무서웠어.

욕조에서 물이 배수구로 빨려 들어갈 때 빙글빙글 도는 것처럼 내 배도 빙글빙글 돌았어. 꼭 자꾸 밑으로 빨려 들어가는 것 같았어.

내가 그렇게 말했는데 아줌마는 내 말을 무시했어.

우리는 아주 오래 달렸어. 지금은 아줌마 집이야. 엄마랑 아빠가 있는 집으로 가고 싶어. 여기 있고 싶지 않아. 아줌마는 '조금만' 있을 거라고 했어. 계속 '조금만' 있으면 된다고 해. 나한테 뚝 그치라고 했어.

여기에는 다른 사람들도 있어. 모두 어른들이야. 모두 모르는 사람들이야. 무서운 사람들이야. 그 사람들은 여기로 올 때도 있고 갈 때도 있어. 나한테 아이패드로 마음껏 로블록스 게임을 해도 된다고 했어. 하지만 하고 싶지 않아. 여긴 이상해. 집이랑은 다른 냄새가 나.

밤에는 천장만 계속 봤어. 완전히 컴컴했어. 빛이 전혀 없었어.

아빠를 소리쳐 불렀어. 엄마도 불렀어. 아무도 오지 않았어.

"오시안, 여기에 조금만 있으면 돼." 아침에 아줌마가 말했어. "하루나 이틀만 있으면 돼. 그럼 집에 갈 수 있을 거야."

사람들이 먹을 걸 줬는데 이상한 음식이었어. 먹기 싫었어. 내가 왜 여기 있어야 하는지 물어봤어. 아줌마는 대답하지 않았어. 다른 사람들도 대답하지 않았어. 그냥 나한테 울지 말라고만 했어. 그러면 모두 잘될 거라고 했어.

목소리는 친절해. 하지만 눈은 친절하지 않아.

*

미나는 호기심을 장착하고 팀에 가장 늦게 합류한 인물을 살펴보았다. 물론 조사는 아주 신중하게 진행하려고 했다. 그러나 다른 사람들은 미나처럼 조심스럽게 반응하지 않았다. 예를 들어 루벤은 약간의 적대감을 품은 채 대놓고 거리낌 없이 쳐다보았다. 그의 반응은 놀랍지 않았다. 아담 블롬은 꽉 끼는 흰색 티셔츠 밑에 탄탄한 이두박근과 선명한 식스 팩을 자랑하는 완벽한 인체 모형 같은 남자였다. 루벤이 배를 한껏 집어넣고 몸을 똑바로 세우고 앉아 있는 모습을 보는 건 즐거웠다.

개인적으로 미나는 조각 같은 근육질 몸은 취향이 아니었다. 우락부락한 근육보다는 확신에 찬 태도와 힘줄이 드러나 보이는 체형의 마르고 우아한 남자의 몸이 좋았다. 멋진 양복을 입고…… 갑자기 짜증이 났다. 그녀의 생각은 이상한 데로 흐를 때가 있었다. 집중해야 한다. 화이트보드 옆에 서 있는 율리아의 말에 귀를 기울였다. 율리아의 심각한 표정으로 보니 중요한 말을 하고 있는 것이 분명했다.

"아까도 말했지만, 우리는 오시안 발테르손의 실종 사건을 수사해야 해."

"다섯 살이라고 했지."

페데르의 목소리에서 고통이 느껴졌다. 미나는 그 심정을 이해했다. 아이가 실종되는 건 모든 부모가 두려워하는 최악의 악몽이다. 그러니 아무리 사건 사고에 익숙한 경찰이라고 해도 동요할 수밖에 없었다. 페데르에게도 아이들이 있다. 미나에게 아이가 있었던 건 아주 오래전 일이지만, 부모의 심정을 상상하는 건 너무나도 쉬웠다.

"맞아, 정확해. 오시안은 어제 쇠데르말름에 있는 어린이집에서 유괴된 것으로 추정하고 있어. 가능한 한 관계된 모든 사람을 만나 봐야 해. 게다가 오시안 사건은 전에 있었던 사건과 분명히 비슷한 부분이 있어. 상부에서는 우리가 두 사건을 자세히 살펴보기를 바라고 있고."

율리아는 새로 합류한 팀원을 바라보았다.

"아담, 이전 사건을 조금 더 자세히 설명해 줄 수 있을까요?"

아담은 헛기침을 했다. 의자로 돌아와 앉은 율리아가 아담에게 화이트보드 앞으로 나가라는 손짓을 했다. 아담은 일어나서 앞으로 나갔다. 미나는 자기 말을 신뢰하지 않을 수도 있는 낯선 사람들 앞에 자신 있게 나서는 그의 모습이 부러웠다. 그녀는 당연히 편해야 할 상황에서도 언제나 조금은 불편한 감정을 느꼈다.

"먼저 제 소개를 하고, 어디에서 왔는지 알려 드려야 하겠군요."

크리스테르가 의미심장한 눈길로 페데르를 보았다. 아담에게 케냐나 감비아에서 왔냐는 질문을 하는 순간 미나는 직접 크리스테르를 이 방에서 쫓아낼 것이다. 개가 있건 말건 간에 말이다.

"저는 협상 팀 소속이었습니다."

아담이 말했다.

"1년 전에 저희 팀은 릴뤼 메예르라는 어린 여자아이 사건을 맡았습니다. 릴뤼가 실종된 당시에는 그 사건이 아이의 부모가 벌이고 있던 지독한 양육권 분쟁과 관련이 있다고 여길 만한 근거가 있었죠. 그래서 가족 가운데 한 명이 데려갔을 거라 추정했고, 제가 사건에 투입됐습니다. 혹시 유괴범들과 협상할 필요가 있을지도 몰랐으니까요."

"그 애는, 나중에 죽은 채 발견된 거 맞죠?"

페데르의 목이 멨다.

1년이 지났지만 미나는 경찰이 해결하지 못한 그 비극적인 사건을 분명히 기억했다. 그 아이는 자주 가던 아이스크림 가게에서 몇 미터 떨어지지 않은 함마르뷔 훼스타드의 부두에서 방수포에 덮인 모습으로 발견됐다. 아이의 신원을 즉시 확인했는데도 그 어떠한 용의자도 찾아내지 못했다는 사실이 알려지자 언론은 경찰을 산 채로 뜯어 먹었다. 아이의 부모는 언론에 직접 호소했고, 그 사건은 스톡홀름 경찰서 전체를 감염시켜 버렸다. 그리고 결국 사건은 미제로 남았다.

보세는 페데르의 마음 상태를 눈치챈 것 같았다. 테이블 밑을 기어서 페데르에게 가더니 코로 그의 무릎을 쿡 찔렀다. 개가 남긴 축축한 자국을 보고 미나는 얼굴을 찡그렸다.

"맞습니다. 사라졌던 릴뤼는 여름이 시작될 무렵에 시신으로 발견됐습니다. 룽네츠 테라스, 그러니까 북쪽 함마르뷔 항구 건너편 함마르뷔 훼스타드의 피크닉 테이블들이 있는 큰 부두에서요."

"그건 알겠는데요, 그 유괴 사건은 양육권 분쟁과 관계가 있다는 결론을 내렸던 거 아닙니까?"

루벤의 목소리에는 적의가 약간 담겨 있었다.

"그렇게 말했잖아요. 그럼 그 사건이 어떻게 우리 사건과 관계가 있다는 거죠? 왜 우리가 협상 팀 사람과 함께 일해야 하는 겁니까?"

루벤은 아직도 배에 힘을 주고 있었다. 아주 불편할 게 분명했다.

"그렇기도 하고 아니기도 합니다. 아직도 용의자를 특정하지 못했고, 유일한 진술도 근처에서 목격된 노부부에 관한 것뿐입니다. 그들에게 그다지 주의를 기울이지 않았던 어린이집 교사가 진술한 거였죠. 스트레스에 지친 교사였습니다. 그리고, 맞습니다. 가족 중에 범인이 있을 가능성이 있기 때문에 수사에서 배제하지는 않았습니다. 하지만…… 저는 가족이 범인이라고 생각하지 않습니다. 특히 거의 동일한 상황에서 오시안 유괴 사건이 일어난 지금은 더더욱 그렇게 믿지 않습니다."

"동일한 상황이라니, 무슨 뜻이죠?"

미나가 얼굴을 찡그렸다.

"낯선 사람이 어린이집에서 데려갔는데 아무도 보지 못했다는 거죠. 사람들이 TV 탐정 쇼를 보면서 생각하는 것과 달리, 그런 일은 실제로는 거의 일어나지 않습니다. 보통 현실에서는 납치된다면 대부분은 친척이 범인입니다. 아이를 고향으로 데려가려고 납치하는 경우도 있고요. 가끔은 양육권 분쟁을 하던 부모 가운데 한 명이 아이를 데려가기도 합니다.

하지만 이 사건은 어떻습니까? 경찰도, 어린이집 직원들도 모르는 범인입니다. 사실상 전례가 없는 일이에요. 그런 사건이 이제 두 번이나 일어났습니다. 상부에서는 릴뤼 사건에 관해 제가 알고 있는 정보들이 여러분 사건에 도움이 될 거라고 판단했습니다. 시간이 많지 않아요. 제가 알고 있는 정보들을 빠르고 효율적으로 전달하면, 여러분은 제가 준 정보의 표면과 행간을 읽어 낼 수 있을 겁니다."

"아담이 이 수사에 귀중한 자산이 되어 줄 거라는 간부들 의견에 전적으로 동의해요. 그럼 이제 계속해도 될까, 루벤?"

율리아가 루벤을 똑바로 보면서 말했다. 루벤은 아무도 들을 수 없는 말을 중얼거리면서 고개를 끄덕였다.

"릴뤼는 3일 뒤에 찾은 거, 맞지?"

크리스테르가 셔츠 소매로 이마에 맺힌 땀을 닦으면서 물었다. 회의실의 열기는 장난이 아니었다. 미나는 불쾌한 감정을 애써 눌렀다.

"오시안은 어제 사라졌고, 같은 방식으로 범행이 진행된다면 그 애를 찾을 시간이 얼마 남지 않은 거야."

크리스테르가 덧붙였다.

"잠깐만. 그럼 우리는 릴뤼 유괴범이 오시안을 데려간 거라고 생각해야 하는 거야?"

페데르가 율리아에게 물었다.

"지금으로선 그렇게 믿을 이유는 없어. 하지만 방금 들은 것처럼 범행 진행 방식이 비슷해. 그래서 시간이 많지 않다는 가정 아래 수사해 나갈 거야. 마침 오늘 밤에 기자 회견을 열어 달라는 요청을 받았어. 그 전에 아담과 루벤이 오시안의 어린이집에 가서 직원들을 만나 봐. 미나와 페데르는 오시안의 부모를 만나고 오고."

"크리스테르가 아담과 다녀오면 안 될까? 곧 가 봐야 할 곳이 있어서."

루벤이 시계를 보면서 말했다.

"크리스테르는 성범죄자 목록을 살펴볼 거야. 작년에 출소한 사람들을 모두 살펴봐 주세요. 혹시 모르니까. 그리고 루벤, 아까 확인해 보니까 너 아직 경찰이더라고. 그러니까 지금은 이게 네가 해야 할 가장 중요한 일이야."

"네 틴더 애인들한테는 기다리라고 해."

미나가 거들었다.

"성범죄자들을 뒤적이라는 거야?"

크리스테르가 한숨을 쉬었다.

"또 말이지."

"난 틴더 안 써."

루벤이 콧방귀를 뀌었다.

"그런 앱은 들여다볼 필요도 없어. 너랑은 다르게 말이지,

미나. 수녀원에 들어가고 싶은 노처녀 양반."

미나는 휴대폰을 꺼내 루벤의 얼굴에 들이밀었다. 그리고는 과시하듯이 앱스토어를 열어 루벤이 보는 앞에서 틴더 앱을 깔았다.

"됐지? 이제 내 삶의 질은 걱정하지 않아도 되니까, 네가 맡은 일에만 충실하면 되겠다."

앱은 회의가 끝나면 곧바로 지워 버릴 것이다.

"여러분, 조용! 이제 일하자고. 아주 심각한 사건을 처리해야 해."

율리아가 큰 소리로 말했다. 율리아 옆에 서 있던 아담은 어디로 가야 할지 몰라 난감하다는 표정을 짓고 있었다.

"보시다시피."

율리아가 한숨을 쉬면서 아담을 보았다.

"지금까지 일했던 팀과 달리 완벽하게…… 규율이 잡힌 곳은 아니에요. 하지만, 우린 좋은 팀이에요. 보통은요."

"그건 아무래도 좋습니다."

아담의 목소리는 심각했다.

"말씀하셨듯이…… 이미 우리는 24시간을 잃었고, 지금도 시간은 가고 있으니까요."

*

크리스테르는 살이 익어 버릴 것만 같은 더운 사무실에서는 절대로 일할 수가 없었다. 결국 노트북을 들고 공용 사무실로 나왔다. 그리고 휴대폰을 꺼내 화면에 떠오른 64개의 흑백 사각형을 응시했다. 사실 게임은 오래전에 끝났다. 그저 그 사실을 받아들일 수 없어서 발버둥 치고 있는 것뿐이었다.

그는 항상 자신이 상당히 능수능란한 체스 선수라고 믿었다. 살면서 체스 시합을 아주 많이 해 본 것은 아니다. 하지만 자신은 당연히 잘해야 한다고 느꼈다. 체스 실력은 위스키, 고독, 재즈를 즐기는 취향과 함께 가야 하는 능력이라고 생각했다. 사실 보세가 그의 인생에 들어온 뒤로는 그렇게까지 외롭다는 생각은 들지 않았다. 솔직히 말해서 개와 함께하는 삶은 그의 페르소나와 상당히 어울리는 일이기는 했다.

그런데 무료 체스 앱을 발견한 날, 자신의 체스 실력에 대한 크리스테르의 확신은 흔들리기 시작했다. 앱을 깐 뒤로 매일 휴대폰으로, 컴퓨터로 체스를 했다. 그때부터 지금까지 거의 6개월이 지났지만 그는 여전히 초급자 단계였다. 아직 한 경기도 이기지 못했다. 한숨을 쉬면서 휴대폰을 내려놓았다. 해야 할 일을 미루는 건 의미가 없었다.

노트북을 들고 지나가던 미나가 옆에 앉았다.

"잠깐 도와줄게요. 바로 시작할까요? 낭비할 시간이 없어요."

"그래, 시작하는 게 좋겠어."

크리스테르가 심드렁하게 대답했다.

"성범죄자 목록 말이지. 만세군."

맥없이 커피 잔을 들여다보았다. 커피는 차갑게 식어 있었다. 게다가 너무 오래 끓인 것처럼 보였다. 그는 크게 소리를 내며 한숨을 쉬었고, 걱정이 된 보세가 고개를 옆으로 갸우뚱 기울였다.

"엎드려 있어, 꼬마야. 아빠는 컴퓨터로 일을 좀 해야 해. 물도 있고, 바구니도 있잖아."

크리스테르는 보세의 양쪽 귀 뒤를 긁어 주었다. 주인에게 관심을 받았다는 데 만족한 보세는 바구니 위에서 같은 자리를 세 번 돈 뒤에 누웠다.

"자 그럼, 기분 나쁜 녀석이 있는지 찾아보자고."

크리스테르가 프로그램을 열면서 말했다.

이런 일은 왠지 자신이 동떨어진 존재라는 기분을 느끼게 했다. 몇 시간이고 앉아서 컴퓨터 화면을 들여다보는 건 건초 더미 위에서 바늘을 찾는 기분이 들게 했다. 맥만 빠지고 보상은 없는 잡일이었다. 언제나 그 누구도 아닌 자신에게만 배정되는 일이었다. 하지만 괜찮았다. 이번에는 미나가 돕고 있으니까. 친절한 미나. 보통은 혼자 남아서 이 일을 해야 했다.

요즘에는 동료들이 현장에 나가 사기꾼을 쫓는 일에 그를 끼워 주지 않았다. 사실 그도 딱히 원하진 않았다. 하지만 가끔 함께 가지 않겠느냐고 물어봐 주는 건 좋았다. 그건 동료들 사이의 예의 문제니까. 경찰차를 타고 수행한 수년간의 경험을 조금쯤은 인정해 주는 거 말이다. 물론 이제는 그런 생활을 하지 않아도 된다는 건 좋은 일이지만, 그래도 그렇지.

"릴뤼 사건과 연결 고리가 있을지도 모를 사람을 찾아볼게요. 연쇄 유괴범을 상대하고 있는 건지도 모르니까요. 크리스테르는 출소한 사람들을 찾아보세요."

"그게 좋겠군."

크리스테르는 스크롤을 내리기 시작했다. 줄줄이 사진이 올라갔다. 줄줄이 나쁜 놈들이 화면 위로 지나갔다. 끔찍한 녀석들이 바깥에서 얼마나 많이 돌아다니고 있는지 안다면 사람들은 결코 집에서 나오지 않을 것이다. '스웨덴의 미래' 당은 스웨덴이 두려워해야 할 유일한 위험은 아흐메드나 모하메드라고 믿게끔 사람들을 속였다. 하지만 이걸 좀 보라고. '스벤 베스틴', '칼 에리크 요한손', '페테르 룬드베리'. 모두 허연 녀석들이잖아. 어린아이를 좋아하는 녀석들은 말이야. 게다가 그 녀석들은 늘 사건이 일어난 뒤에 "정말 친절했어요. 결코 그런 일을 할 거라고는……"이나 "뭔가 오해가 있는 게 분명해요. 그는 정말로 우리 아이들에게 잘해 줬어요" 같은 말을 듣는다.

잠을 자고 있는 보세가 끙끙대면서 뛰는 것처럼 발을 움직였다. 뭘 쫓고 있는 걸까? 뭔지는 모르지만 소아 성애자는 아닐 것이다. 아무리 그 녀석들이 쫓아야 할 대상이라도 말이다. 젠장. 크리스테르는 율리아가 틀렸기를, 컴퓨터 화면 위를 지나가는 남자와 여자가 오시안의 실종과는 아무런 관계도 없기를 빌었다. 이 세상은 지금보다 더 나빠질 필요가 전혀 없었다.

크리스테르는 다른 책상들을 훑어보았다. 공용 사무실은 평소보다 한산했다. 다른 동료들은 산드함 부두에서 맥주를 마시며 요트를 타고 있거나 고틀란드 섬에서 석회암 기둥을 사진에 담고 있거나 어딘가에 있는 산장에서 장작을 패고 있을 것이다.

미나가 일어섰다.

"커피를 마셔야겠어요. 여기가 아무리 뜨거워도요. 커피 가져다드려요? 잠깐만 도와드릴 거예요. 조금 있다가는 페데르와 함께 오시안의 부모를 만나러 가야 해요."

크리스테르는 암울한 표정으로 고개를 끄덕였다. 오시안의 납치범을 찾을 수 있는 시간이 계속 흘러가고 있었다. 어디선가 시곗바늘 소리가 들려오는 것 같았다. 견딜 수 없이 악랄한 놈들의 얼굴을 보면서 견뎌야 하는 몇 시간이 그의 앞을 가로막고 있었다. 정말로 카페인이 필요했다.

*

"정말로 우리가 이 일에 가장 적합한 팀원인 게 맞는 걸까?"

침을 꿀꺽 삼키며 페데르가 말했다. 미나는 페데르의 '우리' 가 사실은 '나'임을 알았다. 페데르는 아이가 있는 남자니까.

"자신이 없으면 여기 있어도 돼. 내가 만나 볼게. 난 정말 괜찮아."

페데르는 고개를 저었다.

"아니, 아니. 할 일은 해야지. 나도 알아. 이겨 내자고."

경찰서 지하 주차장에서 미나는 페데르에게 운전을 맡겼 다. 운전하는 동안에는 앞에 놓인 과제가 아니라 다른 생각을 할 수 있을 거라고 생각했기 때문이다. 만약을 대비해 미나는 페데르의 아이들을 주제로 대화를 이끌었다. 그건 언제나 효 과가 있는 주제 환기 전략이었다. 미나는 앞 유리를 똑바로 쳐다보면서 페데르가 옆에서 계속 떠드는 동안 자기 생각도 정처 없이 떠돌게 했다.

"……그런데 오늘 아침에 메야가 갑자기 '귀이죽'이라고 하 는 거야."

페데르는 이야기 삼매경에 빠져 있음이 분명했다.

"정말 똑똑하지 않아? 아직 2년 6개월밖에 되지 않았어. 두 살 반인 아이들은 대부분 귀리죽을 '주우'라고 한단 말이야. 그런데 귀이죽이라고 하는 거야. 영재 학교에 등록하는 걸 진 지하게 고민하고 있다니까. 사람들 말이 영재인 아이를 기르는 건 엄청나게 힘들다고 하더라고. 다른 문제들도 함께 해결해야 하는 아이를 기르는 거라서. 하지만 우리는 도전해야 할 문제가 생기면 그 문제를 해결해 나가야 한다고 봐. 그게 아네트와 나, 둘의 생각이야. 물론 마이켄도 있지. 그 애는 스포츠계로 갈 것 같아. 어린이집에서 정글짐에 올라가는 걸 너도 봤어야 해. 그 균형 감각이랑 힘은…… 정말 일류 선수가 될 거야. 벌써 훈련소까지 왔다 갔다 할 각오도 하고 있어. 몰리도 엄청나. 그 애는 동물의 감정을 느낄 수 있어. 하루는 날개가 다친 새를 데려왔더라고. 신발 상자에 솜을 깔고 눕혀 놨는데, 정말 어미 새가 된 것처럼 밤새 지켜보더라니까. 안타깝게도 새는 죽었지만. 그래도 그 애는 동물의 감정을 느낄 수 있어…… 마치 말이 통하는 것 같아. 정말로. 아마도 수의사가 되지 않을까 생각해. 어쩌면 콜모르덴 동물원이나 공원 동물원 같은 곳에서 근무하지 않을까 싶어. 내 생각에는……."

미나는 또다시 앞 유리를 바라보면서 페데르의 열변이 한쪽 귀로 들어와 다른 쪽 귀로 나가게 내버려 두었다. 경찰차는 비싼 선글라스, 우아한 옷, 완벽한 구릿빛 피부의 사람들이 바글거리는 스투레플란 거리를 지나갔다. 햇살에 붉은 와인 잔이 반짝이는 스투레호프의 메인 식당 밖 테라스에는 빈자리가 없었다. 근심도 걱정도 없이 태양을 즐기는 사람들이, 그리고 그들이 이 세상에서 시간을 즐기는 방식이 미나는 부러웠다. 자신은 다섯 살 아이가 사라져 버려 정신이 나가 있을 부모를 만나러 아린 마음을 품고 달려가고 있는데 말이다. 시간은 사라져 가고 있었다. 어쩌면 릴뤼에게 일어난 일이 또 다른 아이에게 일어날 수도 있었다.

*

 어린이집 교사 톰은 루벤이 예상했던 것보다 훨씬 불행해 보였다. 다 큰 성인 남자가 이렇게 불행해 보일 수 있다니. 바켄스 어린이집의 비좁은 교무실에는 톰과 루벤, 아담뿐 아니라 톰의 동료 교사 예냐와 관리 교사 마틸다도 함께 있었다. 창문은 모두 열려 있었지만 전혀 도움이 되지 않았다. 톰의 이마에 맺힌 땀은 코와 뺨을 향해 떨어지기 직전이었다.

 루벤은 생각을 정리해 봤다. 율리아가 오늘 아침 브리핑을 시작했을 때, 이미 그의 머릿속에는 엘리노르가 들어 있었다. 그녀에게 뭐라고 말해야 할지 열심히 생각했다. 율리아에게 짧게 환영 인사를 하고 나면 바로 차를 타고 엘리노르에게 갈 수 있을 거라고 생각했다. 그런데 회의 테이블 위로 오시안 사건이 떨어졌다. 그때부터는 당연히 오시안 사건에 집중해야 했다. 10년 이상 그의 마음속에서 떠나지 않던 누군가를 곧 만나게 된다는 생각은 하지 않아야 했다. 이 사건이 끝난 다음에도 엘리노르에 대해 생각할 수 있는 시간은 많았다. 하지만 오시안은 지금 즉시 찾아야 했다. 오시안에게는 그가, 루벤이 필요했다. 루벤이 해야 할 일이 필요했다.

루벤은 엘리노르를 생각에서 밀어 내고 교무실에 욱여넣어져 있는 사람들을 쳐다보았다. 그런데 루벤에게 말할 기회가 오기 전에 아담이 먼저 입을 열었다.

"그러니까."

루벤의 새 동료가 말했다.

"어제 사건에 대해 이야기하고 싶은데요. 어떻게 오시안이 사라진 사실을 아무도 모를 수가 있었던 겁니까?"

이런 세상에. 곧바로 본론으로 들어가다니. 아담은 협상의 귀재라고 하지 않았나? 루벤조차도 경찰 조사는 비난으로 시작하면 안 된다는 걸 알았다. 이 사람들은 이미 자신들이 감옥에 가게 될지도 모른다고 생각하는 것처럼 보였다. 그러니 이 사람들에게 압박감을 줄 만한 암시는 그 어떤 것도 해서는 안 된다. 톰은 벽에 고정해 놓은 그림들을 물끄러미 응시하고 있었다. 아이들이 선생님들을 투박하게, 하지만 열심히 그려 놓은 그림들이었다.

"그저 오시안이 유괴됐을 때 여러분이 어디에 계셨는지 알고 싶은 것뿐이에요."

루벤이 최대한 부드러운 목소리로 말했다. 톰은 차라리 바닥에 삼켜지기를 바라는 것 같았다. 그가 휴지 갑에서 휴지를 한 장 꺼내 눈가를 닦았다.

"공원에 갔을 때는 아이들이 너무 많았어요. 모든 아이를 다 쳐다보고 있을 수는 없어요. 그래서 큰 아이들에게는 작은 아이들보다 조금 더 자유를 줘요. 하지만 아이들도 우리에게 이야기하지 않고 공원을 나가면 안 된다는 걸 알아요. 우리도 시간을 정해 놓고 아이들을 점검하고요. 몇 분 정도 오시안을 지켜보지 않은 게 특별히 방관한 건 아니에요."

톰은 입을 다물고 다시 그림을 쳐다보았다. 색칠된 커다란 하트 속에 남자의 모습이 놀랍도록 세밀하게 그려진 그림이었다. 그림 속 남자가 입고 있는 티셔츠에는 녹색으로 T라고 적혀 있었다. 그림의 한 모퉁이에는 작가의 서명과 함께 서툴지만 신중하게 적은 '오, 오'라는 글자가 있었다. 오시안의 그림이었다. 갑자기 목이 막혀 루벤은 헛기침을 했다.

"아이들의 세상은……."

톰의 목소리는 둔탁했다.

"그러니까, 저희의 세상은 보통은 안전한 곳입니다."

"저희도 그렇게 알고 있습니다. 하지만 여러분이 그런 안전을 보장하고 주의를 기울이는 데 실패했다는 사실은 변함이 없습니다."

아담이 대답했다. 도대체 이 자식은 뭐지? 루벤은 어째서 협상 팀에서 아담을 내보내기로 결정했는지 알 것 같았다. 톰의 눈에 맺혔던 눈물이 뺨으로 흘러내리기 시작했다.

"사람이니 그럴 수 있습니다. 저는 선생님이 하신 말씀에는 어떤 판단도 하지 않을 겁니다. 하지만 지금 제가 보인 태도가 앞으로 선생님들이 만나게 될 사람들의 태도임을 알고 계셔야 합니다. 특히 다른 아이들의 부모님은 더 그럴 겁니다. 실제로 무슨 일이 일어났는지를 저희가 알고 있어야만 사람들의 태도를 비난이 아닌 공감으로 돌리고, 선생님들을 도울 수 있습니다."

아담이 톰에게서 시선을 옮겨 마틸다를, 관리 교사의 눈을 똑바로 보았다.

"오늘 어린이집에 온 아이가 거의 없다는 걸 생각해 보면, 최대한 솔직하게 협조해 주시는 것이 가장 좋은 선택일 거라고 생각합니다."

좋아. 루벤은 아담이 아주 나쁜 방법을 쓰고 있는 건 아니라는 걸 인정할 수밖에 없었다. 하지만 지금은 협상을 하는 자리가 아니었다. 지금 해야 하는 건 대화였다. 아담은 대화를 해 본 경험이 별로 없는 것이 분명했다. 루벤이 우쭐한 기분이 드는 건 어쩔 수 없었다. 아담은 식스 팩과 190센티미터라는 엄청난 체구를 자랑하며 앉아 있을 수는 있겠지만, 결국 이 자리를 이끌어 가는 것은 나, 루벤일 수밖에 없었다.

"저희가 궁금한 건, 선생님들이 수사에 도움이 될 만한 단서를 보았거나 알고 계신가입니다. 혹시 오시안을 데려갔다는 여자가 누군지 아시나요?"

루벤이 물었다. 예냐가 고개를 저었다. 히잡을 입고 있었지만 톰과 달리 땀을 많이 흘리는 것 같지는 않았다. 머리를 가리고 있으면 미친 듯이 덥지는 않은지 물어보고 싶은 충동을 꾹 눌러 참았다. 이미 자신이 아니어도 셀 수 없이 많은 사람이 그 질문을 했을 거라는 생각이 들었다.

"모든 아이에게 물어봤어요. 아이들은 친구들의 엄마와 아빠, 그리고 형제들을 놀라울 정도로 정확하게 알고 있거든요. 하지만 오시안을 데려간 사람은 한 번도 본 적이 없는 사람이래요."

아담은 의자에서 일어나더니 오시안이 사라진 언덕이 보이는 창문 앞으로 갔다. 무언가를 곰곰이 생각하는 것 같았다. 잠시 뒤에 아담은 다시 자리로 돌아와 앉았다.

"그럼, 멈춘 곳에서 다시 시작해 보겠습니다."

아담이 말했다.

"어째서 선생님들은 그 여자를 보지 못하셨을까요? 아이들은 보았는데 말입니다. 조금 이상하지 않습니까?"

"지금 저희 직원이 이 사건과 관계가 있다는 말씀인가요?"

마틸다의 눈이 휘둥그레졌다.

"고의로 숨기는 게 있다고요? 톰과 예냐는 제가 보증해요.

저와 함께한 선생님들 중에 최고라고 꼽을 수 있는 분들이에요. 제가 전폭적으로 지지하는 분들이고요. 이런 식으로 계속 비난을 하실 생각이라면, 법정 대리인 없이 이 대화를 계속해도 되는 건지 의문이 드네요."

루벤이 방어하듯 두 손을 들어 올렸다. 잘하는 짓이다. 변호사들이라니. 변호사야말로 이들에게 필요한 전부였다. 아담이 이렇게 깊이 구멍을 팔 생각이라면 앞으로는 삽을 가지고 다니는 게 나을 것이다. 솔직히 말해서 아담의 헛발질을 말리고 싶은 생각은 없었다. 아담이 제풀에 넘어지는 걸 옆에서 지켜보는 건 즐거웠다. 하지만 빈약한 결과에 대한 책임은 루벤도 함께 져야 한다.

"선생님들을 비난하려는 게 아니에요. 저희는 범인이 남의 눈에 띄지 않으려 했을 거라 생각하고 있습니다."

루벤이 부드럽게 말했다.

"분명히 적절한 순간을 기다렸을 거예요. 우연히 선생님들의 눈을 피한 건 아닐 겁니다."

루벤의 말에 마틸다는 화가 조금 누그러진 것 같았다.

"마지막으로 한 가지 더 질문하겠습니다."

아담이 말했다.

"이해가 안 되는 게 있어서요. 오시안은 자발적으로 그 여자를 따라간 것 같은데, 낯선 사람을 경계하지 않는 편입니까?"

"아니에요. 하지만 오시안은 레이싱 카에 빠져 있거든요. 람보르기니, 코닉세그, 포르쉐를 정말 좋아해요. 레이싱 카의 기종과 제조사를 다 알고 있어요. 진짜 차든 판지로 만든 차든, 빠른 속도로 달릴 것처럼 생긴 건 모두 좋아하죠. 특히 빨간색 차라면요."

"제가 맞게 이해한 거라면, 이 여자에게 그런 차가 있었겠군요."

아담이 고개를 끄덕이면서 대답했다.

"범인이 펠리시아에게도 그런 말을 했대요. 자동차와 강아지들이 있다고요. 펠리시아가 그런 말을 꾸며 냈을 리는 없어요. 정말로 강아지가 있었는지는 알 수 없지만요. 펠리시아는 강아지를 보러 가지 않았으니까요."

"한 번도 보지 못했던 여자고요."

루벤이 수첩을 살펴보면서 말했다.

"그렇다고 그게 범인이 오시안과 모르는 사람이라고 할 이유는 될 수 없겠지요. 혹시 최근에 오시안이 평소와는 다른 행동을 하지는 않았습니까? 아니면 오시안의 부모님이 그랬다거나요."

톰은 고개를 저었다.

"이상한 점은 없었어요. 그냥 여느 여름날과 다르지 않았어요. 어제…… 어제까지는요."

"그렇군요."

아담이 자리에서 일어섰다.

"협조 감사합니다. 이 정도면 된 것 같습니다."

마틸다가 일어나 두 사람을 문까지 배웅했다. 인상적인 여자라고, 루벤은 생각했다. 보통 경찰이 찾아오면 사람들은 아주 온순해져서 주도권을 가져가지 못한다. 하지만 마틸다는 아니었다. 주도권 싸움이 벌어졌을 때 그녀는 자존심을 지키는 암사자처럼 행동했다. 게다가 외모도 꽤 근사했다. 문제는 이불 밑에서도 주도권을 행사할 것인가였다. 아주 오래전이었다면 그 의문을 직접 확인해 봤을 것이다. 그러나 지금은 그저 궁금해하는 것이 전부다. 이게 다 망할 정신과 의사 아만다 때문이었다.

"저희도 무슨 일이 있었던 건지 자세하게 조사할 거예요."

마틸다가 아담에게 손을 내밀면서 말했다.

"하지만 지금으로서는 더 이상 알고 있는 게 없네요. 수사 상황을 알려 주시면 감사하겠어요. 믿지 않으실지도 모르겠지만, 저희도 책임을 통감하고 있어요."

루벤과 아담은 세 교사 모두와 악수를 나누었다. 톰의 손은 축축했고, 표정은 죽을 것만 같았다. 업무에 복귀하려면 조금은 시간이 필요해 보였다.

"좋은 수사였습니다."

어린이집을 나오면서 아담이 작은 목소리로 말했다.

"좋은 경찰과 나쁜 경찰 역할, 좋았어요. 그 덕분에 저분들이 아는 걸 아주 빨리 알아낼 수 있었습니다. 속도야말로 지금 가장 중요한 거니까요."

루벤은 아담을 뚫어지게 쳐다봤다. 협상가들은 자기가 영화 속에 산다고 생각하는 걸까? 루벤이 알고 있는 협상가들은 개인적인 관계를 구축하고 사기꾼들의 신뢰를 얻어 비밀을 털어놓게 하는 전문가들이었다. 아담의 행동은 그와는 정반대였다. 하지만 그렇다고 그의 말에 반박할 수도 없었다. 두 사람은 정말로 알아내야 할 모든 것을 알아냈다.

"하지만 다음번에는 제가 좋은 경찰을 하고 싶네요."

아담이 덧붙였다. 이런 세상에. 루벤은 정말로 다음번에는 잊지 말고 삽을 가져와야겠다고 생각했다.

*

빈센트는 스트란드베겐에 있는 쇼라이프 프로덕션 사무실에서 창밖 아래를 내다보고 있었다. 하늘 위로 높이 뜬 오후의 해가 수면을 아름답게 반짝였다. 하지만 그가 보고 있는 건 햇살에 반짝이는 물결이 아니었다. 그의 마음을 사로잡은 것은 투석기에서 발사되거나 곤충으로 가득 찬 방을 헤치고 나가는 상상이었다. 상상 속에서 몸에 착 붙는 운동복을 입은 빈센트는 몸을 떨었다. 그의 머릿속에 떠오른 장면은 조금도 매력적이지 않았다.

"아마추어처럼 굴지 말자고."

빈센트의 뒤에서 움베르토가 말했다.

"자네 인기에는 더 좋게 작용할 거야. 우리 쇼에서 좀 더…… 자네의 인간적인 면을 보여 줄 필요가 있잖아. 가능하다면 말이야."

빈센트는 창문가를 떠나 다시 자리에 앉았다. 이번에는 에이전트의 책상 위 어디에도 갓 구운 비스킷은 없었다. 그건 그와 움베르토가 한층 가까워지고 좀 더 비공식적인 관계를 맺게 됐다는 뜻일지도 모른다. 아니면 움베르토가 그에게 지쳤다는 뜻일 수도 있고. 그래도 공장제 펀치롤 빵이 네 개 있다는 건 아직 완전히 관계가 틀어진 것은 아니라는 뜻이었다.

"하지만…… 생각해 봐. 요새 *죄수의 비행*이라고? 보야르 요새에서?"

빈센트는 미심쩍은 목소리를 내뱉으며 펀치롤을 한 개 집어 들었고, 움베르토도 동시에 펀치롤을 집어 들었다.

이제 접시 위에는 펀치롤이 두 개 남아 있었다. 왠지 질서를 유지해야 한다는 기분이 들었다.

"내가…… 출연할 만한 다른 TV 쇼가 있지 않을까? 애초에 내가 방송에 꼭 나가야 하는가 싶기도 하고."

움베르토는 한숨을 쉬고, 손가락으로 턱을 두드리면서 몸을 앞으로 내밀었다.

"빈센트, 내 친구. 들어 보라고. 내 일은 최대한 많은 사람이 공연과 강연회 표를 사게 하는 거야. 사람들이 표를 사지 않으면 어떻게 되겠어?"

"자네 생계가 곤란해지겠지."

빈센트가 대답했다.

"바로 그거야. 그런데 그보다 더 중요한 게 있어. *자네 생계도 곤란해진다는 거* 말이야. 이건 정말 단순한 거야. 기본 경제학이지. 자네가 하는 일을 계속 감당하려면 증가하는 비용만큼 더 많은 표를 팔아야 해. 예인 사건 덕분에 한동안은 아주 잘 되겠지. 하지만 그런 관심은 영원하지 않아. 그러니까 더 많은 사람이 자네를 생각하고, 자네에게 신경을 쓰게 해야 한다는 거야. 다시 말해 자네가 가끔은 텔레비전 화면에서 대포 밖으로 튀어 나가는 모습을 보여 줘야 한다는 뜻이고."

빈센트는 움베르토가 하는 모든 말에 자신이 스트레스를 받고 있음을 드러내지 않으려고 애썼다. 보야르 요새…… *요새 죄수의 비행*…… 알파벳으로는 FPFFortress Prisoner's Flight였다. 여섯 번째, 열여섯 번째, 여섯 번째 알파벳의 나열. 6166. 베냐민이 어렸을 때 빈센트는 여러 조각이 섞여서 들어 있는 레고 세트를 샀다. 처음에는 베냐민이, 나중에는 아스톤이 그랬던 것처럼 레고 블록을 정말로 진지하게 생각하는 사람들은 각기 다른 세트에 비슷한 품목이 들어 있다는 걸 알기 때문에 특정한 레고 블록을 언급할 때 꼭 제품 번호를 사용한다. 빈센트가 베냐민에게 사 준 레고 혼합 세트에 6166번 블록이 있었다. 지금 그는 요새 죄수의 비행과 레고를 무작위로 연결하는 중이었다. 레고LEGO의 알파벳 순서는 12, 5, 7, 15이다. #125715는 진녹색의 색상 코드다. 진녹색은 보야르 요새 주변의 물과 비슷한 색상이다. 적어도 썰물일 때는 그랬다. 이 모든 것을 연결할 수 있었다. 그럴 마음만 먹는다면 말이다.

"빈센트."

움베르토의 목소리가 날카로웠다.

"어디에 정신이 팔려 있는 거야?"

움베르토의 말투로 보아 이미 여러 번 빈센트를 부른 것 같았다.

"레고."

빈센트가 대답했다. 움베르토는 고개를 저었다.

"해야 해."

자신이 어째서 이 제안을 고려하고 있는지도 제대로 확신하지 못했지만, 어쨌거나 빈센트는 천천히 고개를 끄덕였다. 어쩌면 움베르토 말이 맞는지도 모른다. 이제 몸 관리를 시작해야겠다. 보야르 요새에서 해야 할 쇼는 현재 그의 몸이 할 수 있는 것보다 더한 걸 요구할 수도 있으니까. 게다가 운동을 하면 여름 내내 바빠질 테고, 엉뚱한 생각을 하느라 부산한 마음도 막을 수 있을 것이다.

미나가 어떻게 지내는지 궁금해하는 마음 같은 것 말이다.

움베르토가 남은 펀치롤 가운데 하나를 집어 들었다. 빈센트는 한숨을 쉬었다. 두 번째 롤은 말할 것도 없고 사실 첫 번째 롤도 먹고 싶지 않았다. 하지만 선택의 여지가 없었다. 홀로 남은 롤이라니 가당치 않았다. 그저, 그러면 안 되는 문제였다. 빈센트는 마지막 남은 롤을 집어 들었고, 자기 에이전트의 입가에 떠오른 희미한 미소를 보았다. 망할 움베르토. 일부러 이런 짓을 한 것이다.

"좋아. 한다고 해. 쇼 말이야. 촬영은 언젠데?"

빈센트가 물었다.

"한 달쯤 뒤에."

커다란 아라크 술 맛 롤 케이크가 빈센트의 목에 걸렸. 한 달이라고? 그건 오늘 바로 개인 트레이너를 예약해야 한다는 뜻이었다.

*

그 사람들이 두려워하지 말라고 했어. 그건 정말 이상한 말이야. 어째서 두려워하면 안 되는 거지? 엄마도 못 보고 아빠도 못 보는데? 엄마, 아빠가 어디 있는지도 말해 주지 않으면서? 엄마, 아빠한테 무슨 일이 생긴 건지도 몰라.

어린이집 에바는 엄마가 죽었어. 에바의 할머니와 할아버지가 와서 선생님이 에바한테 집으로 가라고 했어. 정양인가 때문에 죽었다고 했어.

엄마와 아빠도 정양이 있으면 어쩌지?

죽었으면?

어린이집에서 데려온 건 그거 때문일지도 몰라. 그런데 왜 할머니랑 할아버지가 오지 않은 거지? 매트리스 위에 웅크리고 누워 있어. 이상한 냄새가 나. 여긴 모든 냄새가 이상해.

오래전부터 손가락을 빨지 않았어. 다 큰 남자아이는 손가락을 빨지 않는 거니까. 너무 오래 손가락을 빨면 이가 비틀어져. 할머니가 그랬어. 하지만 지금은 손가락이 필요해.

너무 졸리고, 몸이 무거웠어. 밤새 잠을 안 잤어. 엄마랑 아빠랑 정양만 생각했어. 멀리서 목소리가 들렸어. 하지만 엄마 아빠는 아니었어.

눈을 감았어.

자고 일어나면 엄마랑 아빠가 와 있을지도 몰라.

*

 벨만스가탄에 있는 아파트는 작지만 아늑했다. 집 안의 모든 것이 아이가 사는 집임을 보여 주었다. 현관 앞에 있는 신발들 사이에는 레이싱 카 레고 조립 세트가 담긴 비닐 쇼핑백이 있고, 현관 입구 통로에는 장난감이 흩어져 있었다. 활동적인 가족이 사는 집이었다. 냉장고에는 휴가를 보낸 가족의 사진과 그림이 붙어 있었다. 식탁에는 아이가 먹고 간 아침 식사의 흔적이, 시리얼이 말라붙은 플라스틱 그릇이 있었다.
 "너무 엉망이어서 죄송해요. 저희가⋯⋯."
 오시안의 어머니 요세핀은 하던 말을 끝맺지 못했다. 허공을 보고 있는 요세핀의 눈을 보면서 미나는 요세핀이 강력한 진정제를 복용한 게 분명하다고 생각했다. 반면 오시안의 아버지 프레드리크의 눈동자는 선명하고 침착했다. 경찰에게 앉으라고 권하며 흰색 이케아 소파를 가리키는 손이 살며시 떨린다는 사실만이 아버지의 마음속도 지옥임을 조금 보여 주고 있었다.
 "이리 와, 여보. 이리 와서 앉아."
 프레드리크는 요세핀의 팔을 잡고 부드럽게 소파로 이끌었다. 순순히 소파로 따라간 요세핀은 앉는다기보다는 소파 위로 쓰러져 버렸다. 그리고 소파 덮개에 손을 닦았다. 소파에는 이미 커다란 얼룩이 묻어 있었다.

"아이를 가지려고 계획했을 때 흰색 소파는 사면 안 된다는 걸 알았어야 했어요. 하지만 우리 생각에는…… 우리는, 육아 잡지나 텔레비전에 나오는 걸 믿었어요. 귀엽게 옹알이하는 아기는 잠만 잘 거라고요. 우리는…… 우리는 괜찮을 것 같았어요. 아무 문제 없을 것 같았어요. 프레드리크랑 나는 10대 때 말을 많이 탔어요. 그래서, 변덕스러운 말을 잘 다루니까 아이도 아무 문제 없이 기를 수 있을 것 같았어요. 하지만…… 우리 아이는……."

"요세핀, 그런 말까지 할 필요는……."

프레드리크가 요세핀의 팔을 잡았지만, 흐느껴 우는 요세핀은 팔을 흔들어 남편의 손을 떨쳤다.

"우리 아이는, 그 애는 태어나서부터 울고, 울고, 또 울었어요. 그 애가 하는 일은 우는 것밖에 없었어요. 계속 울었어요. 쉬지 않고 울었어요. 그냥 화가 나 있었어요……. 나는 이해할 수가 없었어요. 어째서 그렇게 내내 화가 나 있었던 걸까요. 꼭 세상을 미워하는 것 같았어요. 우리를 미워하는 것 같았어요. 그래서, 나는 원했어요……. 바랐어요……. 가끔은 정말로 낳지 않았으면 좋았을 거라고 생각했어요. 아이가 태어나기 전의 상태로 되돌아가서, 이전처럼 살 수 있기를 바란 거예요. 그때는 둘이 잘 지냈으니까. 자기는 내가 이렇게 말하는 걸 허락하지 않을 걸 알아. 아이를 가진 걸 후회한다고 말하면 안 된다는 걸 알아. 하지만, 우리 둘만 있을 때는 너무 좋았잖아, 프레드리크. 얼마나 좋았는지 기억 안 나?"

요세핀은 남편을 보았고, 프레드리크는 고개를 끄덕였다.

"요세핀, 당신 충격을 받아서 그래. 죄의식을 느껴서, 그 이유를 찾으려고 하는 거야. 그러면 안 돼. 하지만 당신 말이 맞아. 나도 기억해."

프레드리크는 아내의 팔에 다시 손을 얹었고, 이번에는 요세핀도 가만히 있었다.

"처음에 얼마나 힘들었는지 기억하고 있어. 당신 말이 맞아. 하지만 우린 그 시기를 지나왔어. 안 그래? 그 힘든 시기를 지나왔어. 함께 말이야. 우리 아이도 더는 화를 내지 않았어. 작고 행복한 아이였어. 같이 '강남 스타일'을 부르고 춤을 췄잖아. 가끔 화를 낼 때도 있기는 해. 그래도 그건 대부분 레고를 조립하면서 집중하다가 그런 거잖아. 안 그래, 자기야?"

요세핀은 조용히 고개를 끄덕였지만, 남편을 쳐다보지는 않았다.

"맞아, 그 애는 행복해. 하지만 내내 그 애가 없었으면 좋겠다고 생각했던 처음 그때를 생각해 봐. 그게 내 업으로 쌓이고, 누군가 그 말을 들었다면, 그러니까, 내 말은, 그 업이 지금…… 우리를 벌주는 거면 어떻게 해?"

프레드리크의 표정이 일그러졌다. 그는 요세핀의 팔을 놓고 무늬가 있는 흰색 깔개를 물끄러미 쳐다보았다.

"그럴 리 없어. 당신도 알잖아. 돌아올 거야. 난 알아. 돌아올 거야. 지금은 잠시⋯⋯ 떠나 있는 것뿐이야."

그는 손목시계를 향해 고개를 떨구었다. 그러더니 벌떡 고개를 들고 미나를 보았다.

"그렇지 않습니까? 보통 다시 돌아오잖아요. 아직 24시간밖에 지나지 않았어요. 정확히 24시간. 그러니까 이제 곧 돌아오겠죠?"

미나는 침을 꿀꺽 삼켰다. 그녀는 그 누구보다도 실종자에 대해 잘 알았다. 그들이 돌아오지 않는다는 사실도 알았다. 하지만 자신의 지식과 의지 따위는 치워 버렸다. 오시안은 돌아올 것이다.

"대부분 몇 시간 뒤에 돌아와요. 오시안이 사라진 지 24시간이 됐으니 일반적인 경우보다는 조금 더 길지만, 찾을 수 없을 거라고 믿을 이유는 전혀 없어요. 저희도 최우선 순위에 두고 수사하고 있습니다."

몇 시간 뒤에 돌아오는 아이는 그저 길을 잃었다거나 아무 말도 하지 않고 친구들과 놀러 간 경우라는 말은 하지 않았다. 그 아이들은 자동차에 장난감을 가득 채운 여자에게 유괴되지 않았다. 아직도 오시안이 발견되지 않았다는 사실 때문에 미나의 몸을 이루는 세포 하나하나에 스트레스가 느껴졌다.

"어제 아침에 있었던 일을 말해 주세요."

페데르가 두 사람에게 물었다.

"평소와는 다른 점이 있었습니까? 어린이집에 데려다줄 때 이상한 점은 없었나요? 어린이집 근처에서 낯선 사람을 보지는 못했습니까?"

"내가 데려다줬어요."

여전히 소파에 묻은 얼굴을 손으로 문지르면서 요세핀이 말했다.

"그 광고가 진실이 아닌 거, 아시죠? 분명히 모두 깨끗하게 지워진다고 했잖아요? 시판되는 모든 제품을 다 써 봤어요. 담그고…… 90을 센 뒤에 흰옷 세제로 빨았단 말이에요. 소용없었어요. 초콜릿이 묻었나 봐요. 소파에서 킨더조이 에그 초콜릿을 먹으라고 했더니 장난감을 본다고 소파에 초콜릿을 내려놓은 거예요. 그때, 기억하지, 프레드리크? 아마 다섯 조각으로 조립해야 하는 로봇이었을 거예요. 그 애는 다 조립할 때까지……."

요세핀의 목소리가 허공으로 사라져 갔다.

"여보."

프레드리크가 말했다. 미나는 프레드리크가 침착해지려고 애쓰고 있음을 알았다.

"자기야, 집중해야지. 형사님은 당신이 어린이집에 갔을 때 혹시 본 게 있는지 묻는 거야. 뭘 본 게 있어? 뭐든지…… 오시안을 찾는 데 도움이 될 만한 거?"

"아니, 아무것도 못 봤어. 모든 게 평소랑 같았어. 부모들이 있었고, 아이들이 있었어. 난 다른 아이들 부모의 이름은 모르는 부모잖아. 사실 누가 누구의 엄마, 아빠인지도 모른단 말이야."

"요세핀……."

프레드리크가 아내의 팔을 쓰다듬었다. 요세핀이 젖은 개처럼 몸을 흔들었다.

"난 학부모 회의 때도 참석하지 않는 부모고, 야외 학습을 갈 때도, 소풍을 갈 때도 가지 않는 부모잖아……. 어제 아침처럼. 점심 도시락을 싸야 했는데, 잊어버렸어. 늘 그렇잖아. 우리 아이는 차가운 팬케이크 좋아해요. 돌돌 만 거. 내가 그 모든 걸 기억하고 있었다면, 이런 일은 일어나지 않았을 텐데. 우리 아이가……."

요세핀의 목소리가 다시 사라졌다.

"죄송하지만, 더는 도와드릴 수가 없을 것 같습니다."

프레드리크가 말했다.

"한 가지만 해 주시면 됩니다."

미나가 대답했다.

"허락해 주시면 몇 시간 내로 언론에 오시안이 사라졌다는 사실을 공표할 거예요. 대중이 도움이 될 때도 많으니까요."

프레드리크는 소파를 멍하니 쳐다보고 있는 아내를 보았다. 요세핀이 조용히 고개를 끄덕였다.

"할 수 있는 건 다 하고 싶습니다."

프레드리크가 말했다. 그는 소파에서 일어나 부엌에 있는 냉장고로 갔다. 그리고 화려한 자석으로 고정해 놓은 사진을 몇 장 떼어 냈다.

"여기, 오시안 사진입니다."

프레드리크는 미나에게로 돌아오면서 말했다.

"필요하실 거 같아서요."

미나는 프레드리크가 아내가 보지 못하게 사진을 돌려서 건네는 모습을 지켜보았다. 요세핀은 오열을 참고 있었다. 한 사람이 내보일 수 있는 것보다 훨씬 큰 슬픔을 담고 있는 모습이었다.

"감사합니다."

페데르가 말했다.

"이 사진을 언론에 제공할 거라는 거, 기억하셔야 합니다. 그리고 당연히 이유가 있어서 하는 일이지만, 며칠간은 신문도 텔레비전도 보지 않으시는 게 좋겠습니다."

"마지막으로 한 가지만 더 묻겠습니다. 혹시 주변에 아버님이나 오시안을 해칠 만한 의심이 조금이라도 가는 사람이 있을까요? 아니면, 오시안을 데려갈 이유가 있는 사람은요?"

프레드리크는 미나의 말을 곰곰이 생각해 본 뒤에 단호하게 고개를 저었다.

"생각나는 게 있었다면, 아주 작은 일이라도, 수사에 도움이 될 만한 일은 어떤 거라도 떠올렸을 겁니다. 하지만 우리는…… 우리는 정말 평범한 사람들입니다. 전 광고 회사의 아트 디렉터고, 요세핀은 출판사 편집자입니다. 우린…… 평범한 가정에서 자라서 평범한 가정을 이룬 사람들입니다. 친구들도 평범하고…… 사는 것도…… 평범합니다. 그것뿐입니다."

침착했던 프레드리크가 무너져 내리고 있었다. 미나는 페데르와 눈길을 교환했고, 두 경찰은 일어섰다.

"어떤 심정이실지 압니다."

미나가 말했다.

"페데르는 세 살 된 세쌍둥이가 있어요. 저에게도……."

미나는 아슬아슬한 순간에 말을 멈추었고, 숨을 깊이 들이마셨다. 너무 가까이 갔다. 의문을 담은 페데르의 눈길이 느껴졌지만, 미나는 그 눈길을 피했다.

"모든 수단을 동원해 오시안을 찾을 겁니다."

미나가 말을 끝냈다. 소파에 그대로 앉아 있던 요세핀이 고개를 들고 미나를 쳐다보았다.

"흰 소파는 사지 마세요."

요세핀이 말했다. 미나는 고개를 끄덕였다. 현관으로 걸어가는 동안 미나는 복도에 있는 아이의 신발을 절대로 쳐다보지 않았다.

*

아파트 현관을 향해 걸어가는 단순한 행위만으로도 율리아의 가슴은 조여 왔다. 조건 반사는 정말로 웃긴 본능이었다. 깊이 숨을 들이마시고 현관문 손잡이를 돌렸다. 하뤼가 우는 소리가 바깥으로 흘러나왔다.

"나 왔어!"

일부러 명랑하고 유쾌하게 말했다. 아무 대답이 없었다. 다시 인사했다. 이번에도 아무 대답이 없었다. 엄청나게 짜증이 난 아기의 커다란 울음소리뿐이었다.

침실로 가는 길에 부엌을 들여다보았다. 마치 폭탄을 맞은 것처럼 엉망이었다. 텅 빈 이유식 그릇, 더러운 접시, 바나나 껍질, 구겨진 키친타월들, 셀 수도 없이 늘어서 있는 반쯤 찬 머그잔들. 재밌네, 이거……. 율리아는 생각했다. 율리아가 하뤼를 돌보며 집에 있을 때 토르켈은 퇴근할 때마다 집이 엉망이라고 빈정거렸다. 집에서 도대체 뭘 하며 시간을 보내느냐고 타박할 기회를 단 하루도 놓치지 않았었다.

율리아는 살며시 침실 문을 열었다.

분노로 얼굴이 빨개진 하뤼가 아기 침대에 누워 있었다. 아기는 자신이 가지고 있는 모든 음성 자원을 동원해 울부짖었다. 작은 몸에서 절대로 무시할 수 없는 소리가 뿜어져 나왔다. 토르켈은 그 옆에 있는 더블 침대에서 자고 있었다. 옷을 입은 채 새털 이불 위에 누워 크게 코를 골고 있었다.

율리아는 시간을 확인하고 욕설을 내뱉었다. 집에 올 시간은 정말로 없었지만 기자 회견 전에 옷을 갈아입을 필요가 있었다. 입고 있는 옷은 땀에 절었다. 게다가 하뤼의 통통한 뺨에 키스도 퍼부어 주고 싶었다. 토르켈이 종일 쏟아 낸 문자 폭탄은 기어코 율리아의 피부 속으로 파고들어 양심의 가책을 느끼게 했다. 당연히 죄책감을 느낄 이유가 없다는 걸 알고 있었지만 말이다.

율리아는 하뤼를 들어 안았다. 아들을 안자마자 율리아는 하뤼가 왜 울고 있는지 알 수 있었다. 지독한 똥 냄새가 났다. 하뤼를 안고서 욕실에 있는 기저귀 탁자로 갔다. 기저귀를 가는 동안 하뤼는 까르륵 웃으며 탁자 위에 매달아 놓은 모빌을 만지려고 손을 뻗었다. 색색의 작은 만화 캐릭터들. 아기들에게 모빌에 매달려 있는 이 작은 존재들은 진짜 마약 같았다. 그러니까 이렇게 인기가 많은 거겠지.

"헤이, 예쁜이. 엄마가 옷 갈아입는 동안은 같이 있자. 그리고 아빠를 깨우는 거야. 엄마는 일하러 가야 하거든. 어딘가에 무섭기도 하고 슬프기도 한 형이 있는데, 그 형이 엄마한테 빨리 자기를 찾아 달랬어."

하뤼가 까르르 웃으면서 율리아의 머리카락을 잡아당기려고 했다. 작고 통통한 주먹에는 엄마의 귓가에 있는 머리카락을, 아마도 가장 아플 부분을 움켜잡고 힘껏 잡아당길 수 있는 놀라운 힘이 있었다.

"아야야. 이런, 엄마를 아프게 하면 안 돼."

그녀는 얼굴을 찡그린 채 하뤼의 손가락을 하나씩 폈다.

옷을 갈아입을 동안 하뤼는 아기 흔들의자에 앉혀 뒀다. 샤워를 하는 대신 데오도란트를 뿌리고 새 셔츠와 바지를 입었다. 이제는 얼마나 시간이 걸리건 해 나갈 수 있는 준비를 마쳤다.

외출 준비를 끝낸 율리아는 하뤼를 안아 들고 땅딸막한 하뤼의 목에 얼굴을 묻고 아기 피부 냄새를 듬뿍 들이마셨다. 하뤼가 두 팔을 휘저으며 크게 웃었다. 그녀의 내면에서 무언가가 녹아내리며 마음이 따뜻해졌다.

지금까지 율리아는 간신히 둘을 갈라놓을 수 있었다. 한 아이가 사라진 것. 그리고 자신이 부모라는 것. 오시안과 하뤼를 따로 떼어 놓을 수 있었다. 하지만 지금 이 순간, 경계가 흐릿해지면서 이 둘은 급속하게 뒤섞였다.

오시안.

하뤼.

오시안.

하뤼.

한 아이는 크고 한 아이는 작았다. 한 아이는 다른 사람들의 아이였고, 한 아이는 그들의 아이였다. 율리아의 아이였다. 한 아이는 사라졌고, 한 아이는 율리아의 품에 있었다.

율리아가 서둘러 직장으로 돌아가야 하는 건 하뤼를 안전하게 지키기 위함이었다. 아직 하루가 끝나지 않았다. 율리아는 하뤼를 꼭 안았다. 목에 닿는 부드럽고 작은 하뤼의 손이 느껴졌다. 깊이 숨을 들이마셨다. 그리고, 침대로 돌아갔다. 토르켈 옆에 하뤼를 눕히고 남편을 부드럽게 흔들었다. 깜짝 놀란 토르켈이 번쩍 눈을 뜨고 멍한 표정으로 주위를 둘러보았다.

"어? 무슨? 왜……."

"나야. 옷 갈아입으려고 잠깐 들렀어. 다시 나가 봐야 해. 하뤼 기저귀는 갈았는데, 곧 배가 고플 거 같아."

침대 위에서 벌떡 일어난 토르켈이 사나운 눈으로 율리아를 노려보았다.

"나간다고? 다시 간단 말이야? 그럼 나는 어떡하고? 하루 종일 애만 봤어. 적어도 밤에는 집에 있어야 할 거 아니야. 당신, 내가 보낸 문자에 답장도 안 했잖아. 봐, 율리아. 이렇게는 안 돼. 사무실에서 전화가 왔어. 이메일도 천 통이나 받았단 말이야. 게다가……."

속사포처럼 튀어나오는 토르켈의 말을 뒤로 하고 율리아는 서둘러 침실에서 빠져나왔다. 율리아의 마음의 눈은 오시안의 얼굴에 고정되어 있었다.

오시안의 얼굴 위로 하뤼의 얼굴이 겹쳐졌다.

가방을 움켜잡고 현관으로 향했다. 등 뒤로 토르켈의 목소리가 가차 없이 따라왔다.

*

빈센트의 무릎에 올라가 있는 노트북 배터리는 거의 다 충전되어 있었다. 당연히 확실하게 충전해 놓았다. 노트북이 갑자기 꺼져서 조금이라도 놓치는 일은 원치 않았다. 노트북 화면에 띄운 시계가 경찰 홈페이지에서 기자 회견을 실시간으로 방영할 오후 5시까지 몇 분 몇 초가 남았는지를 보여 주고 있었다. 물론 언론은 율리아의 이름만을 발표했다. 그녀가 기자 회견을 이끌 테니까. 빈센트는 미나가 아직 율리아의 팀인지 아닌지도 몰랐다. 그래도 희망은 언제나 품을 수 있는 것이다.

운이 좋다면 미나를 볼 수 있다.

운이 좋다면.

빈센트 내면의 그림자가 움직였다. 그림자는 아주 어렸을 때부터 그곳에 있었다. 그 그림자는 전적으로 어머니와 관계가 있었다. 그때 빈센트 안에 자리를 잡았으니까. 하지만 그는 물건을 세거나 사물들이 어떤 패턴으로 서로 연결되고 있는지를 파악하며 그림자를 억제하는 법을 빠르게 익혔다. 파악한 패턴이 실제로 존재하는 패턴인지 만들어 낸 패턴인지를 구별할 수 없을 때도 있었지만, 그건 중요하지 않았다. 바로 지금처럼······. 그가 기자 회견을 기다리고 있는 동안 아내가 플라스틱 병으로 만들어 설치한 말벌 덫이 보였다. 말벌이라. WASP. 23, 1, 19, 16번째 알파벳들. 합은 59. 그는 그녀를 생각했다. 형사 미나PC MINA. 16, 3, 13, 12, 14, 1. 합은 59. 중요한 것은 그가 논리적이고 분석적인 사고 활동이 활발하게 일어나는 상태를 유지했다는 것이다. 어두운 감정을 구석에 몰아넣고 세력이 확장되지 못하게 막았다는 것이다.

어느덧 결국에는 그 존재조차 거의 잊을 정도로 그림자를 무시할 수 있게 됐다. 그렇게 되기까지는 가족의 도움을 많이 받았다. 아스톤의 점심을 준비하는 걸 기억해야 할 때나 레베카의 친구들이 실은 모두 가짜 아닐까 하는 걱정을 할 때면 영적인 어둠에게 존재할 수 있는 공간을 내줄 여유가 없었다. 그리고 미나를 만났을 때, 내면의 어둠은 완전히 사라졌다.

그녀와 함께 있으면 모든 것이 정상처럼 느껴졌다.

그러나 그 느낌은 이제 없다.

그와 미나는 더는 만나지 않았다. 그러자 그림자가 돌아왔다. 그 전보다 한층 더 강해진 채로. 누나의 사건을 겪으며 어둠은 되살아났고, 이번에는 가족도 충분히 도움이 되지 못했다. 물론 어둠이 자신을 장악할 거라는 걱정은 하지 않았다. 이미 어둠은 너무나도 오랫동안 그의 일부였으니까. 하지만 그 어둠은 여전히 밀입국자처럼 도사리고 있었다. 아니면 나쁜 친구든지. 점점 더 심하게 자기 주장만 내세우는 나쁜 친구 말이다.

그런데 기자 회견에서 미나를 볼 수도 있다는 생각이 잠깐이나마 어둠을 억제해 주었다. 노트북 화면에서 시계가 사라지고 기자 회견장이 나타났다. 화면 중심에 연단이 있었지만 사람은 보이지 않았다. 당황한 사람들이 중얼거리는 목소리와 움직이는 소리가 들렸다. 화면으로는 보이지 않는 기자들이 내는 소리 같았다. 아직 오지 않은 발표자를 기다리며 마이크 다섯 개가 연단 위로 삐죽 튀어나와 있었다. 빈센트는 한숨을 쉬었다. 경찰조차 질서를 잡을 능력이 없는 것 같았다. 그는 펜을 꺼내 여섯 번째 마이크처럼 보이게 화면에 갖다 댔다.

그러니까 훨씬 나았다.

잠시 후, 화면으로 걸어 들어와 연단 앞에 서는 율리아가 보였다. 카메라들이 플래시를 터트렸고, 소음이 잦아들었다.

"와 주서서 감사합니다."

율리아가 입을 열었다.

"곧바로 본론을 말씀드리겠습니다. 어제 오후 3시부터 4시 사이에 다섯 살 남자아이 오시안 발테르손이 바켄스 어린이집에서 사라졌습니다. 스톡홀름 쇠데르말름 섬 싱켄스담 지역에 있는 어린이집입니다."

다른 팀원은 보이지 않았다. 미나를 보고 싶다는 소망이 너무나도 강했기에, 화면에 나오지 않은 것만 봐도 가슴이 아렸다. 하지만 곧 나타날 수도 있다. 차분히 마음을 가라앉혀야 했다.

오시안이라.

알파벳 O로 시작하는 이름이다.

그리스어 알파벳으로는 오메가다. 오메가는 스물네 개 그리스어 알파벳 가운데 가장 끝에 있는 문자로 중요한 상징성을 띠었다. 고대 기독교인에게 오메가는 모든 것의 끝을 의미했다. 종말의 날을 의미했다. 종말을 시작할 때 아이를 납치하는 것보다 더 좋은 방법이 있을까? 빈센트는 자신의 상태가 침착과는 아주 거리가 멀다는 걸 깨달았다.

"오시안이 유괴됐음을 뒷받침하는 증거가 있습니다. 오시안뿐 아니라 우리는 앞서 말씀드린 시간에 자동차를 타고 어린이집 주위를 배회했다는 보고를 받은 중년 초반의 여성도 함께 찾고 있습니다. 안타깝게도 더 많은 말씀은 해 드릴 수 없지만, 그 사람이 스포츠카를 타고 떠났다는 증언이 있습니다. 차 안에는 강아지도 여러 마리 있었을 수 있습니다. 어떤 견종인지는 알 수 없습니다."

율리아는 말을 멈추고 오시안의 사진을 한 장 들어 올렸다. 놀이공원에서 찍은 사진 같았다. 그뢰나 룬드 놀이공원 같기도 했다. 여름에 어울리는 긴 금발 곱슬머리의 오시안은 얼굴을 반쯤 가린 솜사탕을 들고서 활짝 웃고 있었다. 빈센트는 노트북에서 시선을 떼고 그 너머에서 막내아들 아스톤이 놀고 있을 방문을 쳐다보았다. 30분이나 불만을 터뜨린 뒤에야 아스톤은 혼자 놀겠다는 데 동의했다. 물론 아스톤은 언제나 아빠보다는 엄마를 더 선호하기는 했지만, 오늘의 다툼은 특히 거칠었다. 하지만 부자가 아무리 격렬하게 싸운다고 해도 빈센트는 아들을 전적으로 사랑했다. 아스톤이 갑자기 사라진다면 어떤 기분이 들지 가늠할 수 없었다. 그저 사라질 수도 있다는 생각만으로도 불안해지고 불편한 마음이 들었다. 오시안의 부모가 지금 겪고 있을 일들은 애초에 상상조차 하기 힘들었다.

"모두 이 사진을 전송해 주세요."

율리아가 기자들에게 말했다.

"무엇보다 오시안이 있을지도 모를 장소에 대한 정보가 우선입니다. 이 여성에 관한 정보 역시 마찬가지입니다. 아주 긴급한 사건임은 더 말씀드릴 필요도 없을 겁니다."

다시 카메라 플래시가 터졌다.

"오시안의 부모님은 뭐라고 했습니까?"

누군가 화면 밖에서 소리쳤다.

"오시안의 부모님은 여러분의 도움을 간절히 구하고 있습니다. 현시점에는 너무 불안정하기 때문에 언론에 나설 수는 없을 것 같다고 여러분의 양해를 구했습니다. 하지만, 전할 말씀은 있습니다."

이제 오시안의 사진이 화면을 가득 덮었고, 자막이 올라왔다.

우리 오시안이에요. 춤추고 노래하는 걸 좋아해요. 오시안은 우리 세상의 전부예요. 우리 세상으로 오시안의 노래가 돌아올 수 있도록 도와주세요.

그 뒤로 전화번호와 여러 소셜 미디어 주소가 이어졌다.

"가능한 한 많은 제보를 보내 주세요. 페이스북과 인스타그램으로도 저희에게 연락할 수 있습니다. 물론 전화와 이메일로 제보해 주셔도 됩니다. 기자분들이 이 사건에 관한 기사를 쓰기 위해 개인적으로 제보자와 접촉할 때는 그 사실을 경찰에 통지해 주시기 바랍니다. 시민들에게는 경찰보다 언론에 제보하는 것이 더 편하게 느껴질 때도 있으니까요."

"경찰에서는 현재 사건에 대해 어떤 방향으로 추정하고 있습니까?"

누군가 소리쳤다. 율리아는 소리가 들린 쪽을 오랫동안 쳐다보았다. 표정을 이루는 모든 근육이 긴장해 있었다. 빈센트는 율리아에게 몸짓 언어를 통제하는 법을 알려 주는 단기 집중 레슨을 권해 볼까 하는 생각이 들었다. 실제로도 나쁜 생각이 아니었다. 경찰에게 수강을 권하는 것 말이다. 어쩌면 미나도 함께 올지 모른다. 물론 미나에게는 그런 수업이 필요 없지만. 미나의 몸짓 언어는 언제나 모방할 가치가 있는 명확함을 담고 있었다. 미나가 움직이던 방식이 마음의 눈 앞에 떠올랐고, 무언가가 그의 내부에서 파닥거렸다. 그 기억을 애써 내리눌렀다. 기자 회견을 조금이라도 놓치는 건 어리석은 일이었다. 화면 속 율리아는 조금은 긴장이 풀어진 것 같았고, 어깨도 살짝 내려가 있었다.

"솔직히 말해서, 아직 추정하는 바는 없습니다."

율리아가 질문에 대답했다.

그녀의 목소리는 이제 기자 회견이 끝났음을 알리고 있었다. 이번 사건은 기자들이 자력으로 기사 내용을 거의 대부분

작성해야 할 것이다. 미나는 나타나지 않을 것 같았다. 차라리 그게 나을 수도 있다. 갑자기 미나를 보면 자신이 어떤 반응을 보일지, 그 자신도 알지 못했으니까.

현관문이 열리고 마리아가 들어왔다. 한숨을 쉬면서 재킷을 벗더니 소파에 앉아 있는 빈센트 옆에 털썩 주저앉았다.

"오해하면 안 돼. 그 사람이 날 이끌어 주려고 하는 건 정말로 감사하고 있으니까."

몸을 쭉 뻗으면서 마리아가 말했다.

"하지만 정말 지쳐."

케빈은 마리아에게 스타트업 수업이 끝나면 일대일로 기초 능력을 다질 수 있게 도와주겠다고 했다. 솔직히 말해서 빈센트는 케빈이 마리아를 지금까지보다 얼마나 더 많이 도와줄 수 있다는 건지 이해가 되지 않았다. 아니, 얼마나 더 가져갈 수 있는지 이해되지 않았다. 그래 봐야 도자기 천사 인형과 비누를 파는 온라인 쇼핑몰일 뿐 아닌가? 절대로 아마존과 경쟁할 수 없었다. 빈센트는 살며시 손목시계를 보았다. 마리아는 세 시간 동안 나가 있었다.

"그런 조언들이 정말 필요하긴 한 거야? 거의 매일 밤 만나잖아. 아스톤이 계속 엄마는 언제 오냐고 물어."

빈센트는 말을 내뱉은 즉시 후회했다. 그는 힘이 되어 주는 관대한 남편이 되고 싶었다. 마리아에게는 그녀의, 그녀 혼자만의 무언가가 필요했다. 자신만의 힘으로 빛나고 성장할 수 있는 곳이 필요했다. 그리고 이제 그것을 찾았다. 빈센트는 일을 통해 많은 관심을 받았다. 관객과 대중, 얼굴을 모르는 많은 사람이 그를 좋아하고 환호해 주었다. 마리아에게는 그런 존재가 없었다. 빈센트가 스스로를 들여다보면 자신도 마리아가 받아 마땅한 관심을 주지 않았음을 인정할 수밖에 없을 것이다. 수습할 말을 해야 했지만, 빈센트는 아무 말도 하지 않았다. 지침서가 없으면 그는 아무것도 할 수 없었다.

*

열쇠를 꽂고 손잡이를 돌려 문을 열었다. 문이 보인 약간의 저항에 생각지도 못한 또 다른 아파트에 대한 기억이 튀어 올라왔다. 문을 열고 들어갔을 때 잠깐 그녀 앞에 펼쳐진 복도는 지금 사는 오스타 아파트의 복도가 아니라 그 아파트의 복도였다. 미나는 그 생각을 떨쳐 버리려 했다. 지난 기억을 더듬는 것은 수년 동안 미나가 필사적으로 피했던 일이다. 게다가 그녀의 아파트 현관문은 언제나 이렇게 살짝 끈적였다. 그런데 왜 하필 오늘, 다른 시간에 살았던 다른 인생이 떠오르는 것일까? 미나는 감정을 털어 내려고 애썼지만 한번 그녀를 붙잡은 감정은 쉽게 떠나려 하지 않았다.

또 다른 아파트는, 바사스탄에 있던 아파트는 이 아파트보다 작았다. 하지만 잘해 나갔다. 미나와 남편은.

그리고 나탈리도.

나탈리가 어렸을 때는 한 침대에서 잤다. 세 사람이 모두. 갑자기 덮친 기억이 너무 아파서 미나는 숨을 쉴 수가 없었다. 세 사람은 나탈리가 가장 좋아하는 파란색 누비이불을 덮었다. 그 이불을 빨아야 해서 다른 이불을 덮고 잘 때면 나탈리는 정말로 슬픔을 감추지 못했다. 결국 미나 부부는 똑같이 생긴 이불을 세 채나 사야 했다.

그만 생각해. 떠오르게 하면 안 돼.

잃어버린 건 생각하지 말아야 했다. 중독이 파괴하고 파멸하게 했던 모든 것은 생각하지 말아야 했다. 중독 치료를 받던 그 시간 동안 미나는 자신을 용서하기 위해 열심히 노력했다. 분만 수술을 받은 뒤에 처방 받은 약이 산사태 같은 재난으로 바뀌리라는 사실을, 수년 동안 그녀를 완전히 파묻어 버릴 재앙으로 바뀌리라는 사실을 전혀 생각하지 못했다. 미나의 손에 놓인 작고 하얀 약들은 아무런 해가 없는 것처럼 보였다. 그러나 결국 그 약은 미나에게 중요한 모든 것을 앗아가 버렸다.

미나는 너무나도 오랜 시간을 어째서 하필이면 자신이 중독자가 된 것인지 고민하면서 보냈다. 어떤 결함 있는 유전자가 자신을 이렇게나 빨리 중독자로 만든 건지 고민했다. 하지만 어머니를 생각해 보면 미나로서는 그렇게 놀랄 이유가 없는지도 모른다. 두 사람이 선택한 약은 달랐지만 쉽게 중독됐다는 건 같았으니까. 게다가 두 사람 모두 똑같이 소중한 걸 집어 던져 버렸으니까. 미나는 현관 입구에 놓은 도어 매트 위에서 신발을 벗다가 바닥에 떨어져 있는 작은 조약돌을 발견했다. 현관 앞에서 신발 바닥을 아무리 열심히 문질러 닦고 털어 내도 이런 일은 늘 일어났다. 미나는 엄지와 검지로 조약돌을 집어 들어 빠르게 문밖으로 던졌다. 문을 닫아 잠그고 욕실로 들어가서 재빨리 손을 씻었다. 더러운 열쇠뿐 아니라 돌까지 만졌으니 두 번 씻어야 했다. 옷을 벗고 속옷을 쓰레기통에 버리고 얼음처럼 차가운 물로 샤워를 했다. 정말 긴 하루였다. 평소라면 몸에 쌓인 먼지를 제거하려고 아주 뜨거운 물로 샤워를 했을 것이다. 그러나 아파트를 가득 채운 열기는 샤워를 하고 나가자마자 땀을 흘리게 할 것이 분명했다. 그러니 가능한 한 몸을 식혀 땀이 흐를 시간을 늦춰야 했다.

그러는 동안 떠오르는 기억들을 막아 보려 했다. 하지만 어려웠다. 바사스탄 아파트의 두 층 아래에 있던 그리스 레스토랑처럼 말이다. 벌써 15년 전인데도 그곳의 올리브와 마늘 냄새, 그릴에 구운 고기 냄새를 전혀 어려움 없이 소환할 수 있었다.

샤워를 끝내고 여러 벌 준비해 둔 새 팬티와 민소매 상의를 꺼내 입었다. 그리고 속옷 차림으로 거실로 걸어가 소파에 앉았다.

과거를 안전한 곳에 가둬 둘 수 있는 날도 있었지만, 언제나 가능한 것은 아니었다. 그 누구도 들여보내고 싶지 않은 건 그 때문이었다. 아파트에도, 미나의 마음에도 들어오는 걸 허락할 수 없었다. 미나의 공간은 이미 너무나도 붐볐다.

최악인 것은 그 선택을 한 사람이 미나였다는 것이다. 배를 포기한 사람은 미나였다. 그때 미나는 자신은 이타적인 사람이고 자신의 선택이 다른 사람들의 상황을 훨씬 나아지게 만들 거라고 믿었다. 어떻게 그렇게 순진할 수 있었을까? 어떻게 그렇게 이기적일 수 있었을까?

눈물을 막으려고 손가락으로 눈을 세게 눌렀다. 눈물이 흐르면 먼지가 묻었다. 미나는 욕실에 가서 뺨을 소독제로 닦고 싶지 않았다. 지난번에 닦았을 때 생각보다 너무 따가웠다.

그때 미나는 너무 어렸다. 게다가 어머니처럼은 되고 싶지 않았다. 그래서 그 후로 오랫동안 자신에게 선택을 강요했던 전남편을 미워했다. 하지만 그건 진실이 아니다. 그가 한 일이라고는 미나가 약속을 지켰는지 확인한 것밖에 없었다.

그리고 미나는 약속을 지켰다. 웬만큼은 말이다.

2년 전에 쿵스트레드고르덴 공원에서 잠깐 마주친 것만 빼면. 그때 미나는 자신이 누구인지도 밝히지 않았고, 그 외에는 나탈리와 접촉하지 않았다. 그저 멀리서 지켜봤을 뿐이다. 대신 그 후로 미나는 자신이 나탈리의 가방에 몰래 넣은 GPS 추적기와 연결된 앱에 표시된 작은 점을 지켜보며 셀 수 없는 밤을 보냈다.

책상으로 걸어가 딸의 사진을 보았다. 그리고 책상 서랍을 열어 그해 여름에 빈센트가 남긴 쪽지를 읽었다.

지금은 아무것도 묻지 않을게요. 말할 준비가 되면 얘기해 줘요. 그때 들어 줄 테니.
추신. 미안해요. 큐브는 내가 맞췄어요.

서랍을 닫았다. 말할 준비가 되면, 이라고? 그런 순간은 결코 오지 않을 것이다.

현관으로 걸어가 문이 제대로 잠겨 있는지 확인했다. 이곳으로는 그 누구도 들어올 수 없다.

*

빈센트는 온몸이 아팠다. 오늘 또 공연을 했다. 스웨덴의 여름에 사람들이 극장에 가는 건 오직 야외 연극을 보기 위해서이지만, 최근 빈센트의 공연은 수요가 아주 많았기 때문에 투어를 연장하기로 했다. 늘어난 수익 때문에 움베르토는 지나칠 정도로 행복해했다. 하지만 빈센트는 여름 공연을 하기로 한 것을 슬슬 후회하고 있었다. 이제 조금이라도 쉴 수 있는 날이 2주 정도밖에 남지 않았다. 게다가 가족 휴가도 떠나야 한다. 웬만큼은 가족들을 집에 붙잡아 둘 수 있다고 해도, 결국에는 짐을 꾸려서 어딘가로 다같이 여행을 가야 할 것이다.

부엌으로 들어갔을 때는 베냐민이 이미 아침을 반 이상 먹은 뒤였다. 베냐민은 항상 같은 걸 먹었다. 버터를 바른 호밀빵에 햄 한 조각을 곁들인 샌드위치였다. 최근 새로워진 점이라면 커피를 마시기 시작했다는 것이다. 빈센트가 캡슐로 내려 먹는 커피머신을 산 뒤로 집에서 소비하는 커피 양은 기하급수적으로 증가했다.

캡슐을 두 개 꺼내 그중 한 개를 기계에 끼워 넣으면서 빈센트는 아침마다 요란한 소리를 내며 필터로 커피를 내려 주었던 낡은 커피메이커를 흘긋 쳐다보았다. 아직도 조리대 위에서 한 자리를 차지하고 있었지만, 겉에는 얇은 먼지층이 덮여 있었다. 왠지 무언가 잃어버린 것 같은 느낌이 들었다. 커피머신을 작동하고 큰아들에게 웅얼거리듯 아침 인사를 한 뒤에 아스톤의 침실로 걸어갔다.

"아침 먹어야지."

그는 소리치면서 막내아들의 방문을 열고 고개를 들이밀

었다.

열 살 아들은 신음하면서 이불을 머리에 뒤집어썼다.

"레크리에이션 클럽 안 가고 싶어."

"음, 누군들 가고 싶겠니. 하지만 오늘은 금요일이잖아. 내일은 주말이니까 원하는 만큼 누워 있어도 돼. 일어나서 밥 먹자."

아스톤은 마치 바깥세상을 탐색하기라도 하듯 이불 밑으로 한 다리를 쭉 내밀었다. 그러다 곧 다시 이불 속으로 다리를 넣었다.

"3분만 더 줄게."

빈센트가 말했다. 그러고는 부엌으로 돌아와 커피머신에 두 번째 캡슐을 넣었다. 아침에는 늘 투 샷이 필요했다. 홀수로 캡슐을 넣는 건 미친 사람들뿐이다.

마리아가 식탁에 그릇을 놓았다.

"아침은 가족들 걸 모두 준비해야 한다고 했잖아."

마리아가 베냐민에게 투덜거렸다.

"미안. 시간이 없었어. 문 열 때 대기하고 있어야 해서."

"증권 거래소는 9시에 열지 않아?"

빈센트가 아들을 의미심장한 표정으로 보았다.

"말은 바로 해야지. 넌 그냥 가족에 대한 배려가 없는 것뿐이야."

마리아가 식탁에 차가 든 머그잔을 세게 내려놓았다.

"네가 왜 데이 트레이딩을 하는 건지 모르겠어."

마리아가 베냐민에게 말했다.

"투기로 돈을 벌려고 하는 건 정말 비도덕적인 일이야. 어쩌다가 그런 자본주의자가 된 거니?"

빈센트는 마리아 자신이 자기 가게를 열려고 사회사업 공부를 접고 창업 강좌를 듣고 있다는 걸 지적하고 싶은 마음을 꾹 눌러 참았다. 그녀가 베냐민의 취미를 경멸하는 이유는 빈센트의 아들이 이미 꽤 많은 수익을 올렸기 때문일 가능성이 컸다. 모르긴 몰라도 도자기 천사와 향초, 지혜의 말들을 새겨 넣은 현판을 팔아서 버는 마리아의 수익보다는 많을 것이다.

"아스톤, 빨리! 새 시리얼 있어."

마리아가 소리쳤다.

"싫어!"

아스톤이 자기 방에서 소리쳤다. 그러다 곧 다시 대답했다.

"알았어! 잼도 있어?"

몇 달쯤 전에 아스톤은 요구르트에 사과를 넣어 먹던 기존 아침 식사를 버렸다. 그 무렵부터 아스톤은 밀가루가 들어 있지 않은 음식은 거의 먹지 않았다. 지금은 햄버거, 피자, 핫도그로 구성된 식단을 따랐다. 그리고 과일과 요구르트 대신에 치리오스 시리얼을 먹었다. 그릇에 둥근 고리 모양 시리얼을 산처럼 쌓아 올리길 좋아해서 걸핏하면 시리얼이 바닥으로 굴러떨어졌다.

아스톤이 하품을 하면서 방에서 나왔다. 그러고는 식탁에 앉더니 그릇 안에 시리얼을 피라미드처럼 높이 쌓기 시작했다. 마리아는 심각한 표정으로 창문 밖을 뚫어지게 쳐다보았다.

"음, 알겠지만, 요새 죄수의 비행은……."

빈센트가 머뭇거리며 입을 열었다.

"누구 레베카 본 사람?"

갑자기 창문에서 고개를 돌리면서 마리아가 말했다.

"일어났나?"

아내는 빈센트가 대화를 시작했다는 걸 눈치채지 못한 것이 분명했지만, 그건 아무래도 상관없었다. 사실 '스타킹을 신은 빈센트'는 아침을 먹으면서 거론하기에 적당한 주제가 아닌 것 같기는 했다.

"어젯밤에 안 들어왔어."

베냐민이 커피를 후루룩 소리 내어 마시며 말했다.

"아빠한테 문자 안 보냈어?"

아스톤의 시리얼 상자로 손을 뻗던 빈센트가 동작을 멈추었다.

"문자 못 받았는데."

"사실 받았을 거야. 충전하느라 확인을 못 한 거겠지."

"그럼 그 데니스라는 녀석이랑 있다는 거야?"

시리얼이 모두 사라지기 전에 빈센트는 시리얼 상자를 움켜잡았다.

"아빠!"

아스톤이 소리쳤다.

"드니라니까. 프랑스에서 왔고. 제발 기억 좀 해."

베냐민이 대답했다.

"위, 무슈*."

빈센트는 시리얼 상자를 아스톤의 손이 닿지 않는 곳으로 옮기면서 과장된 프랑스어로 대답했다.

아직도 빈센트는 딸이 이제 열일곱 살이고, 자기가 하고 싶은 대로 하기 시작했다는 사실을 도저히 받아들일 수가 없었다. 부모 집에서 사는 동안에는 부모의 규칙을 따라야 하며, 그것은 법으로도 명시되어 있다고 강하게 주장해 보려 해도 이미 딸은 그를 가장 권위 있는 가족 구성원으로 존경하려는 마음은 없는 것 같았다. 사실 딸의 이런 태도가 당연한 건지도 모른다. 재미있는 건, 마리아가 레베카를 걱정하는 마음은 빈센트의 마음과 전혀 같지 않다는 거였다. 그의 아내는 오히려 레베카가 집에 있는 시간이 줄어든다는 게 마음에 드는 것

---

* Oui, monsieur. '네, 선생님'이라는 뜻의 프랑스어

같았다.

"드니, 롬 미스테히오*."

마리아는 마치 전형적인 프랑스 사람처럼 어깨를 으쓱하더니 윗입술을 말아 올렸다.

"언젠가 볼 수는 있는 거야? 있기는 하겠지? 세 힐**?"

"이래서 집에 안 데려오는 거야."

베냐민이 한숨을 쉬면서 식탁에서 일어났다.

"보호구만 잘 쓰면 뭐, 상관없지."

싱크대에서 자신이 쓴 머그잔을 닦으면서 마리아가 대답했다. 빈센트가 거칠게 기침을 했다. 한동안 마리아는 고상함을 장착하는 걸 포기한 것이 틀림없었다. 아내에게 열일곱 살 때 뭘 했는지는 절대로 묻지 말아야겠다고 다짐했다.

"누나가 뭘 써야 해?"

치리오스 시리얼을 한가득 입에 문 아스톤이 물었다. 입에서 탈출한 시리얼 몇 조각이 바닥으로 떨어져 내렸다.

"아니, 누나가 쓰는 거 아니야. 드니 형이 쓰는 거지. 그게 뭔지는 너희 아빠가 설명해 줄 거야."

마리아가 대답했다. 빈센트는 두 손으로 얼굴을 감쌌다. 지금이 요새 죄수의 비행을 언급하기에 너무 이른 아침인지

---

* L'homme mystérieux. '미스터리의 남자'라는 뜻의 프랑스어
** C'est reel. '진짜로'라는 뜻의 프랑스어

는 모르겠지만, 어린이 성교육을 하기에도 턱없이 이른 아침임이 분명했다.

"아무튼, 난 학교에 가고 싶지 않아."

다행히 아스톤이 화제를 바꿨다.

"넌 학교에 가는 게 아니야. 레크리에이션 클럽에 가는 거지. 이제 며칠만 더 나가면 되잖아. 그럼 정말로 여름 방학을 즐길 수 있어."

빈센트가 대답했다.

"세상에, 어쩜 이렇게 빨리 더울 수가 있어."

마리아가 창문을 열면서 말했다.

"아직 9시도 안 됐는데. 아스톤한테 선크림을 더 발라 줘야겠어."

마리아는 욕실로 향했고, 빈센트는 바닥에 끈적하게 달라붙은 시리얼을 닦아 내려고 걸레를 가지러 갔다. 허리를 숙여 시리얼을 닦는 동안 그날의 첫 번째 땀방울이 이마에서 팔 위로 뚝 떨어졌다. 순간 마음의 눈이 서늘하고도 청량했던 어느 집을 떠올렸다. 연한 회색 벽, 모든 것이 질서 정연했던 그 집에는 바닥에 떨어진 요구르트도 없었고, 온 집을 날아다니는 숨은 오해도 없었다.

그곳은 미나의 아파트였다.

그곳에는 고작 두 번 가봤다. 두 번 모두 문제는 없었다. 첫 번째는 우연히 나탈리를 만난 미나를 위로하기 위해서였다. 두 번째 때는 미나가 그가 살인을 저질렀다며 비난했지만, 그런 건 문제가 되지 않았다. 그는 여전히 질서 정연한 미나의 아파트가 그리웠다. 그의 옛 동료는 그녀 자신이 얼마나 호사스럽게 생활하고 있는 건지 전혀 몰랐다.

*

그 여자는 전에도 본 적이 있었다. 어디에서 봤는지는 기억나지 않았지만 분명히 낯이 익었다. 나탈리는 어깨 너머로 뒤를 돌아보았다. 여러 친구들과 한 친구 집에서 자고 나왔는데, 그날 아침 시내 쪽으로 가는 사람은 나탈리뿐이었다. 다른 친구들은 건너편 승강장에 있었다.

"안녕."

나탈리는 화들짝 놀랐다. 그 여자가 말을 걸었다. 대답해도 되는 건지 판단이 서지 않았다. 어렸을 때 들었던 낯선 사람을 조심하라는 경고와 어른을 공경하라는 조언이 마음속에서 격렬하게 대립했다. 이 여자는 조금도 위험해 보이지 않았다. 오히려 그 반대였다. 나이가 많은 사람이었는데도 아름다웠다. 키가 큰 여자는 금발 머리를 목덜미 부근에서 느슨하게 묶고 있었다. 화장은 하지 않았고, 길고 자연스러운 눈썹이 밝은 파란색 눈을 감싸고 있었다. 주름 한 줄 보이지 않는 피부였다. 도저히 몇 살인지 가늠할 수가 없었다. 원래도 나탈리는 사람들의 나이를 잘 파악하지 못했다. 아마도…… 예순 살쯤 된 것 같았다.

"안녕하세요."

나탈리는 조심스럽게 대답했고, 곧 전철이 역으로 들어왔다.

여자는 나탈리 뒤를 따라 탔다. 나탈리는 네 좌석이 모두 빈 곳에 앉았다. 금요일 아침이었지만 전철은 텅 비어 있었다. 이런 여름이면 통근자는 그 부재 때문에 더 눈에 띄었다.

여자는 나탈리 반대편에 앉았다. 나탈리는 창밖을 내다보았다. 기분이 이상했다. 전철은 역을 빠져나왔고, 점점 속도를 냈다. 창문 밖으로 집들이 빠르게 지나갔다. 이마에 맺힌 땀을 훔치면서 슬쩍 앞에 앉은 여자를 보았다. 전철역까지 조금 걸었을 뿐인데 온몸이 땀에 젖은 것 같았다. 열기는 나탈리를 둘러싼 성벽과 같았고, 시원한 전철은 숨 막히는 여름 공기를 피하게 해 주는 기분 좋은 휴식처였다. 여자는 시원해 보였다. 여자의 흰색 블라우스에도, 치마에도 땀 한 방울 묻어 있지 않았다. 여자와 시선이 마주쳤다. 나탈리는 깜짝 놀라 재빨리 고개를 돌리고 창밖을 보았다. 낯선 사람을 똑바로 보면 안 돼. 하지만 왠지 익숙한 데가 있는 사람이었다. 도대체 왜 이런 기분이 드는지 알아내려고 나탈리의 뇌는 기억이 존재하는 모든 곳을, 모든 틈새를 찾아 정신없이 빠르게 돌아다녔다. 느리지만 확실히, 뇌를 둘러싼 경계 부근에서 무언가가 움직였다. 그것은 아주 깊은 곳에서 표면으로 올라오기를 고대하고 있었다. 그리고 점점 위로 올라오기 시작했다. 그러나 나탈리는 그 기억을 붙잡을 수 없었다. 기억들은 붙잡으려고 할 때마다 슬그머니 빠져나가 버렸다.

이런 기분이 드는 이유는 아주 단순한지도 모른다. 혹시 텔레비전에서 본 사람일 수도 있다. 가끔 유명인을 마주치면 그전에 만난 적이 없는데 이상하게도 친숙하게 느껴질 때가 있는 것처럼 말이다. 나탈리의 아빠도 밖에 나가면 사람들이 친근하게 인사를 해 올 때가 있다. 자기가 아는 사람이라고 생각하기 때문이다. 그러다 곧 실제로 아는 사람이 아니라 뉴스에서 본 사람일 뿐이라는 걸 깨달으면 사람들은 정말 당혹스러워했다.

경쾌한 음악 소리가 들리더니, 스피커에서 다음 역에 도착했음을 알리는 명랑한 여인의 목소리가 흘러나왔다.

"굴마르스플란 역입니다."

여자가 일어섰다. 나탈리는 여자를 보지 않으려고 했지만, 알 수 없는 힘에 이끌려 창문에서 눈을 떼고 가까이 다가오는 밝은 옷을 입은 여자 쪽으로 고개를 돌렸다. 여자가 한 손을 내밀었다.

"나탈리, 두려워할 필요 없어."

부드러운 목소리였다.

"네 할머니야. 내가 정말 기억이 나지 않니?"

갑자기 모든 퍼즐 조각이 맞아떨어졌다. 나탈리는 한 번도 할머니를 만난 적이 없었다. 어쨌든 기억에는 없었다. 아니, 할머니가 있다는 사실조차 몰랐다. 그러나 지금 자신이 무엇을 보고 있는지는 알았다. 눈앞에 있는 얼굴에는 나탈리의 얼굴이 일부 들어 있었다. 너무나도 놀랍고 압도적인 감정이었다. 존재하는지도 몰랐던 자신의 일부를 만난 것 같은 느낌이었다. 그 느낌은 진실이라는 확신을 불러왔다.

이 사람은 정말로 나탈리의 할머니였다.

나탈리는 자신을 향해 뻗은 손을 보았다. 손목에는 파란색 고무줄이 감겨 있었다. 피부가 빨개진 것으로 보아 고무줄은 손목을 꽉 조이고 있음이 분명했다. 손목에 고무줄을 차고 있는 할머니에게 두려움을 느끼기는 쉽지 않다.

"나랑 같이 가지 않을래?"

초대를 하는 것처럼 손짓하며 할머니가 말했다.

"너에게 보여 주고 싶은 게 있어. 그걸 보여 주려고 정말 오래 기다렸단다."

*

깨어나고 나서는 벽에 기대 앉았어. 그래야 그 사람들이 나쁜 일을 하려고 할 때 내가 볼 수 있으니까. 그 사람들은 친절하지 않아. 나한테 저녁으로 아이스크림을 주고, 내가 원하는 만큼 레고 영화를 보라고 해도 그 사람들은 친절하지 않아.

저 나쁜 아줌마가 싫어. 집에 못 갈 거야. 레고 영화도 싫어.

여기 너무 오래 있었어. 백 일도 더 있었어. 사실 이틀밖에 안 지났다는 건 알지만.

이제 더는 울지도 못하겠어. 엄마랑 아빠가 정양으로 죽었냐고 몇 번이나 물었어. 하지만 대답해 주지 않았어. 집에 가고 싶어.

어제 내가 그랬어. 집으로 데려다 달라고. 여러 번 말했어. 나중에는 배가 너무 아파서 더는 말할 수가 없었어.

어린이집에도 가야 하는데. 어제는 어린이집에 가지 않았어. 그 전날에도. 어린이집에서 우주로 보낼 로켓을 만들기로 했는데. 난 페라리를 만들려고 했는데. 애들 앞에서 강남 스타일 춤을 추려고 했는데. 아무것도 못 했어. 모두 다 저 아줌마 때문이야.

조금 있으면 아줌마가 와서 아이스크림 더 먹을 거냐고 물어볼 거야. 난 대답하지 않을 거야. 없는 척할 거야.

이 방은 없는 거야.

저 바보 같은 어른들도 없는 거야.

아무것도 없는 거야.

나는 없는 거야.

*

"안녕, 모두들."

율리아가 입을 열었다. 미나가 대충 손을 흔들어 반응했다. 회의실 앞의 프로젝터 스크린 옆에 서 있는 율리아는 아주 피곤해 보였다.

"어제 기자 회견이 끝나고 정말 어마어마하게 많은 연락이 날아왔어. 아동 실종 사건은 늘 사람들의 시선을 끄니까. 제보 전화도 쉴 새 없이 오고 있고. 오늘 오후가 되면 오시안이 사라진 지 48시간이 된다는 걸 잊으면 안 돼. 낭비할 시간이 없어. 한 시간이 지날 때마다 우리가 오시안을 찾을 가능성은 그만큼 줄어들 거야."

킹킹, 보세가 짖었다. 잠시 주인 곁을 떠난 개는 페데르의 발 위에 몸을 걸치고 누웠다. 분명히 불편하고 더울 텐데도 페데르는 보세를 떨쳐 낼 생각이 없어 보였다. 하긴, 미나는 페데르가 감히 그렇게 하지 못할 거라고 생각했다. 보세를 귀찮아하는 사람은 그 누구라도 크리스테르의 분노를 살 테니까. 하지만 보세가 짖는 소리 덕분에 미나는 생각에 집중할 수 있었다.

"온갖 제보가 뒤죽박죽으로 들어오고 있어. 그러니까 우리는 관심 끌기, 음해, 단순한 추측, 희망 사항 등은 걸러 내야 해. 북부의 키루나에서 남쪽 끝의 위스타드까지, 말 그대로 모든 곳에서 오시안을 목격했다고 제보하고 있어. 심지어 노르웨이와 덴마크에서도 제보가 오고 있고. 지금은 겨에서 밀 알갱이를 골라내고, 건초에서 바늘을 찾는 것과 같은 상황이야. 하지만 우리가 다뤄 본 적 없는 사건은 아니야. 크리스테르가 이미 성범죄자들의 동향을 살펴보고 있고, 분석 팀에서 사라가 와 줬어."

사라가 사람들을 향해 짧게 고개를 끄덕였다. 빈센트의 누나 사건 때 통신 데이터 분석을 하면서 사라는 율리아의 수사 팀에 아주 귀중한 존재임을 입증해 보였고, 그 뒤로는 자료 분류를 비롯한 모든 분석 업무에 필요한 환영 받는 추가 요원이 되었다.

미나의 눈에 루벤이 사라에게서 애써 시선을 돌리려 하는 모습이 보였다. 흥미로웠다. 보통 루벤은 추행에 가까울 정도로 세밀하게 여자를 뜯어보는 남자였다. 생각해 보니 지난번에 사라가 도와주러 왔을 때도 두 사람은 어색했다. 둘 사이에 무슨 일이 있었던 게 분명했다. 루벤이라면 당연히 그럴 수 있었다. 사실 미나는 지난 1년이 조금 넘는 시간 동안 루벤이 약간은 자중한다는 느낌을 받기는 했다. 물론 아직 지적할 점은 많지만, 확실히 태도는 변했다.

"페데르, 목록 작성하면 또 자기잖아. 자기가 사라와 함께 제보를 살펴보고 체계적으로 분류해 줬으면 좋겠어. 기각, 보류, 유력으로 나누어서 정리해 줘. 너무 빡빡하게 굴지는 말고. 사실은 중요한 제보였는데 실수로 기각 파일에 들어가면 안 되니까. 우리에겐 실수할 시간이 없어."

미나는 사라가 좋았다. 그녀는 날카로운 분석가였다. 페데르도 즐거운 것 같았다. 자신만큼이나 자료 파헤치기를 좋아하는 사람과 일할 수 있는 기회를 환영하는 게 분명했다. 페데르는 발을 옮기려 했지만, 잠들어 있던 보세가 애처롭게 울더니 더욱 세게 페데르의 발을 눌렀다.

"루벤, 너는 크리스테르랑 함께 우리가 특별히 살펴봐야 할 내용이 있는지 검토해 줘."

"알겠습다."

루벤이 고개를 끄덕였다.

"좋아. 그럼 계속할게. 오시안은 오랫동안 실종된 아이들과는 사건 양상이 다르다는 걸 기억해야 해. 유괴된 아이들은 거의 대부분 한쪽 부모나 그 부모 측의 친척이 데려가지. 보통 면식이 있는 사람이 범인이라는 뜻이야. 하지만 이번 사건은 아직 유력 용의자조차 특정할 수가 없어. 우리가 아는 건 릴뤼 메예르 사건과 비슷하다는 것뿐이고. 릴뤼 사건 때는 3일 만에 시신으로 발견됐어. 그러니, 이번 사건은 그 사건과 다르기를 빌어야 해. 모험을 할 수 있는 여유는 없어. 오시안이 사라진 지 이틀이 됐어. 그러니까, 오늘, 찾아야 해. 플랜 B는 없어."

*

루벤이 한 손으로 얼굴을 쓸어내리며 한숨을 쉬었다.
"왜 두 명이나 필요한 건지 아직도 모르겠다니까요."
"그래야 두 배 빨리 할 수 있으니까."
크리스테르가 대답했다.
"애초에 자네가 처음부터 로그인을 했으면 그랬을 거라는 거지."
루벤은 성범죄자 명부를 살펴볼 마음이 전혀 없었다. 가만히 앉아서 그 일을 하기에는 마음이 너무 심란했다.
전날에는 엘리노르를 찾아갈 계획이었다. 그러나 그 계획은 실행하지 못했다. 물론 엘리노르는 기다릴 수 있고 오시안은 기다릴 수 없음을 알았다. 하지만 루벤의 마음속에서 무엇인가가 점화되어 브레이크를 밟지 못하게 하고 있었다. 그는 움직여야 했다.

"페데르랑 사라가 뭘 하고 있는지 보고 와야겠어요."

루벤이 일어섰다.

"우리가 살펴봐야 할 걸 찾았는지도 모르잖아요. 오는 길에 커피 가져올게요."

크리스테르는 한마디 하려고 하다가 커피에 동했는지 고개를 끄덕였다.

"율리아가 못마땅해할 거야."

크리스테르가 중얼거렸다.

"제일 큰 머그잔으로 가져와."

루벤은 페데르의 방으로 걸어가 문 안쪽으로 고개를 쭉 들이밀었다. 페데르는 헤드폰을 쓰고 전화 기록을 들으며 메모를 하고 있었고, 사라는 이메일을 인쇄해 놓은 것으로 보이는 종이 뭉치를 쌓아 놓고 검토하고 있었다.

"분석 팀이 아니라 여기서 두 사람을 보니까 좋네."

루벤이 사라에게 웃으며 말했다. 루벤은 그녀와 마주친 적이 몇 번 있었는데 그때마다 사라가 자신에게 그다지 관심이 없다는 인상을 받았다. 도대체 자기가 무슨 짓을 했기에 사라가 그런 태도를 보이는지는 모르겠으나, 아무튼 그런 상황을 바꾸겠다는 결심을 했다. 사라는 루벤과 비슷한 연배로 보통 루벤이 목표로 하는 여자들보다 몇 살 많긴 했지만 얼굴도 훌륭했고 몸매도 좋았다. 아니죠, 목표로 했던 여자들이라고 해야죠. 아만다라면 그렇게 고쳐 주었을 것이다.

"이런 열기에 산책을 하면 살아남을 수 있을지 모르겠어."

루벤이 말했다. 사라가 루벤을 위아래로 훑어보았다.

"운동 삼아 할 수도 있겠지."

그녀가 차갑게 대답했다. 저게 무슨 헛소리야? 열기는 정말 사람들을 까칠하게 만들었다.

"살펴볼 만한 게 있어?"

수작을 부리려는 마음을 꾹 누르고 루벤이 물었다. 사라가 종이를 몇 장 내밀었다.

"이게 지금 당장 살펴봤으면 하는 제보야. 더 많은 정보를 찾았으면 좋겠지만, 대부분은 신빙성이 떨어지는 정보들이고. 그렇다고 그런 정보들이 사실이 아니라는 뜻은 아니지만, 일단은 가장 믿을 만한 정보들부터 살펴봐야겠지."

루벤은 받은 종이를 살펴보았다. 다섯 장뿐이었다. 오시안의 납치범들은 눈에 띄지 않아야 한다는 범죄의 원칙을 잘 수행해 낸 것이 분명했다. 갑자기 종이 한 장 위에서 눈길이 멈추었다. 외스테르말름에 사는 사람이 옆집에서 아이 소리를 들었다고 했다. 특이한 것은 없는 제보였다. 그런데 주소가 걸렸다. 단데뤼스가탄. 왠지 익숙한 주소였다.

루벤은 휴대폰을 꺼내 크리스테르에게 문자를 보냈다. 성범죄자 목록에서 단데뤼스가탄에 사는 사람이 있는지 찾아보세요. 커피는 포트째로 가져갈게요.

"내가 여기 있는 건 알고 있지? 그냥 평소처럼 말하면 돼!"

복도 저편에서 크리스테르가 소리쳤다. 사라는 웃었고 페데르는 고개를 들었다.

"루벤?"

페데르가 어리둥절한 표정을 지으며 헤드폰을 벗었다.

"뭐 부탁하러 왔어?"

"늦었어."

루벤은 방에서 나가면서 어깨 너머로 페데르를 돌아보았다.

"도와줄 사람이 있어서 좋겠네. 고마워, 사라."

커피메이커가 있는 주방으로 가려고 복도를 돌았을 때 방에서 나와 반대쪽으로 향하는 율리아가 보였다. 루벤의 휴대폰이 크리스테르에게서 문자가 왔음을 알렸다. *없어. 혹시 커피랑 어울리는 위스키가 있을까?* 노인은 약아지고 있었다.

휴대폰을 귀에 대고 있는 율리아는 루벤을 보지 못한 것 같았다. 자세로 보아 좋은 기분이 아님은 분명했다. 어쩔 수 없지. 크리스테르가 커피를 잠깐 기다려야 할 것 같다.

"잠깐만, 율리아."

루벤이 소리치면서 율리아에게 달려갔다.

"뭔가 잘못된 게……."

"업 앤드 고 기저귀로 사야 한다는 거 알잖아."

율리아가 전화기에 대고 으르렁거렸다.

"천 기저귀를 쓰고 싶으면 당신이 직접 빨아."

그러고는 전화를 끊고 루벤을 쳐다보았다.

"왜?"

그녀가 한 손으로 부채질을 하면서 물었다. 복도에는 바람 한 점 없었다.

"아, 나는…… 아무튼, 괜찮은 거지? 뒤에서 봤을 뿐이지만, 괜찮은 거 맞지?"

율리아가 눈을 가늘게 뜨고 그를 흘겨보았다.

"뒤에서? 빈정거릴 생각이라면, 소용없어."

"아니, 나는 그냥…… 아니야, 아무것도. 지금 제보 하나를 읽었는데, 외스테르말름 단데뤼스가탄에서 온 거. 옆집에서 아이가 슬프게 우는 소리가 들린대. 자기 옆집 사람들은 아이가 있을 만한 사람들이 아닌데 그런 소리가 들린다는 거야."

"맞아. 그런 제보를 너무 많이 받을까 봐 걱정이야."

율리아가 한숨을 쉬었다.

"이 도시엔 어린아이를 기르는 부모랑 신경질적인 이웃이 많아도 너무 많잖아."

"그럴지도 모르지. 근데 이 제보에 뭔가 이상한 점이 있어. 크리스테르는 성범죄자 목록에서 주소를 못 찾았다고 했는데…… 난 그냥 지나칠 수가 없네."

율리아는 미간에 뚜렷한 주름이 파일 정도로 심각한 표정을 짓고 루벤을 보았다. 율리아의 상의 밑으로 새기 시작한 액체는 보지 않으려야 않을 수가 없었다. 루벤은 율리아의 가슴으로 눈길이 가지 않도록 최선을 다했다.

"루벤, 이건 너답지 않은데. 이런 식으로 직감을 따르는 건"

"알아. 그런데, 율리아. 내 생각엔…… 이게 옳은 것 같아. 설명할 수는 없어. 아직은. 아마…… 아니, 진짜야 이건."

율리아는 루벤을 한참 바라보았다.

"좋아. 그걸 증명해 보일 시간을 한 시간 줄게. 더는 못 줘. 살펴볼 제보가 너무 많아."

한 시간. 루벤은 자신이 옳음을 알았다. 유일한 문제는 구체적으로 제시할 설명이나 증거가 없는 상황에서 다른 사람들을 어떻게 설득할 것인가였다. 하지만 확실히 어딘가에서 단데뤼스가탄에 대해 들어 본 적이 있었다. 아주 오래전이었다. 몇 년쯤 전의 일이었다. 그 기억은 그의 무의식에 유령처럼 남아 있었다. 잘 보이지는 않았지만 분명히 그곳에 있었다. 이제 한 시간의 여유가 생겼다. 오시안을 구하려면 무엇을 해야 하는지를 알아볼 수 있는 한 시간을 확보한 것이다.

*

"데려다줄 필요 없었어. 쓸데없는 일이야."

오케르스베르야에서 출발했을 때부터 미리암 블롬은 내내 큰 소리로 불만을 터트렸지만, 아담은 무시했다. 그는 미리암의 목소리를 사랑했다. 화가 났을 때의 목소리도 사랑했다. 그가 아주 어렸을 때부터 미리암은 스웨덴어로 말했지만 아직도 스와힐리어 억양이 남아 있었고, 스와힐리어의 울림이 더해진 스웨덴어는 더욱 아름답게 들렸다.

"넌 더 나은 일을 해야 해. 직장에서 할 일이 많잖아. 월차를 쓸 여유가 어딨니."

미리암이 말했다. 아담은 카롤린스카 병원 종양학과 바깥에 있는 주차장에서 차를 세울 곳을 찾았다. 조금은 좁은 주차 공간에 교묘하게 차를 댈 때까지, 아담은 대답을 미뤘다.

"기다려. 내가 가서 도와줄 테니까."

아담은 재빨리 운전석에서 내려 조수석으로 갔다. 안 그러면 미리암이 혼자 내리려고 할 것이다.

"세상에, 날 너무 아동 대접하는 거 아니니?"

"어린애 취급이겠지."

"나이 든 엄마한테 지적질하는 거 아니야."

미리암이 장난스럽게 아담의 머리를 툭 쳤다. 아담은 미리암의 공격을 피하는 법을 알았다. 어릴 적 엄마에게 버릇없이 굴 때마다 아담의 머리로 날아온 건 나무 숟가락이었다. 미리암의 신발 한 짝이거나. 그때는 제대로 피하는 법을 몰랐다.

"넌 지적질할 다른 사람을 찾아야 해. 도대체 언제 여자친구를 사귈 거니?"

아담은 한숨을 쉬었다. 이건 너무나도 자주 반복되는 지겨운 주제였다.

"지금은 때가 아니야. 일단 모든 게 다 잘 되면……."

"백인이어도 되는 거 알지? 똑똑하기만 하면 돼. 나한테 아주 많은 손주를 안겨 줄 수 있게 널찍한 엉덩이도 있어야 하고."

미리암은 아들 팔에 완전히 몸을 싣고 매달렸다.

"그럴 줄 알았어."

아담이 씩 웃었다.

"아들 연애사에는 전혀 관심이 없지. 그냥 할머니가 되고 싶은 것뿐이잖아."

"당연하지. 나에게는 사탕을 잔뜩 쥐여 줄 존재가 필요해."

아담이 기억하는 한 미리암은 언제나 아주 큰 여인이었다. 어린 소년이었을 때는 그 품으로 기어들어가 포근함을 만끽하는 순간을 사랑했다. 미리암은 언제나 안식처가 되어 주었다. 그의 중심이 되어 주었다. 경찰로 근무하면서 목격해야 하는 그 모든 끔찍한 모습에도 불구하고 지구는 살 만한 곳이라는 생각을 할 수 있게 해 주었고, 그가 이 세상에 뿌리내리고 살아갈 수 있게 해 주었다.

"내 인생에는 이미 여자가 있어. 알면서. 맞아. 지금 경찰서는 수사 때문에 정신없어. 그래도 한두 시간 정도는 내가 없어도 될 거야. 하지만 엄마한테 무슨 일이 생기면 나는 아무것도 할 수 없어. 집에 데려다주자마자 곧바로 복귀할 거니까, 걱정 안 해도 돼."

"으이그. 택시 타고 가면 된다니까."

"택시 탈 여유 없잖아. 엄마가 엄마 일을 사랑하는 건 알지만, 복지 센터에서 받는 월급이 충분하지 않다는 거 알아. 기다렸다가 데려다줄게."

"아주 고집쟁이 아들이야."

손수건으로 이마에 맺힌 땀을 닦으면서 미리암이 중얼거렸다.

"누굴 닮은 거겠어."

접수대로 들어가는 문을 열면서 아담이 대답했다.

"엄마 손주들도 마찬가지일걸."

아담은 천장에 매달린 팻말을 애써 외면했다. 종양학과. 지금까지는 생각도 해 본 적이 없는 단어였는데, 지금은 그의 존재를 이루는 모든 구성 성분이 미워하는 단어였다.

"훼른그렌 박사님께 예약이 되어 있는데요."

아담이 접수대 창구를 들여다보면서 말했다.

"앉아 계시면 불러 드릴게요."

유리 벽 너머에 앉아 있는 나이 많은 여인이 대답했다. 그녀는 두 사람 뒤에 있는 대기실을 손짓으로 가리켰다.

병원 대기실 같은 곳에 오면 언제나 조금은 속이 메슥거렸다. 먼저 미리암을 의자에 앉히고 플라스틱 컵에 물을 두 잔 받으러 갔다. 다행히 대기실은 시원했다. 겨드랑이에 맺혔던 땀이 마르고 있었다. 미리암이 요란한 소리를 내며 물을 마시는 동안 아담은 어머니의 옆얼굴을 천천히 살펴보았다. 그러다 물을 다 마신 어머니의 손을 잡았다. 깜짝 놀라 언짢은 표정으로 아들을 쳐다본 미리암이 재빨리 손을 뺐다. 그리고 그 손을 들어 아담의 머리를 다시 한번 때렸다.

"시마마*!"

"왜? 남자는 자기 엄마한테 애정 표현 좀 하면 안 돼?"

아담은 웃었고 미리암은 콧방귀를 뀌었다.

"너 때문에 더 걱정만 되잖아. 시마마."

아담은 다시 미리암의 손을 잡았다. 이번에는 미리암도 손을 빼지 않았다.

*

미나는 컴퓨터를 들여다보고 있는 크리스테르의 옆에 앉

---

* Simama. '무슨 짓이야'라는 뜻의 스와힐리어

아 있었다. 컴퓨터 화면으로 성범죄자의 얼굴들이 빠르게 지나갔다. 괴물들. 찰나의 힘을 만끽하려고, 성적 욕구를 충족하려고 한 아이의 인생을 기꺼이 파괴할 준비가 되어 있는 사람들. 미나는 성범죄자들이 이성을 갖춘 사람이 아니며, 그들 대부분은 정신 질환자로 분류할 수 있고 자신의 행동을 스스로 통제할 수 없음을 알고 있었다. 경찰인 미나는 당연히 성범죄자들을 그런 사실에 기반해 판단해야 했다. 하지만 미나는 사형 제도에 전적으로 반대하지는 않았다.

루벤은 팔짱을 끼고 미나 옆에 앉아 있었고, 크리스테르는 그의 요청으로 할 수 없이 다시 자료를 검토하고 있었다. 루벤이 무언가를 찾았다고 했다. 팔짱을 끼고 있는데도 루벤의 겨드랑이 밑으로 흥건히 젖은 땀이 보였다. 미나는 속으로 부르르 떨었고, 크리스테르는 건전지로 움직이는 작은 전동 선풍기를 루벤에게 건넸다. 선풍기 한 개에 10크로나인 가게를 발견했다고 했는데, 앞에 쌓인 선풍기 개수로 보아 적어도 50개는 쟁여 둔 것이 분명했다.

크리스테르는 미나에게도 한 개 줄까 하는 표정을 지었지만, 미나는 고개를 저었다. 지금 가장 피하고 싶은 건 방 전체에 균일하게 퍼져 있을 루벤과 크리스테르의 땀 입자를 바람을 일으켜 미나의 얼굴로 옮겨 오는 것이었다. 아무리 더워도 그럴 수는 없었다.

크리스테르의 마우스 커서가 마지막까지 내려갔다.

"단데뤼스가탄은 고사하고 스톡홀름에 사는 사람도 없어."

크리스테르는 한숨을 쉬었다.

"이미 다 봤다니까. 경찰 데이터에서 단데뤼스가탄 12번지 입주자들 이름도 모두 확인했어. 그 제보지 말이야. 아무것도 없어. 이제 다른 제보를 살펴보는 게 어떨까?"

"아니요."

루벤이 고개를 저으며 단호하게 말했다.

"이게 맞아요. 납치범들이 신분을 바꾼 건 아닐까요? 그래서 기록에 나타나지 않는 거죠."

"진정해. 너무 몰입한 거 같은데, 소아 성애자한테 새로운 신분을 만들어 주는 건 목숨이 위험할 때뿐이야. 그런 사건은 못 찾았어. 더구나 여자가 관여된 경우는. 오시안은 여자가 데려갔다는 거 알잖아."

"하지만, 그게 지금 소아 성애자와 함께 있지 않을 거라고 단정할 수 있는 근거는 아니죠."

미나는 휴대폰을 꺼내 물티슈로 닦았다. 구글 맵을 열고 단데뤼스가탄을 입력했다. 위성 사진이 화면에 뜨자 주변 지리가 파악될 때까지 위성 사진을 이리저리 돌렸다.

"10번지와 14번지에 사는 사람들은 모두 확인했어요?"

미나가 물었다.

"거길 왜 확인해?"

컴퓨터 화면에서 눈을 떼며 크리스테르가 물었다.

"12번지가 두 건물 사이에 있으니까요. 건물 어디에 있느냐에 따라 12번지에 사는 사람도 10번지나 14번지에서 나는 소리를 들을 수 있어요."

미나는 두 사람이 볼 수 있도록 휴대폰을 들었다. 크리스테르가 한숨을 쉬면서 컴퓨터 입력 창에 거리 주소를 입력했다.

"단데뤼스가탄 14번지. 거주민. 마츠 팔름, 잉리드 뵈르예손, 예르하르드 프리스크. 나머지는 모두 회사야. 익숙한 이름 있어?"

루벤은 고개를 저었다.

"그럼 10번지를 보자고. 거기도 아파트는 별로 없어. 안드레아스 빌란데르, 레노르 실베르, 마티……."

"잠깐만요."

루벤이 소리쳤다.

"그 여자, 레노르. 이런 젠장. 혹시 사진 볼 수 있어요?"

크리스테르가 재빨리 구글 검색창에 이름을 입력했다.

"이상한데. SNS에 자료가 전혀 없어. 페이스북은 있지만 마지막 활동이 5년 전이야. 프로필 사진을 바꾼 거."

"5년 전이라."

루벤이 컴퓨터 모니터 앞으로 길게 몸을 뻗었다.

"그럼 맞을 거 같은데."

루벤은 크리스테르가 캡처해 확대한 페이스북 프로필 사진을 뚫어지게 보았다.

"맞아요. 젠장. 그 여자야. 머리 색이 다르고, 머리 스타일도 다르고, 더, 그러니까, 가슴이⋯⋯ 작지만, 그 여자 맞아."

미나는 루벤의 말을 이해할 수가 없었다.

"내가 사람 얼굴을 절대 잊어버리지 않는 거 알지? 그게 내가 가진 수많은 엄청난 재능 가운데 하나잖아. 나는 주소는 잘 못 외우지만, 넌 또 그런 건 잘하고, 우리 재능은 완전히 달라."

"우리의 재능은 다르다라, 그 우리가 누구를 말하는 거야?"

크리스테르가 차분하게 말했다.

"지금 자네는 자신의 영리함으로 무지한 대중을 계몽하기라도 하겠다는 건가?"

"바로 그거예요. 5년 전에 인신매매단을 급습했던 거 기억하시죠? 불법 감금과 인신매매 혐의로 열 명이 기소됐잖아요. 그 녀석들 본거지가 스톡홀름 한가운데 있었는데, 이웃 사람들은 아무것도 눈치채지 못했고요."

미나도 그 사건을 기억했다. 법정은 팔아넘긴 아이들의 나이를 참작해 범인들에게 중형을 내리고 그 사건을 가장 심각한 인권 착취 사례로 분류했다. 범인들은 각각 4년에서 10년까지의 징역형을 선고받았지만, 미나는 그보다 더한 처벌을 내려야 한다고 생각했다.

"범인들은 범행을 지휘한 주동자가 카스파르 실베르라고 했잖아요. 하지만 실베르의 여동생이 법정에 증인으로 나와서 자기 오빠는 완전히 결백하다고, 책임질 사람은 따로 있다고 했어요. 대신 주동자가 누구냐는 질문에는 아무 말도 하지 않았죠."

크리스테르가 고개를 한 번 끄덕이면서 말했다.

"그 증언으로 바뀐 건 아무것도 없었어. 어쨌든 카스파르가 최고형을 받았잖아."

"그 여동생은 언론에서 한바탕 난리를 피운 뒤에 사라져 버렸어요."

루벤이 컴퓨터 화면을 가리켰다.

"분명히 외모를 바꾸고 소셜 미디어에서도 사라진 거예요. 근데 내가 못 알아볼 정도로 바뀐 건 아니에요. 레노르의 모습이 있어요. 카스파르 실베르의 여동생. 아동 인신매매 범죄를 계획하고 실행한 주동자는 다른 사람이라고 주장한 여자죠. 다른 사람, 그러니까 자기 말이에요. 레노르는 자기가 범행을 중단했던 곳에서 다시 시작했을 거예요."

크리스테르가 들고 있던 전동 선풍기에서 작게 펑 하는 소리가 나더니 날개가 멈췄다. 크리스테르는 망가진 선풍기가 쌓여 있는 곳으로 선풍기를 던졌다.

"지금 당장 율리아에게 알릴게."

미나가 말했다.

"루벤, 너는 기동대에 연락해. 가능한 한 빨리 단데뤼스가 탄 10번지로 가야 해."

*

빈센트는 설명 내용을 떠올리며 노란 종이를 접었다. 그리고 어항 안에서 헤엄치고 있는 물고기를 물끄러미 쳐다보았다. 오늘 밤에는 스톡홀름에서 공연을 한다. 그러니 아직 출발까지는 몇 시간 정도 여유가 있었다.

아이들이 어렸을 때는 '진짜' 반려동물과 함께 살고 싶다고 했다. 자신들의 세계에 실제로 등을 토닥여 줄 수 있는 동물이 있기를 바란다는 뜻이었다. 아이들은 목숨을 걸고 자신들이 직접 동물을 돌봐 줄 거라고 했지만, 그 약속은 고작 일주일 정도면 흐지부지될 거라는 걸 알았다.

그래서 물고기를 사 왔다. 머드미노우라는 어종이었는데, 왜인지는 모르겠지만 아스톤은 지금도 물고기 이름이 웃기다고 생각했다. 먹이를 줄 때면 물고기들은 아주 즐겁게 손에서 먹이를 받아먹었다. 물론 강아지를 토닥이는 것과는 다른 느낌이겠지만, 완전히 다르지는 않았다.

가족 중 실제로 물고기를 돌보는 책임을 맡은 사람이 빈센트라는 사실은 그 자신을 포함해 모든 사람을 놀라게 했다. 가끔은 물고기만이 유일한 친구처럼 느껴질 때도 있었다. 어둠 속에 잠겨 버린 것 같은 이런 날에는 말이다. 요즘은 이런 날을 점점 더 자주 겪었다. 천문학자들이 천체의 원뿔형 그림자라고 부르는 어둠에 갇혀 버린 것 같은 날들을 말이다. 원뿔형 그림자는 빛이 닿지 않아 영원히 어둠에 둘러싸인 곳이었다. 모든 어둠의 어머니였다.

빈센트는 그의 어둠의 어머니가 누구인지 알았다.

접은 종이를 옆에 두고 종이를 또 한 장 들었다. 오늘은 어머니의 생일이었다. 가족에게는 말하지 않았다. 그의 배경에 관한 질문은 없을수록 좋았다. 다 접은 종이를 가지고 그가 만들고자 하는 동물의 형태를 띠어야 할 두 부분으로 나누어 조립하기 시작했다. 이 모형은 종이 한 장만 가지고 접기에는 너무 복잡했다. 이제 점박이 무늬만 그리면 된다. 종이 표범을 완성했다. 작년에도 어머니를 위한 생일 선물로 종이를 접었고, 앞으로도 매년 만들 생각이었다. 그건 두 사람이 마지막으로 함께 보냈던 어머니의 생일에 어머니가 입었던 표범 무늬 원피스에 보내는 조그만 조의였다. 문제는 그 표범이 예인도 떠오르게 한다는 점이었다. 하지만 이런 특별한 순간에 그런 생각은 하고 싶지 않았다.

머드미노우에 집중하는 게 더 나았다. 펄고기과의 어종. 라틴어로 펄고기과는 *움브리다이*였다. 두바이, 라듐, 버마도 라틴어 철자다. 라틴어 철자들은 아무리 애를 써도 숫자나 의미 있는 무언가와 연결할 수가 없었다.

고개를 저었다. 가끔은 어떤 패턴도 떠오르지 않을 때가 있다. 그와 물고기들이 온 세상에 맞서고 있는 것만 같은 날들이 있다. 지금처럼, 잠시 집이 텅 비어 버릴 때면 그의 가족은 상상력의 산물일 뿐이라는 생각이 머릿속에 파고들었다. 그저 그가 보는 환상처럼 느껴졌다. 레베카가 귀에 휴대폰을 대고 들어오거나 아스톤이 벌컥 문을 열고 들어와 신발도 벗지 않은 채 화장실로 뛰어가기 전까지는 말이다. 그런 모습을 보아야만 완전히 안심이 됐다.

하지만 가족이 집에 있다는 건 무엇이든 들어주는 아빠와 남편으로서 가족의 기대를 충족해 주려고 노력해야 한다는 뜻이기도 했다. 그건 뭔가 조금 아쉬운 게 아닌가 하는 생각이 들었다.

손바닥에 물고기 먹이를 조금 부었다.

그러나 미나와는······.

미나와는 자기 자신으로 있을 수 있었다.

그때는, 다른 사람이 되려고 노력할 필요가 없었다.

조금도 건설적이지 않다는 걸 알면서도 몇 번이고 이런 생각으로 돌아왔다. 그러나 미나는 과거였다. 그 사실을 받아들여야 했다. 미나는 과거에 속한 사람이지, 현재는 아니다. 전날 기자 회견에도 나타나지 않았다. 분명히 미나는 자기 삶을 살아가고 있을 것이다.

하지만 미나와 함께 있었을 때는 좋았다는, 좋은 것 외에는 없었다는 사실만은 남아 있었다.

물고기가 손가락을 간질이는 동안 빈센트는 자신이 그것을 어떻게 생각해야 하는 건지, 잠시 상념에 빠졌다.

*

"어째서 한 번도 못 봤던 거죠? 아빠가 막았어요? 아니면, 무슨 사정이 있었던 거예요?"

나탈리는 호기심 가득한 눈으로 자신의 할머니라는 여인을 보았다. 이 세상에 존재하고 있는지도 몰랐던 할머니. 물론 자신에게 할머니가 있어야 한다는 사실은 분명히 알고 있었다. 엄마가 있다는 사실을 아는 것처럼. 하지만 어째서인지 할머니는 죽었다고 생각했었다. 엄마가 죽은 것처럼. 아빠는 엄마 쪽 가족 이야기는 절대로 하지 않았다. 물어도 대답하지 않았다. 따라서 엄마 쪽 가족은 이 세상에 한 명도 남지 않았다고 생각하는 것이 가장 합리적인 추론이었다. 어쩌면 그렇게 생각하는 쪽을 선택했는지도 모른다. 기억도 못 하는 엄마를 그리워하는 건 너무나도 힘든 일이다. 누군가를 그리워할 여유는 없었다. 그런데 지금은 여기에 함께 있었다. 할머니가. 이네스가. 할머니의 존재는 나탈리가 그동안 알고 있다고 생각했던 모든 것에 의문을 품게 했다.

"네가 한 질문들은 모두 때가 되면 대답해 줄게."

나이 많은 여인이 말했다.

"여긴 어디예요?"

호기심에 찬 나탈리가 물었다. 두 사람은 굴마르스플란에서 슬루센까지 지하철로 이동한 뒤에 버스를 타고 베름되까지 갔다. 이제 도시는 아주 멀리 있었다. 두 사람이 좁은 길을 따라가는 동안 주변은 점점 초록색으로 바뀌어 갔다. 양이 있는 들판이 보였고, 별장처럼 보이는 곳이 나왔다.

"여기가 나의 집이야."

할머니가 말했다. 나탈리는 가슴에 비스듬히 메고 있던 가방끈을 바로 멨다. 주머니에서 휴대폰이 울렸다. 처음 울린 건 아니다. 아빠 전화일 것이다. 아빠는 한 시간 넘게 계속 전화를 걸고 있다. 친구 집에서 출발할 때 나탈리는 아빠에게 곧바로 집에 갈 거라고 했었다. 하지만 지금은 그냥 걱정하게 내버려 둘 것이다. 자신에게 할머니가 있다는 걸 아빠가 그 오랜 시간, 한 마디도 하지 않았다는 사실을 생각하면 나탈리는 입이 앙다물어질 정도로 아빠에게 화가 났다. 아빠는 나탈리의 전 생애를 통제해 왔다. 너를 보호하려고 했던 거야. 또 그렇게 말할 것이다. 아빠는 효율적으로 나탈리를 단속했다. 어디를 가더라도 나탈리는 멀지 않은 곳에 경호원들이 있음을 알았다. 언제나 보이는 곳에 있는 건 아니었지만 그들이 있는 건 알았다. 그런데도 아빠는 나탈리에게 친구를 사귀는 게 왜 그렇게 힘드냐는 말을 끊임없이 했다. 정말 멍청이다.

할머니를 따라가기로 결정했을 때 아빠에게 문자를 보냈다.

할머니랑 있어. 알지, 할머니. 저녁은 집에서 먹지 않을 거야.

가운뎃손가락을 치켜든 이모티콘도 보냈다. 나탈리는 자기가 한 일을 생각하자 속이 살짝 뒤집혔다. 지금까지 아빠한테 대놓고 반항한 적은 한 번도 없었다. 마음 한구석으로는 과잉보호하는 아빠를 이해했다. 언제나 아빠와 나탈리, 둘뿐이었으니까. 엄마가 사고를 당한 뒤 아빠가 딸을 보호하려고 최선을 다하는 건 당연했다.

지금에야 이 세상에는 두 사람만이 아니라는 걸 깨달았다. 나탈리가 더 큰 가족을, 의식 속에서 그저 그림자에 지나지 않았던 엄마에 대한 기억을 줄 수 있는 가족을 원했던 그 시간 동안 사실은 그곳에 있었던 것이다. 할머니 말이다. 그런데도 아빠는 한 마디도 하지 않았다. 그런 아빠는 지옥에 가야 했다.

"이 언덕을 조금만 더 올라가면 도착해."

할머니는 꼭대기에 표지판이 있는 작은 언덕을 가리켰다. 표지판에는 '에피쿠라Epicura'라고 적혀 있었다.

"저게 뭐예요? 꼭 무슨 학회가 열리는 곳 같아요. 저기서 사는 거예요?"

나탈리는 얼굴을 찡그렸다. 하지만 언덕을 올라갈수록 표정은 밝아졌고, 이내 높이 솟은 건물 앞에 섰다.

"우와……."

"그래, 아주 근사하지."

자부심이 가득 담긴 목소리였다.

"맞아. 여기서 살고 있어. 학회는 열지 않지만, 강연은 열어."

"여긴 어떤 곳이에요?"

땀이 등을 타고 흘러내렸다. 티셔츠에 커다란 땀자국이 만들어지는 것이 느껴졌다.

"한번 둘러보렴. 내가 안내해 줄게. 직접 보는 게 더 좋을 거야."

언덕 꼭대기에 다다라 나탈리는 숨이 차서 멈춰 섰다. 나이에 비해 강하고 건강해 보이는 할머니보다 더 헐떡이고 있었다.

두 사람 앞에 있는 건물은 햇살을 받아 반짝이고 있었다. 양쪽에 연결된 부속 건물이 있는 눈부시게 하얀 현대식 건물이었다.

"우와!"

나탈리의 입에서 또다시 감탄이 터져 나왔다.

"여름 방학 때 아빠랑 시내에 있지 않고 여기서 지내면 좋을 거 같아요."

할머니가 웃었다. 그러더니 손목에 차고 있는 파란색 고무줄을 잡아당겼다가 놓았다. 고무줄이 요란한 소리를 내며 할머니의 살을 때렸고, 할머니는 잠시 눈을 질끈 감았다.

"안 아파요?"

나탈리가 놀라서 물었다.

"아파. 그게 중요한 거야. 나중에 설명해 줄게. 둘러봐. 에너지가 느껴지지 않니? 여기에는 긍정적인 에너지밖에 없어. 여기서는 숨을 쉴 수 있어. 느껴지니?"

나탈리의 할머니는 눈을 감고 가슴 가득 공기를 들이마셨다. 조금 바보 같다고 생각했지만 이 나이 든 여인을 즐겁게 해 주고 싶다는 마음에 나탈리도 똑같이 했다. 눈을 감자 주위를 둘러싼 모든 것이 사라져 버렸다. 나탈리의 숨소리, 혈관을 따라 움직이는 피가 만들어 내는 맥박 소리 외에는 아무 소리도 들리지 않았다. 폐 안으로 깨끗하고 순결한 공기가 가득 찼다. 숲을 휘도는 바람이 조용히 속삭였다.

그러다 문득 깨달았다. 나무 기둥 뒤에 이어폰을 낀 남자들이 없었다. 나탈리를 집으로 데려갈 남자들이 없었다. 왜인지는 모르지만 경호원들은 나탈리를 따라오지 않았다. 그 이유는 오직 한 가지, 아빠가 나탈리가 혼자 있어도 된다고 결정한 것이다. 물론 할머니에 관해 한 마디도 하지 않았음을 생각해 보면 아빠가 할머니를 믿는다고 확신할 근거는 없었다. 하지만 그 외에 다른 이유는 있을 수 없었다. 솔직히 말해서 어떤 이유라도 상관없었다. 중요한 건 경호원이 없다는 사실뿐이었다. 생애 처음으로 나탈리는 자유를 느꼈다.

나탈리의 손을 잡는 손이 느껴졌다.

"가자, 우리 집을 보여 줄게."

할머니의 손에서 나탈리에게 옮겨 온 온기가 온몸으로 퍼져 나갔다. 가방에서 다시 휴대폰이 울리기 시작했다. 나탈리는 무시했다.

*

기동대는 레노르 실베르의 아파트에서 한 블록 떨어진 엥엘브렉츠가탄에 집결해 있었다. 괜히 경계심을 불러일으킬 필요는 없으니까. 더구나 지금처럼 정황 증거밖에 없을 때 함부로 가택에 침입할 수는 없었다. 물론 루벤은 절대적으로 확신하고 있었지만 말이다. 아담은 루벤과 함께 밴을 타고 싶지 않았다. 지난번에 오시안의 어린이집에 갔을 때, 루벤과 함께 일하는 게 쉽지는 않다고 느꼈다. 하지만 지금은 동원할 수 있는 모든 자원을 활용해야 했다. 경찰 병력이 스톡홀름 전역에 퍼져 있었다. 오시안을 보았다는 제보는 최대한으로 쫓았다.

"음, 음, 음. 레노르 실베르란 말이지."

군나르가 싱긋 웃었다. 루벤은 기동대 대원들을 빠르게 아담에게 소개해 주었고, 귓속말로 곧 군나르가 자기는 노를란드의 목재를 깎아 만들었다는 이야기를 할 거라고 알려 주었다.

"젠장, 레노르 기억해. 특히 그 가슴 말이야. 정말 고마웠지."

군나르가 두 손을 가슴에 대고 봉긋한 컵처럼 만들었다. 누가 보아도 무엇을 의미하는지 분명히 알 수 있는 행동이었다. 그런 동료를 보면서 기동대 대원들은 고개를 저었지만, 히죽거리는 웃음으로 보아 군나르 덕분에 떠오른 이미지를 딱히 머릿속에서 밀어 낼 생각은 없어 보였다. 아담은 한숨을 쉬었다. 어느 모임에 가든 군나르 같은 사람이 꼭 있다는 건 불변의 법칙임이 틀림없었다.

"그런데 지금은 작아졌단 말이지, 루벤? 젠장, 그건 정말 수치스러운 일이야. 자기가 어떤 걸 갖고 있는지 모르는 사람들이 있다니까. 그래도 노를란드의 나무는 조금 좋아하겠지?"

군나르가 윙크를 하면서 말했다.

"글쎄, 이런 술배라면 안 될 거 같은데."

루벤이 볼록 튀어나온 군나르의 배를 툭툭 쳤다.

"하지만 그 제복이 도움은 되겠지. 정말이야, 장담해."

루벤은 밴에 있는 사람들이 자기 말을 이해할 때까지 기다린 다음 마지막 한마디를 던졌다. 아담은 루벤이 레노르와 사적인 관계를 맺었다는 말을 전혀 믿지 않았지만 군나르는 크게 소리 내어 웃으며 루벤의 등을 찰싹 쳤다.

"진작 알았어야 했는데. 넌 움직이는 건 뭐든지 올라타는 녀석이잖아."

군나르가 키득거렸다. 아담은 잠시 루벤과 시선이 마주쳤다. 그리고 놀라운 것을 보았다. 루벤의 눈에는 고통이라고도 할 수 있는 감정이 서려 있었다. 그러나 지금은 그 감정에 대해 이야기를 나눌 시간이 없었다. 그들에게는 해야 할 일이 있고, 시간은 흘러가고 있었다.

"이제 집중할 필요가 있을 것 같습니다."

아담이 말했다.

"우리가 여기 와 있는 이유에 집중해야 합니다. 레노르가 오시안을 데려간 것이 확실한지는 알지 못합니다. 다른 사람의 관여 여부도 그렇고요. 출동하기 전에 상황을 명확히 확인해야 합니다. 그리고, 우리에겐 위험을 무릅쓸 여유가 없습니다. 그게 기동대 전체가 여기로 모인 이유입니다. 오시안이 건물 안에 있을지도 모를 경우에 대비하기 위해서 말이죠. 하지만 레노르에게 겁을 줘서 도망치게 하면 안 됩니다. 신중하게 균형을 맞춰야 해요. 율리아가 이 작전을 지휘해야 하지만, 지금 율리아는 다른 단서들을 쫓고 있습니다. 그래서 잠시 동안은 제가 지휘할 겁니다."

군나르가 큰 소리로 불만을 터트렸지만, 아담은 무시했다. 그 불만의 이유가 아담의 피부색 때문인지, 레노르의 가슴에 관한 농담이 웃음을 유발하지 못했기 때문인지, 여자가 지휘를 한다는 사실 때문인지는 굳이 고민해서 생각해 보고 싶지 않았다.

"율리아 덕분에 이미 반대편 거리에 사복 경찰을 배치했습니다. 관리인 말이 거리 쪽으로 난 현관이 사람들이 드나들 수 있는 유일한 문이라고 하더군요. 뒤에는 뜰로 나가는 문이 있지만, 그곳은 건물로 둘러싸여 있어 거리로 나갈 수 있는 통로가 없다고 하고요. 하지만 만약을 대비해 그곳에도 인원을 배치해 두었습니다."

"그래서 계획이 뭐요? 그냥 쳐들어가면 되나?"

군나르가 물었다.

"아닙니다. 제가 들어가서 대화해 볼 겁니다."

"대화를 하다니, 그게 무슨 뜻이지?"

루벤이 물었다.

"지금 오시안을 두고 협상을 하겠다는 건가? 다음번에는 당신이 좋은 경찰 역할을 맡겠다고는 했어도, 지금은 그럴 시간이 아닌 거 같은데."

아담이 루벤을 똑바로 쳐다보았다. 지금은 똥 굵기를 놓고 씨름할 여유가 없었다. 지금은 아니다. 나중에도 아니고.

"당연히 레노르 같은 사람과는 협상하지 않습니다."

아담이 퉁명스럽게 말했다.

"하지만 저에게는 다른 사람인 것처럼 접근해서 경계를 낮추는 재간이 있습니다. 그 기회를 이용해서 그쪽 상황을 살펴볼 수도 있고요. 혹시나 이곳에 대한 우리의 판단이 잘못된 거라 해도, 우리가 유괴 사건을 수사하고 있다는 사실을 노출하면 안 됩니다. 다른 아파트가 그 장소일 때를 대비해서 말이죠. 그게 제가 하는 일인 거, 알고 계실 거라고 생각합니다. 협상가로서 밤낮없이 제가 하는 일이 그겁니다. 그걸 하도록 훈련받았고요. 그래도 루벤이 더 잘할 수 있다고 생각하면, 직접 하시는 게 좋을지도 모르겠지만요."

루벤의 눈 속에서 무언가가 반짝였고, 경직되었던 얼굴 근육이 풀어졌다. 아담은 루벤이 이해할 수 있는 언어일 거라 생각하고 일부러 도발한 것이다. 그런 태도를 루벤은 존중하는 것 같았다.

"그렇지. 이건 당신 쇼지."

루벤이 대답했다. 아담은 고개를 끄덕였다. 그러고는 가슴에 아파트 관리 회사의 로고가 찍힌 상의를 입고 검은색 서류철과 펜을 챙겨 거리로 나섰다. 그는 모퉁이를 돌아 빠르게 걸어갔다. 레노르의 아파트로 올라가는 계단통 앞의 문에서 관리인이 기다리고 있었다. 길 건너편에 자리를 지키고 있던 사복 경찰들이 해변이 선명하게 보인다고 말했고, 그 순간 완전 무장을 한 기동대원들이 빠른 걸음으로 건물을 향해 다가가기 시작했다. 바깥에서 대기하는 시간은 짧을수록 좋았다. 건물로 들어간 기동대는 아래층에 넓게 퍼졌다. 2층으로 올라간 아담은 곧바로 레노르의 집을 찾았다.

눈을 감았다.

아드레날린이 온몸으로 퍼져 나가기 시작했다. 적절한 양이라면 눈부신 효과를 낼 것이다. 하지만 너무 많은 양이라면 임무를 제대로 완수할 수 없게 된다. 혹시 레노르가 아파트 문에 있는 외시경으로 밖을 내다보고 있을지도 몰라서, 아담은 파일을 살펴보는 척하면서 코로 숨을 깊이 들이마시고 입으로 천천히 내뱉었다.

다시 한번 더.

코로 숨을 들이마시고 입으로 내뱉고.

그리고 초인종을 눌렀다.

7초 뒤, 레노르가 문을 열었다. 꽤나 빨리 연 편이지만 무언가를, 혹은 누군가를 감출 시간이 없을 정도로 빠른 것은 아니었다. 페이스북 프로필 사진으로 미리 확인하고 왔기 때문에 레노르의 얼굴은 바로 알아볼 수 있었다. 맨발이었고 반바지와 민소매 상의를 입고 있었다. 즉시 도망갈 수 있는 복장은 아니었다. 레노르는 그가 올 것을 예상하지 못한 게 분명했다.

아담은 레노르를 향해 빙산도 녹일 것 같은 미소를 지어 보였다.

"안녕하세요."

아담이 경쾌하게 말했다.

"관리 회사에서 나왔습니다. 알고 계시겠지만, 4층에서 누수가 생겨서 점검하고 있거든요."

섣부르게 레노르 어깨 너머로 아파트 안쪽을 확인하려고 하지는 않았다. 내부에 흥미를 보이면 정체가 드러날 수도 있다. 그는 그저 레노르가 미끼를 물 때까지 계속 웃으며 그녀의 눈을 보았다. 아담은 일부러 '알고 계시겠지만'이라고 말해서 레노르가 그게 무슨 뜻인지 잠깐 생각하게 만들었다.

"전혀 몰랐는데요."

레노르가 얼굴을 찡그렸다. 생각을 하는 레노르는 눈동자가 흔들렸다. 그게 아담이 기다리던 개시 신호였다. 레노르의 눈을 계속 바라보면서도 내부를 볼 수 있도록 레노르 뒤로 시선을 1센티미터쯤 옮겼다. 레노르는 긴 복도 앞에 서 있었다. 복도 끝에는 부엌이 있었다. 부엌은 전체가 보이진 않았지만 스메그 토스트기와 와인 병을 잘 쌓아 둔 와인 냉장고는 보였다. 특이한 점은 없었다. 그곳에 있으면 안 되거나 이상해 보이는 것은 아무것도 없었다.

시선을 아래로 내려 서류를 보는 척하면서 바닥에 아이 신발이 있는지 살폈다. 지미 추 하이힐 세 켤레가 나란히 있었다. 아이가 신을 수 있는 크기는 아니었다. 다시 시선을 올렸다. 레노르 옆에 있는 옷걸이 못에는 코트와 재킷이 걸려 있었다. 가까이 있는 거울은 닦을 필요가 있었지만, 그것이 전부였다.

그 모든 것을 파악하는 데 3초가 걸렸다.

지금까지는 아파트에 아이가 있다고 판단할 수 있는 근거를 하나도 찾지 못했다. 좀 더 안으로 들어가 봐야 했다.

"음, 이메일을 받으셨어야 하는데요. 하지만 괜찮습니다. 이틀 전에 수도 본관에서 누수가 발생해서, 건물 나머지 부분에도 문제가 있을지 모르니 모두 점검하기로 했거든요. 저희 보고서를 가지고 보험사에 비용을 청구하셔도 되고요. 혹시 잠깐 들어가서 욕실을 봐도 될까요?"

아담은 몸을 앞으로 살짝 기울였다. 실제로 앞으로 가기 위해 발도 한 발 내디뎠다.

"음…… 지금은 안 될 거 같아요."

레노르가 황급히 고개만 돌려 뒤를 보았다.

"지금…… 나가려던 참이었어요."

젠장. 의심하기 시작한 것이다. 그것이 아니라면 무언가 숨기는 것이 있거나. 어딘가 가려던 참인데 맨발이라니, 믿기 힘든 말이었다. 문제는 무엇을 감추려 하는가였다. 그것이 무엇이건 지금 당장은 밝힐 수 없었다. 지금은 완전히 뒤로 후퇴해 레노르의 눈에 떠오른 의심을 완전히 지울 수 있는 여유를 주어야 했다.

"네, 괜찮습니다."

아담은 다시 환하게 웃으며 펜을 주머니에 넣었다.

"오늘과 내일, 건물 전체를 점검할 겁니다. 제가 계속 돌아다니고 있을 테니 괜찮을 때 소리쳐 불러 주세요. 그래도 여유가 되실 때 미리 욕실을 살펴보시면 좋을 것 같습니다. 그럼, 안녕히 계세요."

아담은 손을 흔들면서 레노르가 미처 대답하기 전에 한 발 뒤로 물러났다. 그녀가 문을 닫는 동안 아담이 마지막으로 본 것은 더러운 거울이었다. 작고 긴 타원형 기름 얼룩이 묻어 있었다. 레노르가 문을 완전히 닫았다.

긴 타원형 얼룩.

나란히 놓인 다섯 개의 얼룩.

1미터쯤 되는 높이였다.

그건 마치…….

마치 아이의 손가락이 만들어 놓은 얼룩 같았다.

어떤 결정을 내리기에는 너무나도 적은 단서였다.

하지만 그래도……

혹시…….

아담은 한 번에 두 계단씩 뛰어 내려갔다. 그리고 완전히 내려가자마자 신호를 보냈다.

*

휴대폰이 토르켈이 다섯 번째로 문자를 보냈음을 알렸다. 율리아는 진심으로 토르켈의 번호를 차단할지 고민했다. 그래도 그럴 수는 없다. 남편을 차단할 수는 없는 거니까. 자기 아이의 아버지를 차단할 수는 없었다.

아니, 할 수 있나?

어쨌거나 진실은 그가 율리아가 일하지 못하게 방해한다는 것이다. 새로운 문자가 왔음을 알리며 작은 빨간색 원 가운데 나타나는 숫자가 커질수록 율리아의 기분은 나빠졌다. 이번에는 무엇을 원하는지, 정말로 중요한 문제가 생긴 것인지 궁금해져 결국 문자를 보게 됐다. 하지만 중요한 일은 없었다. 토르켈의 짜증스러운 질문들은 분산시키면 안 되는 율리아의 시간과 집중력만 빼앗아 가고 있었다. 특히 아직 업무

시간이 한참 남아 있는 지금 말이다. 어쩌면 유일한 해결책은 토르켈만이 걸 수 있는 번호로 휴대폰을 하나 더 개통하는 것인지도 모른다. 그리고 그 휴대폰을 가방 깊숙이 처박아 버리는 거다.

순전히 호기심으로, 번호를 차단하는 법을 알아보려고 휴대폰 설정 화면을 쭉 내리고 있을 때 전화벨이 울렸다. 아담이었다.

통화 버튼을 누르고 수화기 너머에서 들려오는 말을 주의 깊게 들었다. 그리고 질문을 하나 했다. 전화를 끊고 재빨리 미나와 페데르와 크리스테르가 나란히 앉아서 가장 마지막으로 들어온 제보를 검토하고 있는 공용 사무실로 갔다. 각자의 좁은 방에 갇혀 있기에는 너무 더운 날씨이긴 했다. 공용 사무실의 사정도 그리 좋지는 않았다. 그래도 여기는 크리스테르가 나누어 주는 작은 전동 선풍기라도 있었다. 심지어 미나까지도 전동 선풍기를 들고 있었다. 표정이 썩 좋지는 않았지만. 미나는 얼굴이 아닌 다른 곳을 향해 바람을 쏘고 있었다.

"뭔가 좀 찾았어?"

율리아가 물었다.

"특별한 건 없어."

미나가 물티슈를 하나 꺼내 입을 닦았다.

"아직까지는 모두 얇은 벽을 사이에 두고 아이를 기르는 부모를 제보한 거야. 물론 그런 제보들이 어디로든 우리를 안내해 주긴 하겠지. 율리아가 직접 쫓던 단서랑 출동한 기동대 상황은 어때?"

미나는 다 쓴 물티슈를 쓰레기통에 던져 넣었다. 쓰레기통에는 물티슈들이 작은 산을 이루고 있었다.

"아담이 방금 전화했어. 단데뤼스가탄 10번지에서 다섯 살 아이를 찾았대. 레노르 실베르의 집에서. 모든 상황이 그 아이가 자기 의지로 거기에 있는 게 아님을 가리키고 있대. 그런 직감을 발휘한 루벤한테 메달 같은 거라도 줘야 할 거 같아."

미나와 페데르, 크리스테르가 꼼짝도 하지 않고 앉아 율리아를 뚫어지게 쳐다보았다.

"다행이야. 이 사건은 끝났네."

안도의 눈물이라도 흘릴 것 같은 표정으로 페데르가 말했다.

"찾았군. 드디어 밤잠을 잘 수 있겠어."

그러나 율리아는 고개를 저었다.

"그게 문제야. 기동대가 찾은 건 오시안이 아니야. 여자아이야."

*

"오늘은 일찍 왔네. 아직 4시밖에 안 됐는데……. 잘생긴 남자분, 자기 반쪽이랑 불타는 금요일을 보내려고 온 거야?"

아네트가 말했다.

"나도 정말 그랬음 좋겠어. 그런데 지금 다시 나가야 해."

페데르는 아내를 끌어당겨 꼭 끌어안고 아내의 냄새를 들이마셨다. 아내가 좋아하는 클로에 향수와…… 갓 구운 빵? 페데르는 부엌에서 머핀을 만든 흔적을 발견하고 깜짝 놀랐다.

"어떻게 벌써 머핀을 구웠어? 방금 왔을 거 아냐?"

"애들이 머핀을 어떻게 참겠어. 사실 어린이집에 새로 부임한 선생님이 제빵에 정말로 탁월한 재주가 있거든. 나는 집에 오는 길에 이 위에 뿌려 먹을 것만 사 왔어."

"당신은 정말 슈퍼우먼이야."

페데르가 고개를 저었다.

"하지만 애들 눈을 이렇게 터무니없이 높여 놓은 것에 대해선 그 선생님한테 한마디 해야겠네. 애들은 어딨어?"

"윙스 앞에 붙어 있어."

"새로운 에피소드가 나왔어?"

"아니, 맨날 똑같은 거지 뭐. 아이들에게는 말하지 마. 블룸이 또 위기에 빠질까 봐 엄청 걱정하고 있거든."

"블룸이 뭘 태우지 않았었나?"

아네트가 곁눈질로 남편을 흘금 보았다.

"요정이 나오는 아이들 만화를 그렇게 잘 아는 사람은 섹시

한 거야, 문제인 거야? 어떻게 생각해야 할지 모르겠네."

"콤보 하러 가야겠다."

페데르는 씩 웃으면서 거실로 걸어갔다.

"나야 문제일 정도로 섹시하지."

짐짓 명랑한 말투를 유지하려고 했지만 자기가 듣기에도 그다지 확신에 찬 말투는 아니었다.

조심스럽게 지뢰처럼 퍼져 있는 장난감들을 피하며 걸어갔다. 양심의 가책이 계속 그를 괴롭혔다. 남편이 직장에서 아예 살다시피 하는 오늘 같은 날은 모든 걸 혼자서 감당해야 하는 아네트에게 너무 가혹했다. 두 살 반인 아이들 셋을 돌보면서 고등학교 교사라는 자신의 일까지 해내야 하는 아네트는 할 일이 너무 많았다. 주말이면 하루 종일 자게 해 주겠다고, 페데르는 속으로 다짐했다.

"아빠!"

세쌍둥이가 벌떡 뛰어올랐고, 작은 세 목소리가 동시에 비명을 질렀다. 마법 같은 블룸의 시련에서 세 아이의 관심을 한 번에 돌릴 수 있다니, 어깨가 으쓱해졌다.

세 쌍의 팔이 목을 세게 감싸 안았고, 페데르는 울지 않으려고 애써 감정을 눌렀다. 아이들의 따뜻한 몸은 어째서 이 아이들을 두고 자신이 다시 경찰서로 돌아가야 하는지 알려 주었다. 오시안의 부모도 아들이 안아 주면 이런 따뜻함을 느겼을까? 그랬을 것이다.

"아빠는 또 가 봐야 해."

그가 아이들을 꼭 끌어안으며 말했다.

"작은 공주님들을 안아 주려고 잠깐 들른 거야."

"아빠아아아! 우리는 공주 아니야. 요정이야. 윙스처럼!"

"미안, 아빠가 깜빡했다. 물론이지. 그래서 말인데, 내가 이제 요정들을…… 먹어 버릴 테다!"

페데르는 소리를 지르면서 자신의 얼굴로 세 아이의 얼굴을 마구 문질렀다. 아이들은 환성을 지르며 기뻐했다. 하지만 곧 텔레비전 속 만화 캐릭터들에게 훨씬 극적인 일이 벌어졌고, 세 아이는 다시 바닥에 엎드려 텔레비전 화면에 집중했다.

잠시 그 자리에 머물며 아이들을 바라보던 페데르는 부엌으로, 아네트 곁으로 돌아갔다. 샤워를 하고, 옷을 갈아입고, 다시 밖으로 나가는 것이 해야 할 일 전부였지만 잠시 숨을 돌릴 필요가 있었다. 아주 짧은 시간이라고 해도 말이다. 정신없고 난장판이 된 집이어도 그에게 새로운 기운을 불어넣어 줄 수 있는 존재는 언제나 아네트와 아이들이었다. 경찰 일에 수반될 수밖에 없는 끔찍한 공포를 다스리기 위해 필요한 에너지를 주는 존재들 말이다.

"수사는 어떻게 되고 있어?"

머핀을 만든 흔적을 치우기 시작하면서 아네트는 고개를

숙인 채 앞머리에 가려진 눈만 들어 남편을 올려다보았다. 저렇게 올려다보는 게 쉽지는 않을 것 같았다. 페데르는 주저했다. 그러다 오후에 찾은 여자아이 이야기를 해 주었다. 진행 중인 수사 내용을 아네트에게 말해 주는 건 수사 강령에 어긋나는 일이었지만, 아내에게라도 말하지 않는다면 페데르는 견딜 수가 없을 것이다. 아내는 그의 배출구였다. 가끔 아내를 자신의 어둠 속으로 끌어들이는 것이 정당한 일인지 고민이 될 때도 있었다. 하지만 아네트는 거부하지 않았다. 그리고 페데르에게는 아내에게 말하는 시간이 정말로 필요했다.

"그러니까, 아직 그 애가 어디 있는지 모른다는 거네."

아네트는 더러운 그릇을 모두 싱크대에 넣고 물을 받고 세제를 넣었다.

"하나 먹을래?"

그녀가 풍성하게 쌓여 있는 무지개색 머핀들을 가리켰다.

"아니야, 경찰서에서 뭐든 먹을 거야."

페데르가 아네트 옆에 있는 행주를 집어 들면서 말했다.

"그냥 둬. 내가 할게."

아네트는 행주를 빼앗았고, 페데르는 거부하지 않았다. 그 대신 팔짱을 끼고 싱크대에 기댔다.

"질문에 대답하자면, 맞아. 못 찾았어. 시간은 흘러가고 있고. 아직 시간이 있다면 말이야."

"할 수 있는 모든 걸 하고 있잖아. 누구도 그 이상을 요구할 수는 없어."

아네트는 단호한 태도로 커다란 아일랜드 식탁 위에 묻은 반죽과 아이싱, 스프링클 자국을 닦았다.

"정말 할 수 있는 걸 다 했을까?"

페데르가 한숨을 쉬었다.

"난 모르겠어. 모두 뭘 해야 하는지, 어디를 뒤져야 하는지 모르고 있는 것 같아. 우리가 찾은 유일한 단서는 아예 엇나간 거였어. 지금은 그냥 여기저기 뒤적거리고 있을 뿐이야. 내일 이맘때쯤이면 완전히 엉뚱한 장소만 뒤지고 있었다는 걸 깨닫게 될지도 몰라."

"자기는 할 수 있는 걸 모두 하고 있는 거야."

아네트가 또다시 같은 말을 했다.

"자기가 말한 것처럼, 여자아이는 찾았잖아."

아네트는 행주를 빨아 수도꼭지 위에 걸고 수건으로 손을 닦고는 남편을 끌어안았다.

"너무 늦게 오지는 마, 자기야."

그녀가 남편의 목에 얼굴을 묻으면서 말했다.

"불금은 자정이면 마감할 거니까."

그러더니 갑자기 재채기를 했다. 고개를 든 아네트는 단호한 표정으로 남편을 바라보았다.

"그리고 이번 일이 끝나면, 이 수염 이야기를 할 필요가 있겠어."

*

"정말 멋져요."

나탈리가 두 눈을 휘둥그레 뜨고 주위를 둘러보며 말했다.

"여기서 산다고요?"

현관을 지나 본관으로 들어오는 동안 눈길을 주는 모든 곳에 유리, 유리, 유리가 있었다.

"그래, 여기서 살아."

"멋져요. 근데 새가 날아가다가 부딪히지 않아요?"

할머니의 입술이 실룩였다.

"음, 그럴 때도 있어. 하지만 자주는 아니야."

나탈리는 고개를 끄덕였다. 지난 몇 시간 동안 일어난 일 때문에 머리가 어지러웠다. 할머니를 만났고, 이런 외진 곳에 와 있었다. 그리고 족쇄를 풀었다. 잠시 동안만이라고는 해도 말이다.

"같이 둘러보지 않을래?"

할머니가 묻는 표정으로 말했다. 나탈리는 열심히 고개를 끄덕였다. 정말 조용한 곳이었다. 평화로운 곳이었다. 다른 사람들이 있는 것을 보고 완전히 고립된 곳은 아님을 알았지만, 주변에서는 아무 소리도 들리지 않았다. 모두 소리를 내지 않고 움직이는 법을 배운 것만 같았다. 그 누구도 말 한마디 건네지 않았다. 그저 고개를 끄덕이며 밝게 웃었다. 자신들이 이 세상에서 가장 행복한 사람들이라는 듯이.

"여기서는 무슨 일을 해요?"

나탈리가 물었다. 할머니는 앞서가기 시작했다. 가방이 너무 무겁게 느껴지기 시작해서 나탈리는 할머니를 쫓아가기 전에 가방을 벗어 벽에 기대어 놓았다. 이곳은 사람들이 물건을 훔쳐 가는 곳이 아니라는 기분이 들었다.

"우리는 지도자의 자질을 길러 주는 일을 하고 있어. 그게 우리가 주로 하는 일이야. 이곳의 최고 경영자이자 창립자인 노바가 이 분야의 선구자란다. 이 나라 기업 대표들도 몇 사람 지도해 주고 있어. 일반 임원진들이야 말할 것도 없고. 자기 계발, 스트레스 완화, 슬픔 극복 코스도 함께 운영하고 있어. 사이비 종교 단체에서 당한 세뇌를 치료하는 과정도 진행하고. 노바는 스웨덴에 몇 없는 그 분야 전문가란다. 국제적으로도 인정을 받고 있지."

나탈리의 눈이 휘둥그레졌다.

"우와…… 스트레스와 사이비 종교라니. 왠지…… 멋져요."

그 말이 나탈리가 생각할 수 있는 전부였다.

그렇게 10대스러운 반응을 보이다니, 부끄러웠다. 할머니가 자신을 생각 없는 아이로 여기는 걸 원치 않았다. 하지만 지금 보고 있는 걸 묘사할 말을 찾을 수가 없었다.

지금까지 이런 곳은 단 한 번도 보지 못했다. 이렇게 하얗고, 깨끗하고⋯⋯ 투명한 곳은 말이다. 건물의 양식은 나무와 들판, 꽃으로 가득한 주변 신록과는 선명하게 대조를 이루고 있었다.

"여긴 60년대에 지었어."

나탈리의 마음을 들여다보기라도 한 것처럼 할머니가 말했다.

"노바의 할아버지가. 스웨덴 전역에 여러 호텔을 소유하고 있었는데, 여기는 콘퍼런스 센터 역할을 하던 곳이야. 그분이 돌아가신 뒤에는 노바가 호텔을 물려받았고, 그때부터 자기 방식대로 운영하면서 사업을 하고 있는 거야."

나탈리는 커다란 수염과 친절한 눈매를 한 남자의 초상화 앞에서 멈춰 섰다.

"이분이 그분이에요?"

"그래. 그분이 발차르 벤하겐이야."

할머니도 나탈리 옆에 서서 초상화를 응시했다.

"노바는 그분에게 가장 소중한 사람이었어. 노바의 아버지가 그분의 외아들이었으니, 노바가 유일한 손주였지. 노바에게 에피쿠로스적인 삶을 가르쳐 준 분도 그분이었어. 노바가 하는 모든 행동의 근간이 되는 철학 말이야."

"에피…… 뭐라고요?"

나탈리는 마음속으로 학교에서 배운 모든 교과서와 교실에서 보낸 모든 시간을 샅샅이 훑어보았지만, 그 말은 조금도 익숙하지 않았다. 그런 단어를 들어 본 기억이 전혀 없었다.

"가자. 정원에 가서 커피를 마시자꾸나. 해 줄 말이 있단다."

할머니가 나탈리의 손을 잡았고, 나탈리는 손을 빼고 싶은 마음을 꾹 눌러 참았다. 누군가와 접촉하는 건 낯설었다. 아빠는 나탈리를 사랑했지만, 안아 주고 어루만져 주는 부모는 아니었다. 이런 접촉은 나탈리가 자라는 동안에는 없었다. 엄마는 어땠는지 알지 못했다. 나탈리가 다섯 살 때 돌아가셨으니까.

하지만…… 이제는 할머니에게 그 모든 것을 물어볼 수 있을 것이다. 엄마가 어떤 분이었는지 알게 될 것이다. 나탈리는 할머니에게 손이 잡힌 채로 밝은 복도를 지나 마침내 커다란 정원으로 나갔다. 아무도 없지는 않았다. 그러나 사람의 존재는 거의 느껴지지 않았다. 도시에서의 삶과 이곳에서의 삶은 달라도 너무 달랐다. 주위에 있는 사람들은 아주 낮은 목소리로 말했다. 너무나도 낮아서 자연의 소리는 어느 것 하나도 사라지지 않았다. 나무 사이를 부는 바람 소리도, 새들이 지저귀는 소리도, 하얀 벽 앞에 자란 장미 덤불 주위를 날아다니는 꿀벌 소리도 모두 들렸다.

"갓 구운 비스킷이야. 마음껏 먹으렴. 커피 줄까? 아니면 주스가 좋겠니?"

할머니가 물었다. 고갯짓으로 가리키는 탁자 위에는 커피와 간식거리가 있었다.

"주스 주세요. 비스킷도 먹을래요."

할머니는 자신이 마실 커피를 따르고 나탈리를 위해 주스를 따르더니, 식탁에 앉아 비스킷을 고르는 나탈리를 물끄러미 바라보았다. 그러고는 나탈리가 자리에 앉아서 비스킷을 조금 먹을 때까지 기다렸다가 이야기를 시작했다.

"노바의 할아버지 발차르는 젊었을 때 그리스 철학을 공부했고, 아까 내가 말한 철학에 매혹됐어. 에피쿠로스 철학 말이야. 마음의 평화, 평정심이 중요하다고 가르치는 고대 철학이지."

"평정심이라고요?"

나탈리는 그 단어의 크기를 가늠해 보았다. 꼭 어른이 된 것 같았다. 할머니가 그런 이야기를 해 준다는 사실이 좋았다. 마치 자신이 다 큰 어른인 것처럼. 주제가 아주 지루하다고 해도 말이다.

"에피쿠로스 철학에서는 죽음의 두려움을 제거함으로써 몸과 마음의 평온, 즉 아타락시아에 이를 수 있다고 했어. 또 다른 중요한 목표는 아포니아야. 아포니아는 고통이 완전히 사라진 상태를 의미해."

나탈리는 주스를 한 모금 마셨다. 달고 맛있는 딸기 코디얼이었다. 집에서 만든 것 같았다.

"에피쿠로스 철학에는 초석이 네 개 있어. 사람이 살면서 따라야 하는 규칙이라고 할 수 있지. 우리가 인생의 목표라고 여기는 걸 달성하기 위해 세우는 규칙 말이야. 우리의 목표는 당연히 마음의 평화와 행복을 얻는 거겠지. 에피쿠로스 철학에서는 그것들을 얻는 가장 좋은 방법은 불안과 근심을 일으키는 원인을 피하는 거라고 했어. 정치 같은 거 말이야. 친구들과 함께 평온하게 사는 것도 그 방법이야. 그래서 여기 모인 거야. 너를 즐겁게 하는 것들도 찾아내야 해. 하지만 일시적인 만족을 주는 활동은 안 돼. 오래 지속되는 행복을 주는 것이어야 해. 에피쿠로스 철학의 네 번째 초석은 가장 단순하면서도 가장 어려워. 바로 고통의 부재야말로 최고선이라는 거지."

"고통의 부재라고요……."

나탈리는 그 말의 의미를 잠시 생각했다.

"그럼, 그 고무줄은 뭐예요? 그건 아프게 하는 거잖아요."

할머니가 고개를 끄덕였다. 그러고는 아까처럼 고무줄을 세게 잡아당겼다가 놓았다. 탁 소리가 났다. 고무줄이 손목을 칠 때 할머니는 얼굴을 찡그렸지만, 입가에는 희미하게 미소를 머금고 있었다.

"맞는 말이야. 이건 아프게 하지. 하지만 잠시뿐이야. 고통에서 벗어나기 위해 오히려 그걸 감내해야 할 때도 있는 법이거든. 고통은 인생에서 아주 중요한 기능을 해. 그리고 내가 이미 최고선을 성취했다고 믿는 건 오만이란다."

나탈리는 고개를 끄덕였다. 할머니의 말은 절반도 이해하기 어려웠다. 그래도 이 순간이 끝나지 않기를 바랐다. 할머니의 모습은 너무나도 아름다웠고, 할머니의 목소리는 너무나도 따뜻했다. 두 사람을 감싸고 있는 정원에는 향기와 소리가 가득했다. 혀끝에서 녹는 비스킷은 입안 가득 달콤함을 퍼트렸다. 친절하고 사심 없는 눈으로 나탈리를 바라보는 사람들은 웃고 있었다.

그리고 나탈리를 지켜보는 사람은 아무도 없었다. 정말로 한 명도 없었다.

언제라도 아빠가 나타나 나탈리를 데려갈지도 모르지만, 그때까지는 매 순간을 즐길 생각이었다.

"할머니."

나탈리가 눈을 반짝이며 말했다.

"여기에…… 있어도 돼요? 그냥 내일까지만요."

사랑을 듬뿍 담은 밝은 파란색 눈이 나탈리를 보았다. 뒤에서 비추는 햇살 때문에 할머니의 밝은 머리카락이 후광처럼 빛났다. 할머니는 고개를 끄덕였다.

"내가 어떻게 하면 될지 알아보마. 하지만 밤에는 잠시 너 혼자 있어야겠구나. 노바랑 나는 텔레비전에 출연해야 하거든."

*

미나 눈에 보이는 페데르는 이전과 달리 힘이 넘치지 않았다. 두 손에 얼굴을 묻고 회의실 테이블에 앉아 있는 지친 페데르는 세쌍둥이가 막 태어났을 때의 모습을 떠오르게 했다. 페데르는 에너지 드링크 한 캔을 꺼내더니 뚜껑을 땄다. 뚜껑에서 이산화탄소가 빠지며 쉿 소리를 냈다. 그 정도는 미나가 용인하는 행동이었다.

벽에 기대어 서 있는 루벤과 아담도 피곤해 보였다. 레노르의 아파트로 출발하면서 분출됐던 아드레날린이 사라지고 있음이 분명했다. 이제 그 수사는 더는 그들 담당이 아니었다. 아파트에서 발견한 여자아이에 관한 수사는 다른 팀이 인수했고, 율리아 팀은 계속 오시안을 찾는 일에 집중해야 했다.

테이블 위에는 랩으로 싼 샌드위치가 쌓여 있었다. 아주 빈약한 저녁 식사 대체품이었지만, 정작 배가 고픈 사람은 없는 것 같았다.

율리아의 눈 밑은 멍든 것처럼 시커멨다. 그러나 휴대폰이 끊임없이 새로운 문자가 도착했음을 알리며 번쩍일 때마다 철저하게 무시하는 것을 보면, 미나의 상사를 피곤하게 하는 건 일 때문만은 아님을 알 수 있었다. 율리아는 휴대폰을 무음으로 돌려 놓았지만, 휴대폰은 계속 문자가 왔음을 알렸다. 문자는 모두 율리아가 "정말 짜증 나게 나쁜 놈"이라고 저장해 놓은 사람에게서 오고 있었다.

피곤해 보이지 않는 사람은 크리스테르뿐이었다. 치아로 샌드위치를 뚫고 나가며 거침없이 먹어 대는 모습은 번개를 품은 구름처럼 보였다. 그의 발치에 앉아 있는 보세는 간절하게 바라는 눈으로 주인을 올려다보고 있었다.

"그러니까, 일단 정리해 보자고."

율리아가 입을 열었다.

"먼저 지난 며칠 동안 모두 엄청난 강도로 일했다는 걸 강조하고 싶어. 할 수 있는 모든 일을 했고, 심지어 기습으로 납치된 어린 소녀까지 발견했어."

"그 아이가 누구인지 알아냈나요?"

벽에서 몸을 조금 떼며 아담이 물었다.

"아직은 몰라요."

페데르가 하품을 하면서 대답했다.

"지난 두 달 동안 스톡홀름과 다른 지역에서 들어온 실종 신고를 살펴보고 있대요. 인터폴에도 협조를 구했고요. 어쩌면 해외에서 납치되어 온 걸 수도 있어요. 찾아낼 거예요. 가능성의 문제가 아니라 단지 시간의 문제일 뿐이니까. 레노르는 가망이 없어요."

"완전 쓰레기지. 아이들을 납치하다니. 진짜 화가 나네."

크리스테르가 입을 닦으면서 중얼거렸다. 보세가 주인의 말에 동의한다는 듯이 짧게 짖었다.

"잘했어, 루벤. 레노르 건 말이야."

율리아가 말했다. 루벤은 어른들의 은밀한 놀이에나 적합한 미소를 발사하기 직전이었지만, 곧 자제하는 편이 좋겠다고 판단했다. 그에게도 오늘은 정말 힘든 날이었다.

"안타깝게도 오시안의 행방에 대해서는 조금도 진전이 없었어. 오시안의 납치범들은 흔적도 없이 사라져 버린 것 같아."

율리아가 말을 이었다.

"용납할 수 없어."

페데르가 테이블 위에 텅 빈 캔을 내려놓으며 말했다. 그는 평소보다 훨씬 빠른 속도로 말하고 있었다.

"내일은 토요일이야. 그럼 3일째가 되는 거라고. 이 사건이 릴뤼의 경우와 같다면……."

끝까지 말할 필요도 없었다. 미나는 페데르의 말이 무슨 뜻인지 정확히 알았다. 다른 사람들도 마찬가지였다. 이 사건이 릴뤼 사건과 같다면, 24시간 안에 오시안의 죽음을 보게 될 것이다. 빨리 범인을 잡지 못한다면 말이다. 유일한 문제는 무엇을 해야 하는가였다. 미나는 소독제를 꺼내 손을 닦았다. 지금 손을 소독할 이유는 없었다. 아까도 소독했으니까. 그러나 그녀에겐 할 일이 필요했다. 무슨 일이든지 말이다.

"이미 말했지만, 두 사건이 관계가 있다고 특정할 만한 증거는 하나도 없어. 그러니까 우리는 각기 다른 두 범죄자를 상대하고 있을 가능성이 큰 거야. 하지만 그렇다고는 해도 작년 여름에 발생한 릴뤼 사건을 모방했을 가능성을 이론적으로든, 실질적으로든 무시할 수는 없어. 그 어떤 가능성도 배제하면 안 돼. 맞아. 나도 네 말에 동의해, 페데르. 용납할 수 없는 일이야. 그저 우리가 뭘 더 할 수 있는지를 모르겠다는 것뿐이지."

미나는 작년에도 자주 그랬던 것처럼, 이 자리에 빈센트가 있었다면 지금과는 다른 상황이 펼쳐지지 않았을까 생각했다. 그는 우리를 도와줄 수 있을 텐데. 물론 도움이 되지 않을 수도 있다. 오시안 사건은 심리적 프로파일을 기반으로 하지 않았고, 일루전과도 관계가 없었으며, 숨겨진 복잡한 패턴을 발견해야 할 필요도 없었으니까. 그들에게 있는 건 오직 납치된 아이뿐이었다. 아직 구출하지 못한 아이.

"이제는 대중이 무언가를 보았길 바라야 해. 대중의 눈은 예리하니까. 모두들 오늘 할 수 있는 일은 다 했어. 저녁과 밤에 근무하는 직원들이 계속 제보를 받을 거야. 이젠 그렇게 많지는 않겠지만 모든 제보를 검토할 거고. 사라도 우릴 도와서 계속 나와 연락할 거야. 그러니까 이제 집에 가. 가서 눈 좀 붙여."

"잠이 오겠어? 난 보세랑 여기 좀 더 있을 거야."

크리스테르가 중얼거렸다.

"나도 있을래. 사라를 돕지 뭐."

페데르가 말했다. 율리아는 알았다는 듯이 두 손을 내밀었다. 평소에 그녀가 뿜어내던 힘은 사라지고 없었다. 왠지 미나는 그런 율리아가 천천히 바람이 빠지는 풍선처럼 보였다. 율리아의 휴대폰이 또다시 문자가 왔음을 알렸다.

"젠장……."

율리아는 휴대폰을 노려보면서 말했다.

"좋아. 알아서들 해. 내가 어떻게 가라 마라 하겠어. 누가 알아. 나도 여기 좀 더 있을지. 페데르, 사라에게 레노르 실베르와 접촉한 사람을 모두 확인하는 걸 도와달라고 해. 어쩌면 우리에게 행운이 찾아올 수도 있으니까. 레노르는 사업가잖아. 찾아보면 우리 사건과 연관이 있을지도 몰라. 아담, 당신이 릴뤼 사건은 가장 잘 알잖아요. 릴뤼 사건의 모든 세부 사항을 살펴서 혹시라도 오시안 사건과 비슷한 부분이 있는지 찾아봐요. 뭐든 유사점이 나오면 즉시 알려 주고. 미나와 루벤은 오시안의 부모와 어린이집 직원들하고 나눈 대화 내용을 다시 샅샅이 살펴봐. 단서가 될 만한 게 있는지 확실히 확인해 줘. 크리스테르는 지난 며칠 동안 갑자기 행동 패턴을 바꾼 사람이 있는지 보면서, 성범죄자 목록을 삼중으로 검토해 주세요. 물론 이미 했다는 거 알아요. 그래도 다시 해 주세요. 내일 아침에 여러분에게 최우선적으로 요구하는 건 밝은 눈, 맑은 정신이야. 필요하면 페데르, 에너지 드링크를 돌려. 내일은 무슨 일이 일어날지 모르니까."

*

벽걸이 TV 속에서 틸데 데 파울라 에뷔가 분명히 무언가로 유명할 누군가에게 질문을 퍼붓고 있었다. 빈센트가 모르는 사람이었다. 자신도 유명인이면서 그는 다른 사람들, 자신보다 조금 더 유명한 사람들은 곤란할 정도로 알지 못했다. 그 때문에 지난 몇 년 동안 다양한 모임에서 당연히 아는 줄 알았는데 사실은 전혀 모르는 사람들을 소개 받을 때마다 당혹스러웠던 경험을 여러 번 해야 했다.

육상 선수 카이사 베리크비스트를 같이 일했던 세트 디자이너로 오해했을 때는 특히나 민망했다. 그때 빈센트는 아내에게 가십 잡지를 읽어서 사람들을 알아 두겠다고 맹세했었다. 하지만 그 계획은 성공하지 못했다. 그가 다른 사람에게 관심이 없는 건 아니었다. 그저 유명 인사 자체에 대한 열정을 끌어 올리는 게 힘든 것뿐이었다.

프로그램의 예고편을 보고 빈센트는 오늘 동료 대중 강사가 텔레비전에 출연한다는 사실을 알았다. 방송이 시작했을 때는 자신도 공연을 하느라 보지 못했지만, 집에 들어오자마자 나머지 부분을 보려고 텔레비전을 켰다. 방송에 출연한 강사가 누구인지 알아보기는 했다. 그 강사는 그저 유명하기만 한 사람이 아니었다. 이름만 말해도 스웨덴에서는 모르는 사람이 거의 없는 유명인 중에서도 유명인이었다.

틸데 데 파울라 에뷔가 카메라를 보면서 웃었다.

"다음으로 이 소파에 모실 손님은 여러분께 길게 소개할 필요도 없을 거예요."

사회자는 빈센트가 생각한 것을 그대로 말했다.

"소셜 미디어를 자주 접하신다면 말이죠. 꾸준히 신문을 보시는 분들에게도 마찬가지고요. 노바 씨, 어서 오세요! 함께 오신 이네스 요한손 씨도 따뜻하게 환영합니다!"

스튜디오에 있는 소파에 두 여인이 앉아 있었다. 한 사람은 언론이 이국적이라고 묘사하는 짙은 갈색 머리카락과 갈색 피부를 가진 노바였다. 이국적이라는 표현에는 아름답다는 의미뿐 아니라 전 세계 어느 지역에서 왔다고 해도 믿을 정도의 외모라는 뜻이 담겨 있었다. 노바는 40대였고, 그 옆에 있는 이네스라는 여자는 노바보다 적어도 스무 살은 많아 보였다.

 백발에 가까운 금발 머리를 가지런히 모아 위로 올려 묶고, 속이 보일 것처럼 투명한 피부를 소유한 그 나이 많은 여자는 우아했다. 노바와는 수년 동안 공개 강연회에서 몇 번 마주쳤고, 그녀가 하는 이야기도 흥미로웠다. 그러나 그를 숨 쉬기 힘들게 만든 것은 이네스였다. 동화에 나오는 인물처럼 아주 투명하다는 것 외에도 미나와 닮은 점이 너무나 많은 사람이었다. 얼굴 생김새도 같았고, 눈도 똑같이 생겼다. 나이가 많다는 점만이 달랐다. 그리고 금발이라는 것도.

 아니, 그저 그의 상상일지도 모른다.

 얼굴을 좀 더 자세히 들여다보고, 이네스가 자신의 금발 머리카락을 손으로 매만져 펴는 동안 닮은 점은 사라져 갔다. 빈센트는 고개를 저으며 부끄러움을 느꼈다. 옆에 앉아 있는 마리아가 전화를 하느라 빨개진 남편의 얼굴을 보지 못한 것이 다행이었다. 스스로는 인정하지 않았지만 어제 기자 회견에서 진심으로 미나를 보고 싶었던 게 분명했다. 비록 훨씬 나이가 많은 여성이라고 해도, 미나의 모습을 보여 줄 수 있는 기회를 잡자마자 그의 뇌가 미나의 모습을 떠오르게 한 것이다. 전혀 다른 머리카락 색 정도는 가볍게 무시하고 말이다. 정상적인 뇌라면 2년이나 지난 뒤에는 그와 정반대의 일을 할 것이고, 그 경찰과의 연결을 강화하기보다는 약화하는 쪽으로 노력할 것이다. 빈센트는 한숨을 쉬었다. 미나가 그의 전두엽 앞쪽을 독차지하기엔 20개월이라는 시간은 너무 길었다.

"노바 씨의 이야기부터 시작하죠."

틸데가 짙은 갈색 머리카락의 여자를 보면서 말했다.

"삶에 대해 조언하고 다양한 생각거리를 던져 주는 당신의 영상이 여러 소셜 미디어 플랫폼에서 엄청난 화제를 불러 일으키고 있잖아요. 특히 인스타그램에서요. 인기 강사로 신문과 텔레비전에도 끊임없이 나오시고요. 저희가 찾아본 바로는 5년 동안 매주 빠지지 않고 새로운 영상을 업로드했네요. 그렇다면…… 정말 많은 영상을 만들었겠어요. 팔로워도 100만 명이 넘어요. 게다가 국내뿐 아니라 해외에서도 시청하고 있습니다. 전체 팔로워의 3퍼센트가 브라질에 있더라고요."

"100만 명이나요?"

노바가 웃었다.

"그렇게 많아요? 음, 당신이 그렇다면 그런 거겠죠."

빈센트는 사적으로 노바를 알지는 못했지만, 언제나 유쾌하고 훌륭하게 자기 일을 해내는 사람이라는 건 알았다. 그녀의 강의는 들을 때마다 인정할 수밖에 없었다. 금요일 밤 TV 토크 쇼에 나갈 자격이 충분히 있는 사람이었다. 노바에 관해 빈센트가 쉽게 받아들일 수 없는 건 단 하나, 악수가 아니라 포옹을 더 선호한다는 거였다. 노바는 모르는 사람들과도 포옹했다.

"하지만 인스타그램 약력을 소개하려고 노바 씨를 초대한 건 아니죠."

틸데는 카메라 앞으로 책을 들어 보였다.

"이 책 이야기를 하려고 모셨습니다. 노바 씨의 책 《에픽Epic》입니다. 제가 제대로 알고 있다면, 이 책은 당신을 위한 여정의 다음 단계인 거지요. 어릴 때, 자동차 사고를 당했을 때 시작된 여정 말이에요."

마리아가 휴대폰에서 눈을 떼고 고개를 들어 텔레비전을 보았다.

"저건 다 헛소리 아니야?"

빈센트는 무언가 말하려고 하다가 황급히 입을 다물었다. 인생이 팔아야 할 천사 인형과 자기 계발서, 강연으로 가득 찬 마리아가 노바의 인생철학을 미신으로 여긴다는 사실에 할 말을 잃었다.

마리아는 어깨를 으쓱하더니 다시 휴대폰을 보았다. 게릴라 마케팅에 관한 글을 읽고 있는 것 같았다. 케빈이 보냈을 것이다. 게릴라 마케팅이 도자기 인형을 팔기에 가장 좋은 전략이라는 생각은 들지 않았지만, 굳이 끼어들지는 않을 것이다. 그 역시 사업에서 성공하려고 애쓰는 아내의 노력이 빛을 보기를 바랐다. 그저 아내가 가고 있는 방향이 옳다는 확신이 들지 않는 것뿐이었다. 마리아의 휴대폰 화면이 또 다른 문자가 왔음을 알렸다. 발신인은 '구루 케빈'이었다. 그녀의 얼굴에 살며시 미소가 떠올랐다. 빈센트는 다시 텔레비전으로 고개를 돌렸다. 뱃속에서 무언가 불편한 기분을 느꼈지만, 자신의 생각이 그 불편한 곳을 찾아가 헤매지 않도록 억눌러 참았다. 빈센트는 텔레비전에 집중했다.

"그 자동차 사고로 다친 다리는 아직도 통증이 있다고 들었어요."

텔레비전 속에서 틸데 데 파울라 에뷔가 말했다.

"그 사고는 물리적인 후유증만 준 게 아니라 당신을 홀로 남게 만들었잖아요."

빈센트는 아주 오래전이지만, 뉴스 1면에 나왔던 기사를 기억했다. 노바의 아버지, 그러니까 그의 기억대로라면 욘은 아주 커다란 농장의 소유주였는데 어느 날 그 농장에서 불이 났다. 농장의 모든 동물이 산 채로 불에 타 죽었다. 그리고 불을 피해 가족이 타고 달리던 차가 도로를 벗어났다. 생존자는 노바뿐이었다. 사고 뒤에 받은 수술은 성공하지 못했다. 그때부터 노바는 평생 강력한 진통제에 의지해 살아야 했다. 이 이야기는 수년 동안 언론에서 소개하고 또 소개했다.

"아시겠지만, 틸데 씨. 나는 우리 모두가 만성 통증에 시달리고 있다고 생각해요."

노바가 진지하게 말했다.

"몸은 아프지 않을지 몰라도 영혼이 아파하고 있죠. 하지만 우리 아버지가 늘 하셨던 말씀처럼 모든 것은 고통받고, 고통은 정화해요. 모순처럼 들리겠지만 시련이 우리에게 좋을 때도 있어요. 그건 우리가 고통에서 해방될 수 있다는 뜻이니까요. 바로 그곳이 에픽이 작용하는 지점이에요. 《에픽》은 단순한 책이 아니에요. 여러분이 매일 적용하면 도움이 되어 줄 철학이자 삶의 방식이죠. 내가 소셜 미디어에 올리는 글은 대부분 그 철학과 삶의 방식에서 나와요. 이제부터는 이 책이 사람들에게 자기 삶에 에피쿠로스적 깨달음을 실현할 수 있는 기회를 제공할 거예요."

"고통이라는 말이 나와서 하는 말인데요. 사고 후 수술에 실패한 의사들에 대해 원망스러운 마음도 있었을 텐데, 그런 건 어떻게 다스리시나요?"

"해밀턴 경로를 이용해요."

노바가 또 웃었다. 그러나 이번에는 두 눈에 확연히 보이는 슬픔이 서려 있었다.

"수학 개념이에요."

틸데가 이해하기 어렵다는 표정을 짓자 노바가 덧붙였다.

"도형의 꼭짓점을 단 한 번만 지나는 경로로 움직이는 거죠. 나도 그런 방식으로 살려고 노력해요. 무언가를 곱씹을 때마다 우리는 이미 지나간 점으로 다시 돌아가게 돼요. 그건 정말로 필요 없는 일이죠. 과거를 사는 것과 새로운 경험을 창조하는 것 사이에서 선택을 해야 한다면, 새로운 경험 쪽을 선택하는 것이 훨씬 건강해요."

틸데는 고개를 끄덕였지만, 이마에 잡힌 희미한 선들은 노바의 말이 들리는 것만큼 간단하지는 않다고 생각하고 있음을 보여 주었다. 후속 질문은 하지 않았다. 빈센트는 이제 시간이 다 되었기 때문일 거라고 생각했다. 그리고 지금까지 시청자들은 노바의 이야기만 들었다.

"이제 당신의 이야기를 들어 볼까요, 이네스 씨."

틸데가 금발 여인을 향해 말했다.

"제가 들은 바로는, 당신과 노바 씨가 새로운 일을 시작했다고요?"

"그래요."

깊고도 장엄한 목소리였다.

"저는 원래 노바의 수강생이었지만, 지금은 함께 일하고 있어요. 우리는 에피쿠로스식으로 특별히 설계한 리더십과 경영자 교육 과정을 운영하죠. 전 세계에서 온 사람들을 교육하고 있어요. 우리가 하는 교육 내용은 사업뿐 아니라 생애 모든 부분에 적용할 수 있어요."

"헛소리야."

여전히 휴대폰에서 눈을 떼지 않은 채 마리아가 말했다.

"우우. 무슨 헛소리를 저렇게 할까 몰라."

빈센트는 그 말에 조금은 동의했다. 에피쿠로스는 잘 확립된 철학이었고, 논리적으로도 의미 있는 부분이 많다고 생각했다. 그러나 철학 그 자체는 문제가 아닐 때도 있다. 중요한 건 철학의 가르침을 받아들이고 해석하는 방법이었다. 그는 참가자들의 격앙된 분위기와 더 나은 인생을 살 수 있다는 절대적 확신이 결합하면 거의 종교적인 열정에 이를 수 있음을 잘 아는 자기 계발 강연자였다. 그리고 그 감정은 보통 강연이 끝나고 15분이면 사라진다는 것도 알고 있었다.

그래도 에피쿠로스 철학은 오늘날 많은 자기 계발 멘토가 깨달음에 굶주린 사람들에게 비싼 값에 팔아 치우는 주먹구구식 방법과 철학보다는 확실히 건강하다고 생각했다. 정확히 말하면 에피쿠로스 철학은 스토아 철학만큼이나 예리하다고 생각했다. 노바의 책이나 강연보다 훨씬 나쁜 방식으로 돈을 낭비시키는 선택지는 많았다. 노바는 노련했다. 그리고 그가 보기에 노바는 무척 진지한 사람이었는데, 그녀가 하는 일을 생각해 보면 그것이 당연한 자질은 아니었다.

"그럼 여기까지 말씀 나누죠. 노바 씨와 이네스 씨, 오늘 감사했습니다."

틸데가 마무리 발언을 하기 시작했다.

"앞에서 말씀드린 것처럼, 이제 곧 노바 씨의 책이 출간됩니다. 이미 수천 부 선주문이 들어와 있는 것으로 알고 있어요. 행복한 출간일이 되겠네요."

마리아가 고개를 들고 빈센트를 심각한 표정으로 쳐다보았다.

"봐. 당신 생각보다 책을 많이 파는 게 가능하다니까. 내 충고를 받아들이고, 좀 더 이해하기 쉽게 글을 쓰면 당신도 더 많이 팔 수 있어. 탐정 소설을 써 보는 게 어때?"

빈센트는 한숨을 쉬었다. 지어 낸 탐정 이야기는 그의 관심사와 너무나도 멀었다. 그에게는 현실만으로도 충분했다.

*

오늘 시간은 괜찮았다. 1킬로미터를 6분 반 만에 뛰었다. 어제보다 나은 기록이다. 이 특별한 토요일 아침에는 더위도 조금 누그러졌고, 심지어 해변을 따라 달리는 동안 상쾌한 바람까지 느낄 수 있었다.

하지만 그녀의 시간은 여전히 1년 전보다 나빴다. 이혼은 마음뿐 아니라 몸에도 타격을 주었다. 그가 빼앗아 간 것들의 긴 목록에 그것도 포함될 줄은 몰랐다.

정말 지독한 멍청이였다. 좀 더 똑똑하게 행동했어야 하는데.

그녀는 분명히 똑똑했다. 고등 교육을 받았고, 스웨덴 주요 은행의 이사로 재직 중이며, 〈누가 백만장자가 될 것인가〉 프로그램에 나오는 퀴즈도 거의 대부분 정답을 맞혔다. 그런데도 알지 못했던 거다. '당신의 남편이 바람을 피우고 있을 때 나타나는 징후' 리스트에서 그렇다고 표시할 항목이 너무나도 많았다. 빨간색 포르쉐를 구입했는가. 그렇다. 운동에 관심을 갖게 되었는가. 그렇다. 머리를 새로 했는가. 그렇다. 일을 한다며 밤늦게까지 귀가하지 않는가. 그렇다. 새 옷을 구입했는가. 그렇다.

그렇다. 그렇다. 그렇다.

당연히 그 모든 징후를 발견했다. *그렇게까지* 바보는 아니니까. 하지만 그건 중년의 위기라고, 50번째 생일 때문일 거라고만 생각했다.

어느 정도는 틀리지 않은 생각이었다. 그녀가 알지 못했던 건 그가 나이지리아 주재 스웨덴 대사가 초대한 파티에서 어떤 공주와 사랑에 빠졌다는 것이다. 욕망이었을 것이다. 롤프는 늘 욕망을 느꼈으니까.

이 모든 일을 겪으면서 그녀를 가장 괴롭힌 것은 그녀가 남편의 바람을 모른 척할 준비가 되어 있었다는 것이다. 심지어 나이지리아 공주에 관한 이야기를 들은 뒤에도 말이다. 그러나 그녀가 관대하게도 용서하고 잊어 주겠다고, 계속 함께하자고 제안했을 때 그는 아주 놀란 얼굴로 그녀를 바라보았다.

"이건 진짜야. 진짜란 말이야."

그는 말했다. 두 사람이 함께한 20년은 그저 가식이었던 것처럼. 진정한 사랑을 기다리며 시간을 때우는 대기실이었던 것처럼 말이다.

셉스홀멘에 정박해 있는 보트들을 지나치며 달렸다. 평소라면 이 녹음이 우거진 섬을 아침 운동 코스로 택해 달리는 도시 멋쟁이들과 팔꿈치를 부딪혀 가며 달려야 했다. 하지만 지금은 휴가철이기 때문에 그들은 모두 사라졌고, 피곤하고 휑한 눈으로 아침 일찍부터 아이들을 데리고 돌아다니는 관광객들이 그 자리를 대체했다. 뜨거운 열기도 운동하는 사람들이 사라지는 데 한몫했다.

이윽고 그녀는 섬의 남쪽 끝에 도착했고, 작은 다리를 지나 카스텔홀멘으로 건너가서 둥근 길을 돌아 다시 북쪽으로 향했다.

그녀는 아프 샤프만의 철제 선체에 도달한 뒤에야 비로소 멈추었다. 돛대가 세 개 있는 선박으로, 지금은 유스 호스텔로 쓰이며 관광 명소가 된 곳이었다. 사실 멈추지 않고 끝까지 뛸 생각이었지만 목이 말랐다. 달릴 때면 언제나 메고 나오는 작고 가벼운 배낭에서 물병을 꺼냈다. 손가락이 굳어서 감각이 없었다. 물병 뚜껑이 돌아가지 않았다. 아무리 힘을 주어도 뚜껑은 꼼짝하지 않았다. 지나가던 남자가 무슨 일이냐는 표정으로 쳐다보았지만, 시선을 피했다. 남자에게 도움을 청하다니 어림도 없는 일이었다. 잠시 물병을 포기할까 하는 생각이 들었다. 그래 봐야 그녀의 인생을 망치는 작은 좌절일 뿐이니까. 조만간 정말로 사소한 것이 그녀를 완전히 미쳐 버리게 할 테니까. 영화 〈몬티 파이튼—삶의 의미〉에 나오는 박하사탕처럼.

그러나 목이 너무 말라서 포기할 수가 없었다. 결국 가까스로 뚜껑을 땄고, 앞에 있는 커다란 배를 뚫어지게 바라보면서 천천히 기분 좋게 물을 마셨다. 어디선가 아프 샤프만이 19세기 말에 건조되어 오스트레일리아 해안을 항해했다는 글을 읽은 적이 있었다. 이제 그 배는 스톡홀름에 와 있다. 유스 호스텔이라니. 콧방귀가 나왔다. 롤프는 유스 호스텔이 무엇인지도 모를 것이다. 그녀는 열아홉 살 때 인터레일 승차권으로 베를린까지 다녀왔는데 말이다.

해가 그녀가 서 있는 길과 배 사이에 놓인 현문 사다리 밑에 그늘을 만들고 있었다. 그런데 어딘지 이상해 보이는 그늘이었다. 손을 이마에 대고 눈을 가늘게 떴다. 잘못 본 거겠지. 그래, 잘못 본 걸 거야. 하지만 확실히 현문 사다리가 땅에 닿는 지점에서 부두 쪽으로 무언가가 불쑥 튀어나와 있었다. 조금 더 정확하게 보려고 햇빛이 시야를 가리지 않는 곳으로 걸어갔다. 그것은 어린아이의 신발이었다.

어느 관광객 부모가 부루퉁하게 입이 나온 자녀가 신발을 벗어 던지는 것을 미처 보지 못한 것이 분명했다. 그런 일은 언제든 일어난다는 생각을 하면 으스스 몸이 떨렸다. 그건 정말 짜증이 나는 일이었다. 아이들이 어렸을 때 그녀와 롤프는 그런 행동을 하는 아이들에게 늘 잔소리를 해야 했다.

신발을 주우려고 몸을 숙였다. 보도에 올려놓으면 부모가 와서 찾을 가능성이 높아질 테니까.

신발은 어딘가에 끼어 있었다. 좀 더 강하게 신발을 잡아당겼다.

그리고 손에 신발을 들고서야, 그녀는 현문 사다리 밑으로 튀어나온 작은 발과 다리를 발견했다.

*

빈센트는 묘지로 이어진 독립추모공원의 구불구불한 포장도로를 따라 걸어갔다. 가족들은 아직 잠들어 있는 이른 아침이었다. 주말 새벽에는 가족들을 침대에서 벗어나게 하려고 해 봤자 소용없었다. 게다가 그저 단순한 주말도 아니었다. 아이들에게는 여름 방학이기도 했다.

리되 섬의 농장에서 그 사건이 있고 1년이 지났을 때 빈센트는 예인과 케너트가 사망했음을 공식적으로 인정해 달라고 당국에 요청했다. 그건 앙갚음이 아니었다. 그보다는 오히려 누나가 우아한 마지막을 맞을 수 있게 해 주려는 마음이었다. 예인은 평생 숨어 지냈다. 그러니 적어도 죽음만은 인정해 주고 싶었다. 맞다. 예인의 시신은 찾지 못했다. 그러나 더는 살아 있지 않음을 알았다. 어떻게 아는지는 설명할 수 없었다. 그저…… 느낄 수 있었다.

시신이 발견되지 않았기 때문에 공식적으로는 죽지 않았고, 법대로라면 처음 실종되고 1년이 지나야만 사망했음을 인정받을 수 있었다. 그래서 누나를 마지막으로 본 지 1년이 되었을 때 사망 신고서를 제출했다. 사망 선고를 받으려면 선고 당사자가 사망했을 가능성이 '아주 높아야' 하는데, 그 가능성은 충분히 높았다. 그가 두 사람이 죽었다는 느낌이 들지 않는다고 해도, 두 사람이 섬을 벗어나 이렇게 오랫동안 숨어 있을 가능성은 전혀 없었다. 아니, 두 사람은 분명히 물에 빠졌고, 익사했다. 가까스로 섬에서 벗어났대도 케너트와 예인의 건강 상태라면 고립된 상태로 아주 오래 버틸 수는 없었을 것이다. 하지만 스웨덴 조세국의 생각은 다른 것 같았다. 처음에는 그랬다. 조세국은 두 사람이 죽었음을 공식적으로 확정하기까지 4년은 더 기다려야 한다고 했다.

비록 예인은 그와 미나를 죽이려고 했지만, 조세국의 결정에 빈센트는 실망했다. 그의 누나는 어떤 확실성을 품을 자격이 있었다. 살아서 그렇지 못했다면 적어도 죽어서는 그래야 했다.

나중에 스웨덴 조세국은 왜인지 몰라도 결정을 바꾸었다. 예인과 케너트가 사망했음을 인정해 주었고, 모든 실질적인 절차를 책임질 자격을 빈센트에게 주었다.

묘비가 있는 곳에 도착해 쭉 늘어선 비석들 사이를 걸어갔다. 어머니는 할란드에 있는 크비빌레에 묻혔다. 어머니가 돌아가셨을 때 교구 목사는 빈센트의 친부인 에리크를 붙잡아 두려고 했지만 실패했다. 결국 어머니의 장례식은 지방 의회 주관으로 치렀다. 하지만 예인이 어머니와 같은 묘지에 묻히는 건 원치 않았다. 누나는 가까이 있기를 바랐다. 예인을 변화시키고 예인에게 미움을 가득 채웠던 삶은 그녀가 원했던 삶이 아니었다. 그리고 그 모든 일에도 불구하고 예인은 여전히 그의 누나였다. 그래서 튀레쉬 교회의 묘지를 택했다.

땅 위에 납작하게 놓여 있는 비석 옆에 섰다. 예인 보만과 케너트 벵트손이라는 이름이 적혀 있었다. 출생일과 사망일도 있었다. 그것이 전부였다. 그 외에 다른 말들은 무엇을 추가하건 거짓말일 것이다. 허리를 굽혀 따뜻하고 매끄러운 비석 표면을 손으로 쓸었다. 예인Jane의 이름 철자는 네 개였다. 그건 좋았다. 하지만 케너트Kenneth는 일곱 개였다. 그러니 빈센트가 케너트를 좋아하지 않은 건 당연한 일이었다.

작은 거미가 다리 여덟 개를 부지런히 움직여 예인 이름의 J 안에서 앞으로 기어가고 있었다. 빈센트는 거미의 눈에 보이는 세상을 상상했다. 지금 그 세상은 맹렬한 태양열을 잠시 피할 수 있는 완만한 굴곡을 이룬 협곡이다. 그러나 그 협곡 자체가 탈출해야 할 장애물이기도 하다. 협곡 위로 올라와 밖으로 나오면 거미의 세상은 매끄러운 돌로 이루어진 미끌미끌한 평원으로 바뀐다. 바람이나 천적을 막아 줄 보호막이 전혀 없는 평원을 달려갈 용기가 충분히 있다면 거미의 세상은 곧 미로처럼 생긴 또 다른 협곡, 알파벳 A로 바뀔 것이다.

거미는 두 협곡의 모양이 무엇을 의미하는지 알지 못할 것이다. 큰 패턴의 일부임을 알지 못할 것이다. 한때 이 세상에 살았던 한 사람을 대표하는, 그 사람이 경험했고, 만났고, 영향을 미쳤던 모든 것을 대표하는 단어를 이루는 부분임을 알지 못할 것이다. 거미는 그런 연관성을 모르니까. 거미에게는 그저 주위 환경이 잠시 바뀌는 것뿐이다. 살아남기 위해 적응해야 하는 변화일 뿐이다. 잠시 뒤에 다음 도전을 맞게 되면 곧 잊어버릴 변화일 뿐인 것이다.

무릎이 아파져서 몸을 똑바로 폈다. 가끔은 자신의 인생도 거미의 인생과 같은 건 아닐까 하는 생각이 들었다. 자신의 경험도 사실은 무언가의 일부에 불과한 건 아닌지 의문스러울 때가 있었다. 혹시라도 전체를 보게 된다면 너무나도 놀라 정신을 잃을 정도로 아주 큰 무언가의 일부가 아닌가 싶었다.

사람들이 믿음을 갖게 되고 신실한 신앙인이 되는 것도 어쩌면 당연한 일이었다. 하지만 그는 모든 것을 창조하고, 사람들의 모든 행위를 아우르는 엄청난 계획을 세웠다는 전지전능한 존재를 믿을 수 없었다. 실재를 설명할 때 그런 존재는 필요 없었다. 베냐민의 말처럼 그저 오컴의 면도날이면 충분했다.

문자 끝에 도달한 거미는 풀밭으로 올라갔다. 아주 작은 생명체의 현실이 또다시 완전히 바뀐 것이다. 그것이 어떤 느낌인지, 빈센트는 알았다.

*

아담은 헛문 사다리 밑으로 삐죽 나와 있는 작은 맨발을 뚫어지게 응시했다. 아이의 몸이 어둠 속으로 사라지는 지점에 '닌자 거북이'가 프린트된 반바지가 살짝 보였다.

"신발 크기가 20센티도 안 될 거 같아요."

아담의 옆에서 미나가 말했다.

"다른 건 못 봤지만, 오시안을 찾은 거 같아서 두려워요. 이런 일은 정말로 일어나면 안 되는 거잖아요."

아담은 커다란 덩어리에 목이 막혀 버린 것만 같았다. 눈을 돌렸다. 지금까지 그는 결국 최악의 비극으로 끝난 인질극들을 수없이 경험했다. 자신을 방어하지 못하는 무고한 사람들이 어떻게 곤경에 처하는지를 자세히 보았다. 폭력이 불러온 끔찍한 결과를 목격해야 할 때도 있었다. 그런 상황과 비교하면 현문 사다리 밑에 놓인 다리는 평온하다고 해도 될 정도였다.

그러나 그 다리는 어린아이의 것이었다.

그가, 그들이 실패한 것이다. 그들은 해야 할 모든 일을 하지 않았다. 충분히 빠르게 움직이지 못했고, 충분히 영리하게 수사하지 못했다. 지난 며칠 동안 열심히 일했지만, 결국 제시간에 오시안의 납치범을 잡지 못했다. 그 대가는 오시안이 치러야 했다. 이건 정말로 용서할 수 없는 재앙과도 같은 실패였다.

감식반이 시신이 누워 있던 곳의 모습을 최대한 빠짐없이 기록으로 남기는 작업을 하고 있었다. 모든 증거를 확보하고, 검시관이 도착해 체온을 재고 눈의 유리체에서 체액을 채취한 뒤에 시신을 운구 가방에 넣어 국립법의학연구소로 운반할 것이다.

범죄 현장에서 시신을 옮기는 직원들은 감식반과 친하게 지내고 싶어 하는 이상한 인물들이 대부분이었다. 하지만 아담은 범죄 현장에서 감식반이 놓친 증거를 그들이 찾아냈다는 이야기를 아주 많이 들었다.

아담은 다시 앞에 있는 아이에게 집중하려고 애썼다. 뇌의 방어 기제는 아담의 생각을 땅 위에 있는 죽은 아이에게서 떼어 내 다른 곳으로 보내려고 했다. 공기를 듬뿍 들이마시고 정신을 차리고 가능한 한 주변 상황을 파악하려고 해 봤다. 시신은 철저하게 숨겼다고는 할 수 없었지만 완전히 드러나 있지도 않았다. 아침에 이곳에서 운동하던 기민한 사람이 아이를 발견할 수 있었던 것은 모두 그 때문이다. 처음에 그 사람은 시신을 현문 사다리 밑에서 끌어내려고 했지만, 시신에서 자줏빛 반점을 발견하고선 제대로 판단을 내리고 경찰에 신고했다. 시신에 발견자의 DNA가 묻어 있을 가능성이 컸기 때문에 감식반이 그 사람의 DNA도 채취해 갔다.

아담은 한 손으로 입을 막았다. 어떻게 해야 이 일을 계속할 수 있을까? 알 수가 없었다. 그는 협상가다. 그의 기술은 무장한 적대자들과 이야기를 하는 것이었다. 인질 상황을 처리하고, 그 누구도 다치지 않게 문제를 푸는 것이었다. 그러나 그건 언제나 대화를 기반으로 했다. 이번 사건과는 전혀 달랐다.

그에게는 아이가 없었다. 다행스러운 일이었다. 아이가 있었다면 이런 사건은 견뎌 내지 못했을 것이다. 하지만 여동생에게는 있었다. 다섯 살. 오시안과 동갑이었다. 어쩌면 두 아이는 같은 어린이집에 다니고 있었는지도 모른다.

감식반은 셉스홀멘 곳곳의 출입을 통제했다. 구경꾼을, 사진을 찍어 소셜 미디어에 올릴 사람들을 막아야 했기 때문이다. 그들은 시신을 훼손하지 않고 접근할 수 있도록 조심스럽게 현문 사다리를 철거했다.

부모에게서 받은 사진들 덕분에 오시안의 얼굴은 한눈에 확인할 수 있었다. 소년은 자고 있는 것처럼 보였다. 그러나 피부색은 완전히 잘못되어 있었다. 회색이었다. 군데군데 얼룩져 있었다. 아래턱은 축 처져 벌어져 있었다. 정말, 젠장이었다.

"이 밑에 뭐가 있습니다."

감식반 요원이 처음부터 시신 옆에 있었을 테지만, 그때까지는 현문 사다리 밑에 감춰져 있던 물건을 가리키며 말했다.

'마이 리틀 포니' 캐릭터가 그려져 있는 작은 어린이 배낭이었다. 배낭은 오시안만큼이나 더러웠다.

이런 사건에서는 어린이집 가방이 가장 끔찍한 요소가 되기도 했다. 시신뿐이라면 아담은 그 시신을 TV 탐정 쇼에 나오는 인형이나 소품이라고 자기 자신을 설득할 수 있었다. 하지만 저런 작은 배낭은 지나치게 현실적이었다. 저 가방에 오시안은 물병을 넣어 다녔을 것이다. 어린이집에 갈 때면 점심 도시락도 넣어 갔을 것이다. 아담의 조카는 점심으로 보통 누텔라 샌드위치를 싸 갔다.

배낭 옆 주머니에는 다섯 살짜리 아이들의 수집품 목록에 추가될 돌멩이가 가득 들어 있을 것이다. 배낭 바닥에는 넣었다가 잊어버린 말랑한 장난감이 들어 있을 테고. 조카는 낡은 기린 인형을 넣어 두었다. 갑자기 아담의 두 뺨을 타고 주체할 수 없이 눈물이 흘러내렸다. 더는 배낭을, 그 작은 소년을 보고 있을 수가 없었다. 앞에 있는 물가를 바라보면서 손등으로 눈물을 훔쳤다. 바로 몇 미터 앞에 펼쳐진 끔찍한 장면 때문에 솁스홀멘에서 보이는 아름다운 풍경이 오히려 기괴하게 느껴졌다. 작은 배들이 아침 햇살에 반짝이는 파도를 가르며 느긋하게 움직이고 있었고, 건너편 육지에는 녹색 구리 지붕과 돔이 보이는 스톡홀름 구시가지가 펼쳐져 있었다.

"배와 부두. 이 위치는 뭔가를 생각나게 해요."

미나가 말했다.

"릴뤼가 발견됐을 때의 모습을 당신만큼 잘 알고 있는 사람은 없겠네요."

아담은 미나가 옆에 있다는 사실을 잠시 잊고 있었다.

"부두의 잔교에 있었죠."

아담은 고개를 끄덕였다.

"맞아요. 정말로 어리둥절할 정도로 비슷합니다. 너무 비슷해요. 그때처럼 우리에게는 3일이 있었어요. 결국 쓸모없이 버린 3일이요."

미나는 고개를 끄덕이고 아담이 보고 있는 수면으로 시선을 돌렸다.

루벤이 아담의 다른 쪽 옆에 와서 섰다.

"갈까요? 우리 둘이 이 근처에서 배에 승선해 있던 선원들을 만나 봐야 해요. 여기서 밤을 보낸 배낭여행자들도 깨워야 하고. 술에 취해 있었거나 마약에 절어 있지 않았다면, 뭐든 목격한 사람이 있을 수도 있을 테니까."

아담은 루벤의 개입에 고마워하며 고개를 끄덕였다. 마침내 임무가 주어졌다. 그가 잘하는 일을 할 것이다. 변화를 만들 것이다. 어떤 일을 하든 이곳에 서서 흘러가는 세상을 무기력하게 보고 있는 것보다는 나았다.

"누가 이런 짓을 했는지 알아낼 거예요."

아담이 루벤을 따라 떠나기 전에 미나가 말했다.

"릴뤼를 위해서, 오시안을 위해서. 그리고 무엇보다도, 다시는 이런 일이 일어나지 않게."

아담이 걸음을 멈추고 눈을 휘둥그레 뜬 채 미나를 보았다.

"이런 일이 또 일어날 거라고 생각하십니까?"

"사실은 아무 생각도 안 해요."

물티슈로 이마를 닦으면서 미나가 대답했다. 오전 내내 불었던 부드러운 산들바람은 사라지고 강렬한 열기가 되돌아왔다. 희미한 레몬 향이 느껴졌다. 아담은 물티슈는 오히려 피부를 건조하게 한다는 걸 말해 줄까 고민했지만, 하지 않기로 했다.

"내가 아는 건 이런 열기는 사람을 미치게 한다는 것뿐이에요. 기온이 29도가 넘어가면 폭력 범죄가 6퍼센트가량 증가한다는 미국 연구 결과 알아요?"

미나가 말했다.

아담은 손목에 차고 있는 스마트워치를 보았다. 섭씨 32도였다.

"여름은 이제 시작일 뿐입니다."

아담이 대답했다.

*

"우리 모두, 무슨 일이 일어났는지 알아."

율리아가 말했다.

아무도 대답하지 않았다. 방을 채우고 있는 소리라고는 자신의 종말에 힘겹게 맞서 싸우고 있는 에어컨이 덜거덕거리는 소리와 구석에서 새로 산 물그릇 옆에 누워 조용히 낑낑거리고 있는 보세의 소리뿐이었다. 심지어 토르켈조차도 율리아를 홀로 내버려 둬야 한다는 걸 아는 것 같았다. 아침 내내 문자를 단 한 개도 보내지 않았다.

"두 시간 반 전에 오시안을 찾았어."

율리아가 말을 이었다.

"정확한 신원은 확인하지 않았지만, 솔직히 말해서 의심의 여지는 없을 것 같아. 혹시 목격자가 있을지 몰라서 아담과 루벤이 아직 솁스홀멘에 남아 아프 샤프만 유스 호스텔에 묵은 사람들과 근처 건물에 있는 사람들을 모두 만나고 있어. 그 유스 호스텔에는 거의 100명 정도가 있었으니까, 운이 좋기를 희망해 봐야지. 보통 하룻밤 이상은 머물지 않으니 서둘러야 해. 미나와 페데르가 목요일에 오시안의 부모님을 만났었지. 그러니까 두 사람 가운데 한 명이 다시 부모님을 만나서 이 소식을 전하는 게 맞을 텐데, 내 생각에는……."

율리아는 입을 다물고 울지 않으려고 필사적으로 눈을 깜빡이고 있는 페데르를 보았다. 할 수만 있다면 페데르가 다시 오시안의 부모를 만나야 하는 상황은 피하게 해 주고 싶었다. 물론 경찰답지 못한 결정일 수도 있었다. 그러나 그렇다 해도 율리아는 그 결정을 내릴 수밖에 없었다.

"크리스테르가 맡아 줄 수 있을까요? 미나는 밀다에게 가 봐야 해서."

크리스테르는 깊은 한숨을 쉬더니 팔짱을 꼈다.

"늘 그렇지 뭐. 누군가 죽으면 늘 내 무릎에서 끝이 나는 거지. 자네들은 내가 사신의 절친이라고 생각하는 거 같아. 하지만, 당연히 그래야지. 누군가는 힘든 일을 해야 하는 법이니까. 그래, 율리아가 무슨 뜻으로 하는 말인지는 알아. 내 생각엔 페데르는 솁스홀멘 주변에 있는 보안 장비를 체크하는 게 좋겠어. CCTV 같은 거 말이야."

크리스테르가 페데르를 계속 흘끔거리고 있던 걸 율리아는 알았다. 최연장자인 그들의 동료는 성마른 데가 있을지는 몰라도, 정말로 필요할 때는 따뜻해지는 사람이었다.

"정확히 그게 내가 부탁하려는 거였어요. 감사의 의미로 보세에게 줄 맛있는 건사료를 조금 준비해 줄게요."

"여기서 쓸 사료 그릇하고."

"그래요. 여기에 둘 사료 그릇도요."

에어컨이 요란하게 달그락거리더니 곧 잠잠해졌다. 그와 동시에 율리아는 가슴골을 간질이는 땀방울을 느꼈다. 정말로 집에 가고 싶었다. 그저 차가운 물에 샤워를 하고 싶어서가 아니었다. 그보다 더한 것이 필요했다. 하뤼 곁에 있고 싶었다. 코로 하뤼의 냄새를 흠뻑 들이마시고, 하뤼의 살에 자신의 살을 맞대고 싶었다. 하뤼가 살아 있음을 확인하고 싶었다. 무사함을 확인하고 싶었다. 율리아가 집에 있는 동안 토르켈은 친구를 만나든, 볼일을 보든 나갔다 와도 된다.

페데르가 헛기침을 하고 말했다.

"한 가지만 더 짚을 게 있어. 이제 더는 릴뤼 사건과의 유사성을 우연이라고 할 수 없게 된 거잖아. 그렇다면 오시안에게 일어난 비극이 신문을 보고 따라 한 모방 범죄인지, 아니면 같은 범인이 또다시 범행을 저지른 건지 밝혀야겠지. 우리가 이 의문에 답을 내기 전까진 이 도시에 사는 아이들은 그 누구도 안심할 수 없을 거야."

율리아는 고개를 끄덕였다.

"미나, 가능한 한 빨리 밀다에게 가서 릴뤼의 부검 결과에서 우리한테 말해 줄 점이 있는지 알아봐 줘. 내가 밀다에게 부검 자료를 준비해 두라고 연락해 놓을게."

페데르는 지난 며칠간 율리아가 자신의 팀이 결국 들어갈 수밖에 없음을 직감했던 그 문을 열어젖혔다. 그저 동일인이 또 범죄를 저질렀을 가능성이 있다는 걸 인정하고 싶지 않았을 뿐이었다. 결국 잡지 못한 그 범인이 말이다. 정말로 그렇다면 오시안의 죽음은 자신들의 책임이었다.

*

밀다 요르트는 삶의 균형을 관장하는 커다란 저울이 있는 건 아닐까 하는 생각이 들 때가 있었다. 삶이 어느 한쪽으로 크게 기울지 않고 늘 수평을 유지하게 해 주는 저울 말이다. 그 저울 덕분에 불운이 행운과 적절한 균형을 유지해서, 인생에는 너무 많은 불운도 너무 많은 행운도 절대로 있을 수 없게 되는 것이다. 밀다의 인생에서 그 저울은 한 가지 어려움이 스스로 해결책을 찾으면 다른 어려움이 새로 머리를 내밀게 하는 역할을 맡고 있는 것 같았다.

밀다의 아들 콘라드는 마침내 반항기에서 벗어났다. 대학교에서 공부를 하고 있고, 여자친구도 생겼다. 밀다가 보기엔 나빴던 것들은 과거에 버려 두고 온 것 같았다. 그래서 저울이 또다시 기울었고, 그녀의 오빠 아디가 연락을 해 왔다.

"이제 봉합할래? 내 일은 끝났어."

밀다는 번쩍이는 금속 작업대 위에 누운 여자 시신을 향해 고개를 끄덕이면서 조수에게 말했다. 스물다섯 살. 자살이었다. 다른 흔적들도 확인했다. 실패한 시도들이었다. 그러나 이번에는 성공했다. 목을 맸다. 지하실에서 어머니가 발견했다. 어머니라면 절대로 마음에서 지울 수 없는 모습을 남긴 것이다. 그 모습은 첫 걸음마를 하던 순간과 첫 번째 유치가 빠진 날, 처음으로 학교에 간 날의 모습과 함께 영원히 어머니의 기억 은행에 저장되었다. 딸이 살았던 순간의 모든 기억은 이제 죽음이라는 기억과 영영 섞여 버렸을 것이다.

그리고 밀다가 있었다. 이렇게 화창한 토요일 오후에, 이 세상 그 무엇에도 신경 쓰지 않는 것 같은 밀다가 이 젊은 여자의 육신이 세상에서 완전히 사라지기 전에 마지막으로 그 모습을 지켜본 사람이 되었다.

 밀다는 일회용 장갑을 벗어 던졌다. 조수인 로케가 밀다가 가른 몸통을 조심스럽게 봉합해 나가기 시작했다. 평소라면 조수의 일이라고 해도 밀다가 직접 봉합했을 것이다. 그러나 지금은 너무나도 많은 일이 휘몰아치고 있어서 집중하기가 힘들었다. 게다가 바느질이라면 밀다보다는 로케의 솜씨가 더 좋았다. 정확성은 조수로서 로케가 가진 아주 훌륭한 자질 가운데 하나였다. 물론 조금 더 분명하게 표현하자면 정확성이라기보다는 병적일 정도의 현학성이라고 해야 할 수도 있지만. 밀다는 위생 절차를 마친 후 평상복으로 갈아입고 사무실로 돌아갔다. 사무실 문을 열자마자 열기가 덮쳐 왔다. 처음에는 흠칫 놀랐다. 하지만 곧 깊이 숨을 들이마시고 사무실 안으로 들어섰다. 앉는 순간 의자에서 끈적함이 느껴졌다. 밀다는 참담한 마음으로 창턱에 놓인 채 시들어 가는 화분 식물을 바라보았다. 왠지 식물도 밀다를 보고 있는 것 같았다.

 아디의 전화에 그렇게 충격을 받으면 안 되는 거였다. 그게 아디에게보다 자신에게 더 화가 나는 이유였다. 아디와 함께한다는 건 전갈을 등에 태우고 강을 건너는 개구리 우화와 같았다. 전갈은 강 한가운데에서 자신을 태우고 가던 개구리를 독침으로 찌른다. 그건 둘 다 익사한다는 뜻이었다. 도대체 왜 그런 짓을 했냐고 묻는 개구리에게 전갈은 덤덤하게 대답한다. 남을 찌르는 건 자신의 본능이라고.

바로 그게 아디가 하는 일이었다. 두 사람이 아주 어렸을 때도 밀다의 오빠는 자기 이익 외에 다른 건 조금도 신경 쓰지 않았다. 다른 사람에게도 욕구가 있다는 걸 절대로 받아들일 수 없는 것 같았다. 욕구뿐 아니라 권리도 마찬가지였다. 모든 게 다 오빠 것이어야 했다. 옳고 그름을, 네 것과 내 것의 차이를 가르치려던 부모님의 시도는 그 어느 것도 성공하지 못했다. 그래서 밀다가 이혼한 뒤에 아디가 밀다와 아이들에게 자신과 공동 소유였던 부모님 집에서 살아도 좋다고 허락했을 때는 깜짝 놀랐다. 오빠는 부모님 집에서 자기 몫을 빼가는 걸 유예해 주었다.

그래서 밀다는 오빠가 이제는 성숙했다고, 어른이 되었고 발전했다고 확신했다. 그렇게 몇 해가 흐를 동안 밀다는 집 문제로 고민할 일이 없었다. 그래서 계속 지금처럼 살 수 있을 거라고 믿었다. 그것이 현재까지의 상황이었고, 밀다에게 유리한 현 상황이 변할 리가 없다고 생각했다. 그런데 어제 전화가 왔다. 차갑고도 덤덤한 말투였다. 화가 났거나 기분이 상했을 때가 아니라면 아디가 목소리에 감정을 담는 일은 거의 없었다.

아디는 자기 몫을 달라고 했다. 지금 당장. 2년 전에도 오빠는 자기 몫을 요구했다. 그때는 아디의 '변호사'가 편지를 보내왔다. 최후통첩장에서 아디는 밀다가 살고 있는 집에서 나가거나 아디의 몫을 사들여야 하며, 뮈콜라스 할아버지가 돌아가시면 할아버지의 유산에 대한 밀다의 권리를 포기해야 한다고 주장했다. 밀다는 오빠가 그런 통첩장을 보낸 이유가 자신을 스트레스에 짓눌리게 해서 이성적으로 생각하지 못하게 하기 위함이라고 추측했다.

　밀다는 오빠의 변호사에게 반응하지 않고 경찰서 동료들에게 그 최후통첩장을 보여 주었다. 아직 돌아가시지도 않은 분의 유산에 대해 무언가 합의를 한다는 건 옳지 못한 일처럼 느껴졌다. 그녀의 직관은 옳았다. 아디에게는 살아 계신 할아버지의 재산을 마음대로 할 권리가 전혀 없었다. 동료들은 다시 아디가 무리한 요구를 해 오면 갈취 혐의로 기소할 준비를 해 주었다. 동료들이 소위 아디의 변호사라는 사람이 학위도 없으며 불법으로 변호사를 사칭하고 있다는 사실을 알아냈을 때, 밀다의 오빠는 꼬리를 내리고 자취를 감추었다.

　하지만 아디는 한 가지는 옳았다. 밀다가 살고 있는 집은 두 사람의 공동 소유였다. 그곳에서 밀다가 아이들과 계속 살아가려면 오빠의 몫을 보상해 주어야 했다. 그에게는 그럴 권리가 있었다. 밀다는 자신에게는 오빠 몫을 사들일 여유가 없다는 것을, 오빠에게는 돈이 필요 없다는 걸 자신이 안다는 사실을 알리려고 했다. 이미 아디에게는 평생 모은 많은 돈이 있었다. 그러니까 아이들이 자라서 독립할 때까지 몇 년만 더 기다려 준다면, 오빠에게 정말로 고마울 것이다. 그런 사정을 이야기할 때 그녀의 입에서 흘러나오는 애원하는 목소리가 밀다는 정말 싫었다. 오빠가 자신에게서 이끌어 내는 반응이 너무나도 싫었다. 오빠는 늘 밀다를 움츠러들게, 비루하게, 두 발을 땅에 제대로 딛지 못하고 이리저리 움직이게 했다. 오빠의 대답을 듣지 않아도 밀다는 아디가 무슨 말을 할지 알았다. 그리고 스스로 개구리임을 잊어버린 자신을 저주했다. 아디는 언제나 전갈이었는데도.

갑자기 누군가 사무실 문을 두드렸다. 밀다는 펄쩍 뛸 정도로 놀랐다.

"들어와요."

밀다가 소리쳤다. 목소리가 너무나도 갈라져서 헛기침을 해야 했다.

"혹시 바쁜데 방해한 거예요?"

미나가 사무실 안으로 고개를 넣으며 물었다.

"릴뤼 메예르 때문에 왔어요. 부검 기록부를 보려고요."

밀다는 고개를 저었다.

"전혀요. 내 사우나실에 어서 와요."

*

미나는 괴로운 표정으로 밀다의 사무실 창턱에 있는 화분을 처다보았다. 화분의 식물들은 조그만 사무실의 어마어마한 열기 때문에 금방이라도 바스러질 것처럼 보였고, 밀다는 자신보다 훨씬 더워 보였다. 어디선가 땀은 몸을 식히는 수단일 뿐 아니라 먼지와 노폐물을 씻어 내는 역할도 한다는 걸 읽은 적이 있다. 그런 생각만으로도 몸서리가 쳐졌다. 지금 당장 옷을 벗어 던지고 싶은 본능을 눌러 참아야 했다. 차가운 샤워가 절실했다. 하지만 밀다의 사무실에서 그 욕구를 해결할 수는 없었다.

"물은 주고 있어요. 그런데 너무 빨리 증발해 버려서 그 속도를 따라갈 수가 없네요."

밀다가 시들어 가는 식물을 가리키며 시무룩하게 말했다.

미나는 밀다를 바라봤다. 무언가 이상했다. 시선을 돌려 책상 앞에 있는 의자를 보았다. 앉을지 말지 고민이 됐다. 의자의 플라스틱판은 더워 보이고 끈적해 보였다. 저렇게 번들거리는 표면 위에는 세균이 득실거릴 것이 분명했다.

"여기, 이미 필요한 걸 모두 챙겨 뒀어요."

밀다가 책상 서랍을 열면서 말했다.

"율리아 전화를 받았어요. 지난 주말 내내 일했다면서요."

밀다는 서류철을 꺼내고는 미나에게 건네기 전에 물티슈를 한 장 뽑아 서류철을 닦았다.

미나는 웃음으로 고마움을 표시하고 서류철을 열었다.

릴뤼의 부검에 관한 모든 정보가 정갈하게 인쇄되어 있었다.

"당신은 정말로 바위처럼 든든한 사람이에요."

미나가 말했다. 말 그대로의 의미였다.

"쉬는 법이 없는 거죠?"

밀다는 차분함의 화신이었다. 자신감이 넘치고 객관적이며 박식하고 침착한 검시관이었다. 평상시의 밀다를 묘사하는 가장 적합한 단어는 냉정함이었다. 하지만 지금은 전혀 냉정해 보이지 않았다.

무슨 일이 있는 건지 물어봐야 하나 고민했지만, 해야 할 말이 떠오르지 않았다. 두 사람은 사적인 교류가 없었기에 어떤 단어를 사용해서 말해야 하는지 알 수 없었다. 갑자기 빈센트가 느낄 감정을 확실히 깨달았다. 모든 시간에, 모든 사람에게서 느낄 감정을 말이다.

"천천히 마음껏 살펴봐요."

밀다가 말했다.

"혹시 질문하고 싶은 게 있을 수 있으니까 나는 여기 있을게요. 근데, 정말로 이 사건이 오늘 찾은 소년과 관계가 있다고 생각해요?"

"솔직히 말하면 모르겠어요."

미나가 서류철을 끌어안으며 대답했다.

"하지만 아담 블롬은 그렇다고 생각해요."

상의가 불편할 정도로 가슴에 착 달라붙었다. 정말로 빨리 샤워를 해야 했다. 옷을 갈아입어야 했다. 잠시 침묵이 흘렀다. 밀다의 얼굴에 근심이 드리웠고, 미나는 말하고 싶은 마음을 꾹 참고 있는 밀다의 갈등을 느낄 수 있었다. 분명히 무언가가 터지려고 하고 있었다. 미나는 입을 벌렸지만, 이내 다시 다물고 문으로 향했다. 그리고 가볍게 고맙다는 인사만 했다.

*

마리아토르예트 광장에서 아주 가까운 호른스가탄에 차를 댔다. 건물 바로 앞에 경찰차를 세워서 목적지를 정확하게 알릴 필요는 없었다. 벨만스가탄까지 잠깐 걸으며 생각을 정리할 수도 있었다.

자신을 이곳에 보냈다는 이유로 율리아를 탓할 수는 없었다. 경찰이라면 때로는 자기 감정을 눌러야 할 때도 있는 법이니까. 하지만 좋은 경찰이라면 감정에 압도될 때 그것을 방출할 수도 있어야 한다. 그것은 이제 또다시 울화통을 터트려도 된다는 뜻이었다. 그나마 그가 직접 그들에게 소식을 전하지는 않아도 됐다. 이미 제복 경찰과 사제가 다녀갔으니까.

정확한 주소를 찾아 벨을 눌렀다. 가야 할 층으로 올라가자

아파트 문이 활짝 열려 있는 모습이 보였다. 오시안의 어머니인 듯한 여인이 팔짱을 끼고 현관 안쪽에 서 있었다. 한껏 공격적인 자세를 취했지만, 어깨는 축 처져 있었다.

"도대체 뭐 하자는 건지 모르겠어요. 당신들이 찾은 건 오시안이 아니에요. 우리 애는 솁스홀멘에는 안 가요."

"그게 바로 저희가 확실하게 확인하고 싶은 점입니다."

크리스테르가 조심스럽게 대답했다.

"그나저나, 통화를 했었죠. 크리스테르입니다. 기억하실까요?"

오시안 어머니의 얼굴은 눈 밑에 짙게 어린 다크서클을 빼면 색이란 색은 모두 빠져나가 버린 것 같았다. 지난 수요일에 아들이 사라진 뒤로 한숨도 자지 못한 것이 분명했다. 그리고 지금은 비통함의 다섯 단계 가운데 첫 번째 단계인 부정 단계를 지나고 있는 것 같았다. 시간이 지나면 두 번째 단계로 넘어갈 것이다. 분노 단계. 그때가 되면 오시안의 부모는 크리스테르와 수사 팀 모두에게 어째서 해야 할 일을 하지 않은 거냐고 소리를 칠 것이다. 법적 대응을 하겠다고 협박할 것이다. 언론에 알리겠다고 말할 것이다. 물론 사람들마다 분노를 표출하는 방법은 다르다. 그러나 프레드리크와 요세핀이 어떤 식으로 분노를 표출하건, 그 분노는 정당할 것이다. 크리스테르도 그들의 분노에 동의할 것이다. 경찰은 해야 할 일을 제대로 해내지 못했다. 크리스테르는 자신이 해야 할 일을 하지 못했다. 솔직히 말해서 제시간에 오시안을 찾는 건 불가능에 가까운 일이었는지도 모른다. 하지만 그렇다고 해도…… 아무리 최선을 다했다고 해도 충분하지 않았다. 오시안을 무사히 찾아낼 만큼 잘해 내지는 못했다.

아직까지는, 요세핀은 이제 그녀에게 더는 아들이 없다는 정보를 받아들이는 데 어려움을 겪고 있었다. 사랑하는 사람을 잃은 사람 중에는 결코 그 단계를 통과하지 못하는 이들도 있다.

오시안의 어머니 뒤로 오시안의 아버지가 나타났다.

"우리가 같이 가 보는 게 좋지 않을까요? 그 아이를 직접 보고 오시안이 아니란 걸 확인해 주면 되지 않겠습니까?"

오시안의 아버지가 그런 제안을 하는 이유도 충분히 이해했다. 프레드리크와 요세핀은 자신들 눈으로 직접 오시안을 보지 않는 한, 경찰이 찾은 시신은 자신들의 아들이 아니라는 생각을 떨쳐 내지 못할 것이다. 누군가 실수한 것이 틀림없다고 믿을 것이다. 그런 생각은 사람을 미치게 할 수 있다. 하지만 아무리 비정하다고 해도 크리스테르는 두 사람에게 기다리라고 말해야 했다.

"때가 되면 보실 수 있을 겁니다. 일단은 법의학 팀이 조사할 수 있게 기다리셔야 합니다."

법의학 팀이 하고 있는 일을 자세하게 알려 줄 필요는 없었다. 오시안은 부검될 것이다. 두 사람의 아이는 배가 열릴 것이다. 크리스테르는 두 사람이 가능한 한 그런 생각을 하지 못하게 해 주고 싶었다. 그러나 두 사람은 그의 말을 이해한 것이 분명했다. 요세핀의 얼굴은, 안 그래도 사라지고 없는 색이 더욱 빠져나가 완전히 창백해졌다. 그녀는 두 손에 얼굴을 파묻고 비틀거렸다. 프레드리크가 두 손으로 아내를 감싸 안았지만, 자신도 서 있는 것이 버거워 보였다.

"오시안에게 여권이 있다면 지문으로 신원을 확인할 수 있을 겁니다. 혹시 모르니까 DNA 검사를 할 수 있게 오시안의 칫솔을 주시면 좋겠습니다."

크리스테르가 말했다.

"제가 가져오겠습니다."

프레드리크의 목소리에는 할 일이 생겨 다행이라는 안도가 담겨 있었다. 그가 집 안으로 사라졌다.

"오시안의 옷과 배낭은 지금 감식반에서 조사하고 있습니다. 이해해 주시기 바랍니다."

"배낭이라뇨?"

요세핀은 이해할 수 없다는 표정으로 물었다.

"저게 왜 필요한데요?"

그녀가 현관 앞 신발 옆에 있는 노란색 어린이 배낭을 가리 켰다. 작은 피엘라벤 배낭이었다.

"수요일에는 점심 도시락을 싸 가야 해요. 왜냐하면, 수요일엔…… 수요일엔…….”

요세핀의 목소리가 잦아들었다.

"이번에는 도시락을 싸서 배낭에 넣어야 한다는 걸 잊어버리지 않았어요. 근데, 배낭을 주는 걸 잊어버린 거예요."

크리스테르는 필요 이상으로 작은 배낭을 쳐다보지 않도록 애썼다. 위장이 꼬이는 것만 같았다.

"다른 배낭은 없나요? 마이 리틀 포니가 그려져 있는?"

요세핀은 노란 피엘라벤 배낭에서 눈을 떼지 않았다. 더는 크리스테르의 말을 듣고 있지 않은 것 같았다.

"이상한 질문이네요."

비닐에 담긴 작은 칫솔을 들고 오면서 프레드리크가 대답했다.

"없습니다. 그런 건 싫어했거든요."

크리스테르는 얼굴을 찡그렸다. 경찰이 찾은 오시안 옆에는 배낭이 있었다. 그 배낭이 오시안의 것이 아니라면, 누구 것이지? 무언가 말이 되지 않았다.

*

밀다의 사무실은 정말 어마어마하게 더웠다. 하지만 경찰서라고 더 시원한 건 아니었다. 아직도 고장 난 환기 시설을 고칠 사람이 오지 않았다. 주말에 쉬려고 접수를 받지 않는 것이 분명했다. 더위를 피할 수 있는 유일한 방법은 밖으로 나가 잠깐이라도 한숨 돌릴 수 있는 그늘을 찾는 것뿐이었다.

미나는 서류철을 팔에 끼고 정문으로 나가 건물 모퉁이를 돌았다. 바닥에는 담배꽁초가 잔뜩 널려 있었다. 경찰서 내부의 비밀 흡연자들이 모두 모이는 장소임이 틀림없었다. 그들 중 대다수에게 자신의 소울메이트는 담배를 피우지 않는다고 증언해 줄 반려자가 있을 것이다. 사람들이 누군가와 인생을 함께 살아가면서도 같이 사는 사람에 대해 아는 것이 거의 없다는 사실은 미나에게 늘 매혹적으로 다가왔다. 가끔 미나는 다른 사람에 대해 잘 알게 되는 일이 가능한 것인지, 아니면 사람은 누구나 자신만의 작은 비눗방울 속에서 살기 때문에 진정한 자아를 그 누구에게도 드러내 보이지 않는 것인지 궁금해지고는 했다. 빈센트라면 이 문제에 대해 해 줄 말이 아주 많을 것 같았다.

앉는 건 기질에 맞지 않았지만 선 채로 서류를 훑어보는 건 실용적이지 않았다. 미나는 가방에서 장비를 꺼냈다. 물티슈, 살균 스프레이, 알코올 젤. 그리고는 가장자리까지 가득 찬 쓰레기통 옆에 전략적으로 배치된 작은 벤치를 조심스럽게 문질러 닦았다. 미나는 애써 쓰레기통을 외면했다. 말벌 몇 마리가 쓰레기통 주위를 날아다녔지만, 미나는 말벌이 무섭지 않았다. 어쨌든 말벌은 보이는 위험이었으니까. 미나를 두렵게 하는 건 보이지 않는 위험이었다.

벤치를 모두 닦은 미나는 조심스럽게 벤치 위에 앉아 서류철을 옆에 내려놓았다. 자비롭게도 그늘은 서늘했고, 윗옷을 통과해 나가는 부드러운 바람은 미나의 가슴을 적시고 있던 땀을 조금씩 말려 주었다. 미나는 몇 번 깊이 숨을 들이마셨다. 숨 막히는 열기가 사라지자 폐와 기도가 비로소 공기가 통할 문을 연 것 같았다.

폐에 가득 산소를 채우고 나서 미나는 서류철을 열었다. 부검 기록이 맨 위에 있었다. 정말 힘든 일이었을 것이다. 아무리 냉정한 형사라고 해도 죽어 있는 아이를 보면 동요할 수밖에 없다. 게다가 릴뤼는 고작 다섯 살이었다. 릴뤼의 사건에는 범죄 소설에나 나올 법한 전형적인 클리셰가 작용했다. 개를 산책시키러 나온 남자가 방수포 밑에서 릴뤼를 발견한 것이다.

마음을 다잡고 사건 현장을 세세하게 찍은 사진들을 서류철에서 빼내 벤치 위에 나란히 놓았다. 길고 검은 곱슬머리를 가진 여자아이가 부검실의 번쩍이는 금속 이동 침대 위에 부채처럼 팔다리를 쭉 뻗고 누워 있었다. 평온한 모습이었다. 마치 자고 있는 것 같았다.

사인은 질식사였다. 그건 이미 잘 아는 사실이었다. 하지만 다른 팀 사건이었기 때문에 나머지 세부 사항은 알지 못했다. 호기심을 품고 부검 기록지를 꺼내 천천히 읽어 나갔다. 중요한 정보는 어느 것도 놓칠 수 없었다. 살인 사건에서는 아주 조그만 세부 사항이 정말로 중요한 정보일 때가 많았다.

말벌 한 마리가 부검 기록지 한가운데 앉았고, 미나는 살짝 짜증을 내며 쫓아냈다. 미나의 덩치는 말벌보다 훨씬 컸지만, 그런 사실은 전혀 개의치 않는 말벌은 다시 날아와 앉았다. 말벌의 기백이 미나의 흥미를 끌었다. 동물들은 대부분 자신보다 큰 생물에게 경의를 표했다. 그러나 말벌은 아니었다. 자만심으로 가득 찬 말벌들은 크기에 상관없이 자신들의 독침으로 충분히 상대방을 제압할 수 있다고 생각하는 것 같았다. 말벌은 미나가 살아오면서 만난 적이 있는 특정 부류의 남자들을 떠오르게 했다.

다시 손을 저어 쫓아냈다. 이번에는 미나의 경고를 진지하게 받아들였는지, 말벌은 쓰레기통에 있는 아이스크림 포장지를 향해 날아갔다.

밀다의 보고서는 언제나처럼 체계적이었고 이해하기 쉬웠다. 이해하지 않으려야 않을 수 없는 정보를 담고 있었다. 사인은 믿을 수 없을 만큼 단순했다. 질식과 저산소증. 뇌가 더는 기능하지 않고 몸의 활동이 정지될 때까지 산소가 결핍되는 것. 미나는 계속 읽어 나갔다. 기도에는 아무것도 없었다. 질식이 원인일 것이다. 그저 섬유만 조금 들어 있었다. 폐에는 물이 차지 않았다. 물에 빠져 죽은 것은 아니라는 뜻이다. 밀다는 갈비뼈가 폐를 세게 누른 것처럼 폐에 멍울이 있었다고 했다. 어떤 물건이 아이의 몸에 그런 압력을 가할 수 있었을까?

미나는 깊은 물에 잠긴 사체에도 비슷한 상처가 난다는 걸 알았지만, 릴뤼의 폐에는 물이 없었다.

폭행을 당한 걸까? 밀다는 그럴 가능성은 없다고 했다. 그건 보고서에서 읽었다. 폭행은 피부 밑에도 출혈을 남기는데, 릴뤼에게 그런 출혈은 없었다. 그렇다면 추락한 것일까? 미나는 높은 곳에서 떨어진 시신을 수없이 보았다. 자발적으로 뛰어내린 시신도 있었고, 떠밀린 시신도 있었다. 하지만 그런 시신은 갈비뼈에만 상처가 남는 경우가 거의 없다. 밀다의 보고서는 그 점을 올바르게 지적하고 있었다. 밀다는 압박이 가장 유력한 원인이라고 했다. 빠르고 강한 압박은 아니었다. 그런 압력이 작용했다면 피부 밑에도 출혈을 남겼을 거라는 것이 밀다의 의견이었다. 따라서 릴뤼는 오랫동안 가해진 일정한 압력 때문에 질식사한 것이라고 했다. 미나는 머리를 긁으면서 생각했다. 무엇이 그런 압력을 가할 수 있을지, 도무지 생각이 나지 않았다.

압박에 의한 죽음이라고?

오시안에게 일어난 일을 생각해 보면 시간 또한 사망 원인과 깊은 관계가 있었다. 크리스테르가 지적한 것처럼 릴뤼는 약 72시간 동안 실종된 상태였다가 주검으로 발견됐다. 밀다의 분석대로라면 릴뤼는 그때까지 살아 있었고, 가혹 행위를 당하지도 않았다. 오히려 위장의 내용물은 납치된 뒤에 부족함 없이 잘 먹었음을 알려 주었다. 무엇을 먹었느냐는 다른 문제겠지만. 릴뤼는 발견되기 직전에 죽은 것이다.

미나는 다시 보고서를 들여다보았다. 그리고 밀다가 준 정보와 과학수사 팀의 조사 결과를 합쳐 보았다. 오른쪽 겨드랑이에 섬유가 있었다. 과학수사 팀은 그 섬유가 릴뤼의 목에 있던 것과 같은 섬유라고 했다. 모직물 섬유였다.

말벌이 돌아왔다. 아까 그 말벌이라고는 장담할 수 없었지만. 말벌은 미나가 읽고 있는 보고서 위에 앉았고, 미나의 인내심은 한계에 도달했다. 그녀는 가방에서 물티슈를 한 장 꺼내 조심스럽게 말벌을 덮고 물티슈를 뭉쳤다. 물티슈 안에서 여기저기 마구 벌침을 쏘아 댈 말벌을 생각했다. 결국에는 아무 쓸모도 없는 공격을 맹렬하게 퍼부을 말벌을 생각했다. 그리고 자신이 아는 남자들을 생각했다. 물티슈를 펴고 말벌을 보았다. 말벌의 사인은 의심할 여지가 없었다. 압사. 미나는 다시 물티슈를 뭉쳐 쓰레기통에 던졌다.

부검 기록을 다 읽고, 서류철의 가장 밑에 있는 자료를 꺼냈다. 릴뤼를 찾았을 때 입고 있던 옷과 소지품 사진이었다.

릴뤼의 부모는 사라진 소지품은 하나도 없었고 릴뤼는 사라졌을 때 입었던 옷을 그대로 입고 있었다고 했다. 주머니에 들어 있던 릴뤼의 보물들도 그대로 있었다. 반들반들한 하얀 돌, 반짝이는 책갈피, 끝에 눈이 커다란 트롤이 달린 연필과 고양이처럼 생긴 자주색 지우개. 시야에는 여전히 부검실에 누워 있는 아이의 사진이 들어왔지만, 미나는 미소 짓지 않을 수가 없었다. 조금이라도 특별하거나 귀엽다고 생각하는 물건을 거침없이 모으며 기뻐하는 다섯 살 아이를 떠올리니 어쩔 수 없었다. 반짝이, 말, 강아지, 분홍색, 깃털, 플라밍고, 새끼 고양이, 장식용 단추. 어른이 되면 감상하는 법을 완전히 상실하게 되는 것들. 노래 경연 대회나 축제를 구경할 때만 다시 관심을 갖게 되는 것들.

　서류를 들어 있던 순서대로 조심스럽게 서류철 안에 돌려놓은 다음, 서류철을 덮고 벤치에서 일어나 다시 열기 속으로 들어가기 전에 깊이 숨을 들이마셨다. 손목시계를 보았다. 근무 시간이 거의 끝나 가고 있었다. 이제는 더 많은 것을 알게 되었지만, 의문도 그만큼 많아졌다. 오시안을 죽인 범인을, 어쩌면 릴뤼도 죽였을지 모를 범인을 찾는 데 도움이 될 단서는 그 어떤 것도 찾지 못했다. 아직까지도 미나는 어둠 속에서 앞을 보지 못한 채 더듬거리고 있었다. 지금 이 순간에도 범인은 자유롭게 거리를 활보하고 있을 텐데 말이다.

*

빈센트는 서재에 있었다. 마리아는 판매 전략을 수정해야 겠다며 케빈을 만나러 갔다. 묘지에서 돌아오던 빈센트는 문 앞에서 밖으로 나가는 마리아와 마주쳤다. 케빈이 마리아에게 당장 말해 줘야 할 근사한 아이디어를 떠올렸다고 했다. 레베카는 아스톤과 함께 영화를 보러 갔다. 한 달 전만 해도 생각도 할 수 없는 일이었다. 무슨 일인지 아스톤은 누나를 우상처럼 여기기 시작했고, 레베카는 일곱 살이나 어린 동생과 어울리는 게 상관없는 것 같았다. 남자친구도 있는 녀석이 말이다. 아마도 더위 때문에 조금 이상해진 게 아닌가 싶지만 이 열기를 생각해 보면 한낮에 에어컨을 가동하는 영화관에 가는 건 영리한 선택임이 분명했다.

베냐민은 자기 방에서 스물한 살짜리가 침실 문을 닫고 틀어박혀 있을 때면 할 수 있는 일을 하고 있었다. 인터넷으로 아파트를 검색하고 있는 거면 좋겠다고, 빈센트는 생각했다.

빈센트가 토요일 오후를 혼자 보내야 하는 건 모두 이런 이유 때문이었다.

오래전에는 혼자서 생각을 하며 시간을 보내는 걸 정말 잘했다. 하지만 이제는 아니다. 예인이 어머니에 관한 모든 것을 표면으로 끌어 올린 뒤부터는 아니었다. 그 일이 있은 후로 그에게는 생각에 몰입하지 않도록 정신을 돌려 줄 자극이 필요했다. 자유롭게 돌아다니게 내버려 두면 그 생각들이 어디로 가게 될지 두려웠다.

책상 뒤에 있는 책장에서 루빅큐브를 꺼내 손으로 잡고 빙글빙글 돌렸다. 미나가 준 것이다. 전에도 맞춰 보려고 했지만, 조각이 너무 헐거워서 비틀어 볼 엄두가 나지 않았다. 또다시 미나가 이 큐브에 무슨 일을 한 것인지 궁금해졌다. 큐브는 완전히 깨졌다가 다시 붙여진 것만 같았다. 큐브를 보니 아직은 떠올릴 준비가 되지 않은 기억들이 생각났다. 책상 위에 있는 이 큐브를 보았던 미나의 거실. 소파 위에서 슬픔에 잠겨 있던 미나. 그 모습을 떠올리자 빈센트는 너무나도 슬퍼졌고, 자기 생각이 절대로 가지 않으려고 했던 바로 그 장소에 와 있음을 깨달았다. 큐브를 보이지 않는 곳으로 치우려고 책상 서랍을 열었다. 그리고 산타 스티커가 잔뜩 붙어 있는 봉투를 발견했다. 몇 초 주저했지만, 결국 봉투를 집었다.

경찰과 공조가 끝나고 두 달쯤 지났을 때 받은 크리스마스 카드였다. 그 수사에 협력한 뒤에 대중이 그에게 보낸 직접 만든 수수께끼와 문제들 가운데 하나였다.

솔직히 말하면, 그런 편지들이 빈센트를 죽이겠다는 협박 편지가 아님을 알게 된 뒤로는 그 문제들을 푸는 일을 즐기기도 했다. 어떤 수수께끼들은 조악했지만, 어떤 수수께끼들은 확실히 좀 더 복잡했다. 전혀 이해할 수 없는 것들도 있었다. 이 크리스마스카드처럼 말이다. 가게에서 쉽게 살 수 있는 평범한 봉투에는 발신인이 적혀 있지 않았고, 봉투 안에는 테트리스 블록 조각처럼 잘린 여러 색의 종이들이 들어 있었다.

책상 위에 종잇조각을 펼치자 처음 그것들을 보았을 때 느꼈던 바로 그 감정이 빈센트를 가득 채웠다. 조각들을 보는 순간 느꼈다. 이 수수께끼는 다르다고. 그 이유를 논리적으로 설명할 수는 없었지만 조각들을 보자마자 규정할 수 없는 막연한 두려움에 사로잡혔었다. 그리고 지금도 그때만큼이나 강렬한 감정이 느껴졌다.

종이 위에는 글자가 적혀 있었다. 각 종이마다 몇 글자씩. 퍼즐을 제대로 맞추면 보낸 사람이 전하려고 한 메시지를 알게 될 것이다. 처음 풀어 보려고 했을 때는 발신자가 쳐 놓은 함정에 빠졌었다. 빈센트는 혼자서 웃었다. 누군가가 그를 이렇게 사로잡는 일은 드물었기에, 그런 노력을 만날 때는 감사하는 마음이 들었다. 종잇조각의 모양이 테트리스 블록처럼 보였기에 그는 종잇조각 사이에 빈틈이 없도록 조각들을 배열해 보려고 했다. 테트리스 게임은 남는 공간 없이 조각들을 맞춰야 하는 구조니까. 하지만 어떤 식으로 배열해도 말이 되는 문장은 나오지 않았다.

결국 빈센트는 테트리스는 그저 속임수일 뿐임을 깨달았

다. 카드 어디에도 종잇조각이 테트리스 블록이라는 표시는 없었다. 그저 잘 알려진 모양과 색 때문에 그런 생각을 했을 뿐인데, 그것까지도 발신자의 의도였던 것이다. 빈센트가 과거에 마술을 했다는 사실을 어느 기사에선가 읽은 것이 분명했다. 관객의 시선을 다른 곳으로 돌리는 유도 기술은 마술 기술에서도 기본 중의 기본이었다.

그와 동시에 그건 이 수수께끼를 보낸 사람이 빈센트에 대해 조사했음을 의미하기도 했다. 어쨌거나 유쾌한 생각은 아니었다. 실수를 깨달은 뒤로 그는 텍스트에만 집중해 몇 초 만에 메시지를 조합했다. 해결법은 오직 하나뿐이었다.

책상 위에서 종잇조각을 들어 이전에도 여러 번 놓았던 방식으로 배열했다. 모습을 드러낸 메시지는 여전히 이해할 수 없었다. 조합한 글자는 '팀은 두려워 노화를 부정했다.'였다. 처음 이 문장을 보았을 때는 모욕을 느꼈다. 그는 팀이라고 불린 적이 없으며 확실히 노화를 두려워한 적이 없으니까. 그러다가 이 메시지가 암호일 수도 있음을 깨달았다. 문제는 어떤 종류의 암호인가 하는 것이었다.

직접 손으로 쓴 글자들에 어떤 차이점이 있는지 살펴보았지만, 모든 글자는 정교하게 똑같은 형태로 적혀 있었다. 그건 모양이 다른 글자로 작성해야 하는 베이컨 암호법은 쓰지 않았다는 뜻이었다. 알파벳 글자를 다른 글자와 치환하는

ROT 13 암호법을 비롯해 여러 전치 암호들로도 메시지를 해독해 보려고 했지만, 빈센트가 받은 암호를 완벽한 문장으로 바꿀 수 있는 암호는 없었다. 어떤 식으로 변형을 해 봐도 글자를 대체하는 방법으로는 암호를 풀 수 없었다.

거실로 가서 AES 다나의 앨범 '팔런'을 꺼냈다. 언제나처럼 턴테이블에 LP판을 올리기 전에 냄새를 맡았다. 가족들은 빈센트가 너무 옛 방식만 고집한다며 못마땅해했다. 그러나 단단한 표지가 있는 책과 LP판에는 자신들만의 냄새가 있었다. 모험과 예기치 못한 발견을 약속하는 냄새들이었다. 스트리밍 서비스는 편리할 수는 있었지만, 냄새는 전혀 없었다. 캡슐 커피머신처럼 빈센트도 그 유용성은 인정했다. 하지만 그런 매체를 이용하면 무언가 잃어버렸다는 느낌이 드는 건 어쩔 수 없었다.

곡이 시작됐고, 빈센트는 서재에서도 들을 수 있도록 소리를 높였다. 사람들이 그에게 프랑스의 어떤 점이 좋으냐고 묻는다면, 그는 프랑스 사람들이 일렉트로닉 뮤직을 잘 아는 점이라고 대답할 것이다. 아마 레베카도 데니스에게 그렇게 느껴지는 것들이 있을 것이다.

책상으로 돌아와 다시 한번 암호 메시지를 들여다보았다. 분명히 아직 발견하지 못한 깊은 의미가 있을 것이다. 이제 남은 방법은 글자와 구두점의 위치를 완전히 무시하고 글자만을 가지고 다시 배열해 의미를 찾는 것이다. 하지만 열여덟 개 글자로 새로운 문장을 만들 수 있는 방법은 수백만 가지가 넘었다. 단서가 없다면, 그건 시작하는 것조차 의미가 없는 시도였다.

빈센트는 한숨을 쉬고 종잇조각들을 다시 봉투에 넣었다. 물론 전혀 의미가 없는 수수께끼일 수도 있었다. 그저 수수께끼를 만든 사람을 너무 과대평가하고 있는지도 모른다. 전에도 의미 없는 편지를 받아 본 적이 있었다. 그러나 두 가지 이유에서 이 카드 수수께끼는 그럴 가능성이 낮았다. 이 카드를 받자마자 느꼈던 본능적인 불안이 이 카드의 메시지를 무시하지 못하게 했다. 그것이 첫 번째 이유였다.

두 번째 이유는 이 카드를 받고서 1년이 지났을 때, 그러니까 6개월 전에 또 다른 카드를 받았다는 거였다. 새로운 카드 봉투에는 새로운 종잇조각들이 들어 있었다.

*

미나는 밤새 악몽을 꾸었다. 무슨 꿈이었는지는 기억나지 않았다. 하지만 눈을 떴을 때 온몸이 땀에 젖어 있어 아침 위생 절차를 평소보다 두 배나 길게 할 수밖에 없었다. 그 말은 경찰서에 가야 할 시간을 훨씬 넘겨 아침 준비를 끝냈다는 뜻이었다. 율리아가 곧 오전 브리핑을 시작할 것이다. 이번 주 일요일을 어떻게 보낼지는 어제 동료들이 거둔 수확에 달려 있었다. 다른 사람들은 자신보다 더 괜찮은 단서를 찾았기를, 미나는 바랐다.

아파트 정문을 통과해 밖으로 나왔을 때 미나는 문득 걸음을 멈추었다. 건물 밖에 번쩍이는 커다란 검은색 승용차가 서 있었다. 미나는 그 차를 보는 순간 차량의 소유주가 누구인지 알 수 있었다. 가슴 속에서 심장이 벌새처럼 맹렬하게 움직이기 시작했다. 어째서 미나를 만나러 온 걸까? 그것도 하필 지금? 며칠 전에 바사스탄에 있는 아파트를 떠올린 것이 그를 여기로 불러왔는지도 모른다. 미나는 승용차로 뛰어가 뒷문을 거칠게 열었다.

"여긴 왜 왔어?"

"앉아."

짧은 대답이 돌아왔다.

그 한 마디에 기억이 밀물처럼 밀려 들어왔다. 언제나 말이 많은 사람이 아니었고, 그나마 하는 말은 권위적인 명령뿐인 사람이었다. 그의 위치를 보면 그건 당연한 일이라고 생각했었다. 두 사람이 함께 살기 시작했을 때도, 이제 막 성공의 사다리를 오르기 시작했을 때도 그의 말투는 다르지 않았다. 다른 사람에게 지시하고 명령하는 것이 그의 기본값인 듯했다.

미나는 뒷좌석에 올라타 의자를 살펴보았다. 반짝였고, 깨끗했다. 차를 최상의 상태로 유지하는 것이 유일한 업무인 누군가를 고용한 게 분명했다.

"무슨 일 있어?"

미나는 앞에 있는 운전사를 흘긋 쳐다보면서 물었다. 완벽하게 타인인 사람이 있는 공간에 둘이 함께 앉아 대화를 해야 한다니, 기분이 이상했다. 하지만 룸 미러로 보이는 은색 선글라스를 낀 남자는 어떤 감정도 얼굴에 담고 있지 않았다. 남자는 죽은 듯이 앉아서 앞만 보고 있었다. 필요할 때면 귀가 멀고 눈이 머는 것이 그가 해야 하는 일의 일부인 것 같았다.

미나는 뒷좌석에 나란히 앉아 있는 남자에게 고개를 돌렸다. 불안 때문에 심장이 미친 듯이 뛰었다. 어째서 전혀 평범하다고 말할 수 없는 승용차 안에 이 사람과 함께 앉아 있어야 하는 걸까?

이 남자는 자기 인생에 미나가 없기를 바랐다. 그의 인생에서, 나탈리의 인생에서 미나가 없기를 바랐다. 그러나 미나는 이해했다. 받아들이기도 했다. 그것이 이 남자가 요구한 것이었다. 두 사람 곁을 떠난다면 모든 관계를 끊어야 한다. 그것이 거래였다. 지금까지 수년 동안 지켜 온 규칙이었다. 그는 미나에게 접근하지 않았다. 미나도 그에게 접근하지 않았다. 간단했다. 복잡하지 않은 규칙이었다. 2년 전에 미나가 발각

되기까지는 말이다. 그 뒤로 미나는 어떤 소식도 듣지 못했고, 항상 조심스럽게 거리를 유지했다. 블로수트 지하철역 승강장에서 몰래 바라보는 것도 하지 않았다. 쿵스트레드고르덴 공원에서 커피도 마시지 않았다. 그런데도 이 남자가 여기에 와 있었다. 그것도 너무나 갑작스럽게.

미나의 아파트 밖에서 기다리고 있었다.

미나는 앞 좌석의 어느 한 지점을 뚫어지게 쳐다보았다. 완벽하게 마감한 가죽 시트에 나 있는 조그만 흠집이었다.

숨을 쉬어.

숨을 쉬어야 해.

다시 고개를 돌려 그 사람을 보았다. 그 사람이 미나의 눈을 바라보았다. 단호한 눈길. 하지만 그 투명한 파란 눈에는 걱정이 서려 있었다. 또 다른 파란 눈을 닮은 눈이었다. 미나는 가슴이 조여 왔다.

"접촉해 왔더군. 가까이 가지 못하게 막았어야 하는 거 아닌가?"

무슨 말을 하는 거냐고 물을 필요도 없었다.

"엄마하고는 오랫동안 말도 섞지 않고 있어."

"나탈리가 같이 있어. 지난 금요일부터. 첫 접촉을 요원들이 분명히 목격했지만, 내가 방해하지 말라고 했어."

미나는 2년 전 여름 나탈리를 보면서 커피조차 마실 수 없었던 순간을, 자리에 앉아 있을 새도 없이 나탈리의 모습을 감추고 데려가 버렸던 경호원들을 떠올렸다.

"옛날엔 거침없이 막아 버렸잖아."

"그랬지. 그런데 그 때문에 나탈리와 내 관계가 조금…… 어려워졌어. 괜히 상황을 껄끄럽게 만들고 싶지는 않아. 그 농장의 위치를 모르는 것도 아니고…… 그때보다는 더 컸으니까……. 아무튼, 처음에 나탈리가 할머니를 만났다는 문자를 보내왔어. 그리고 밤에는 자고 오겠다는 문자를 보냈고. 그게 금요일이야. 그때부터 지금까지 전화를 하건 문자를 하건 답이 없어. 이제 일요일이잖아. 10대의 고집이라고 생각해도, 이건 지나친 거야."

미나는 입을 앙다물었다. 나탈리의 휴대폰을 추적해 위치를 확인하는 건 미나의 확고한 습관이었다. 딸의 가방에 몰래 넣은 작은 위치 추적 장치는 나탈리가 가방에서 사용하지 않는 공간으로 들어가 있었다. 추적기가 움직이는 동향을 보면 아직은 나탈리가 추적기를 발견하지 못한 것이 분명했다. 하지만 지난 며칠 동안은 오시안 사건 때문에 정신이 없었다. 수요일 아침 이후로는 나탈리의 위치를 점검하지 않았다. 그때는 나탈리가 아빠와 함께 집에 있었다. 부끄러웠다. 딸을 좀 더 세심하게 관찰했다면 지금 듣고 있는 상황에 대해 미리 알고 있었을 것이다.

"그냥 가서 데리고 오면 되는 거 아니야? 누구하고 있는지 알잖아."

미나는 남자의 얼굴에 떠오른 망설임을 보았다. 전에도 본 적이 있었다. 언제나 짧게 나타났다가 사라지는 표정이었다. 순식간에 나타났다 사라져서 언제나 미나가 자신이 잘못 본 것이라고 생각하게 되는 표정이었다. 그러나 이번에는 오랫동안 사라지지 않았다.

"모르겠어. 우리는 접촉하지 않는다는 합의를 했지. 하지만, 어쨌든 그 애 할머니잖아. 그리고 아주 많은 시간이 흐르기도 했고…… 어떻게 해야 할지 모르겠어."

침묵 속에서 두 사람 사이에 단어들이 떠다녔다. 미나는 흘끔 앞 좌석의 룸 미러를 쳐다보았다. 운전사는 여전히 선글라스 뒤에서 한 치의 표정 변화도 없이 앞만 뚫어지게 쳐다보고 있었다.

이 남자가 처한 딜레마는 이해했다. 나탈리의 아버지는 딸을 가까운 가족에게서 떨어뜨려 놓았다는 사실이 언론에 밝혀졌을 때 감당해야 할 파장이 두려운 것이다.

"내가 해 주기를 바라는 게 있는 거지?"

남자는 고개를 저었다. 적절한 말을 찾으려고 고민하는 것 같았다. 그것이 이 남자의 특징 중 하나였다. 절대로 서둘러, 생각 없이 말하는 법이 없었다. 오늘날의 위치에 올라올 수 있었던 건 그런 성격 덕분이기도 했다.

 승용차 옆을 지나가는 사람들이 호기심 어린 눈으로 쳐다보았다. 눈에 띄는 차가 평범한 아파트 앞에 서 있으니 그럴 만도 했다. 짙은 선팅은 그 안에 앉아 있는 사람들에 대한 궁금증만 일으킬 뿐이었다.

 "당신 어머니와 이야기해 봐. 나탈리 모르게. 당신 어머니는 내 말을 듣지 않을 거야. 하지만 당신 말이라면 들을 테지. 신중하게 처리해야 해."

 미나는 깊이 숨을 들이마시며 침착해지려고 해 봤다. 그러나 수많은 감정이 내면에서 들끓고 있었다. 억누르려고 애써 왔던 기억들이, 순간들이, 시간들이 되살아나기 시작했다. 이제는 없는 상태로 살아야 한다고 스스로에게 가르쳐 왔던 모든 것이 되살아났다.

 "지금 아주 중요한 수사를 하고 있어."

 "실종된 아이."

 남자가 고개를 끄덕였다.

 "기자 회견 봤어. 우리 쪽 정보대로라면 어제 아침에 시신을 발견했고."

 "맞아. 그러니까 나한테 지금 당장 해야 할 일이 있다는 거 잘 알겠네. 나탈리는 걱정 안 해."

 남자가 다시 미나의 눈을 보았다.

"그래. 하지만 그 애가 듣게 될지도 모를 말들은 걱정해야 할 거야."

불안이 미나를 움켜잡았다. 남자의 말이 맞다. 두 사람은 합의했다. 그러나 사실 그 합의라는 건 모래성과 같았다. 나탈리가 자신의 할머니와 있는 한, 그 성은 언제라도 무너져 내릴 수 있었다. 그 성이 무너지면 미나뿐 아니라 미나의 딸까지 파묻혀 버릴 것이다.

"해 볼게."

낮은 목소리가 흘러나왔다.

남자는 앞으로 손을 뻗었고, 운전사가 그에게 노트와 펜을 건넸다. 그는 익숙한 필체로 급하게 몇 줄을 쓰더니 종이를 찢어 미나에게 내밀었다. 남자의 얼굴에서 망설임은 사라지고 없었다. 다시 냉정해졌고, 침착했고, 차분했다.

미나는 입을 열어 무슨 말인가를 하려고 했다. 하지 못한 말이 많았다. 묻고 싶은 것이 너무 많았다. 하지만 다시 입을 다물고 뒷좌석 문손잡이를 잡아당겨 문을 열었다. 질문하는 걸 허락받지 않는 쪽을 택했다.

검은 승용차가 모퉁이를 돌아 사라지는 것을 미나는 가만히 서서 지켜보았다. 승용차가 완전히 사라진 뒤에야 들고 있는 종이를 내려다보았다. 휴대폰을 꺼내 종이에 적힌 숫자를 입력했다. 지금 당장 하지 않는다면 결코 하지 못할 것이다.

자동 응답기가 대답했다. 깊이 숨을 들이마시고 메시지를 남겼다. 다시 아파트 건물로 돌아가 기계처럼 정문 비밀번호를 누르고 집으로 이어진 계단을 올라갔다. 아파트 문을 단단히 걸어 잠근 뒤에야 미나는 자신에게 비명을 질러도 좋다는 허락을 해 주었다.

*

일요일 아침 햇살이 발렌투나의 테라스 하우스들 지붕 위를 비추고 있었다. 그가 살 때는 주변 집이 모두 갈색이었는데, 그가 떠난 뒤로 각자 집에 맞게 여러 색으로 페인트를 칠한 것 같았다. 사실은 며칠 전에 찾아올 계획이었지만, 오시안을 찾는 일이 더 중요했다. 어제는 아프 샤프만의 직원과 투숙객을 모두 만나야 했고, 그 근처에 있는 국립미술관과 왕립예술학교에도 다녀와야 했다. 목격자는 없었다. 그건 분명했다. 아담은 일요일에 섬의 나머지 부분을 둘러보자고 했다. 범인이 배를 타고 왔다면 섬에 정박해 둔 배를 본 사람이 있을지도 모른다고 했다. 루벤은 먼저 해야 할 일을 끝내고 곧 합류하겠다고 했다. 하지만 지금은 그냥 곧바로 셉스홀멘으로 갈 걸 그랬다는 생각이 들었다. 아니…… 아니다. 이 일을 먼저 하는 게 옳았다.

오시안 사건으로 루벤은 무언가 망가진 것만 같았다. 어딘가에 속해 있다는 기분을 느낄 필요가 있었다. 아니, 적어도 그런 기분을 느낀 적이 있어야 했다. 군나르나 다른 경찰들과 나누는 동료애로는 느낄 수 없는 감정이었다. 그런 동료애에는 경쟁심과 공동체 의식이 동등하게 공존했다. 누가 가장 재미있는 이야깃거리를 찾아냈는지를 두고 경쟁하는 관계. 누가 주말에 가장 큰 가슴을 봤는지, 누가 가장 지독한 말썽을 부리고 왔는지를 겨루는 관계. 누가 누구의 등을 가장 잘 쳤는지를 결정해야 하는 관계. 당연히 전적으로 믿는 동료들이었지만 지금 당장은 다른 것이 필요했다.

엘리노르의 집은 쉽게 찾을 수 있었다. 두 사람이 함께 살았던 집에 그대로 살고 있으니까. 주차장에 세운 차 안에 앉아 아래쪽에 있는 테라스 하우스를 물끄러미 바라보았다. 엘리노르의 집은 노란색이었다. 루벤은 차에서 나와 집이 쭉 늘어서 있는 보도를 따라 걸었다. 집들로 둘러싸인 작은 공원에서 아이들이 놀고 있었다.

아이들.

아이는 생각해 본 적이 없었다. 혹시 엘리노르는 이미 결혼을 해서 아이도 있는 게 아닐까? 오늘은 일요일이다. 어쩌면 가족들이 모두 집에 있을지도 모른다. 만약 엘리노르의 남편이 문을 연다면 잘못 찾아온 것처럼 꾸밀 것이다.

노란 집으로 가까이 다가가자 잔디밭에서 뒹굴고 있는 어린이 자전거가 보였다. 그의 생각이 현실로 불러낸 자전거처럼 보였다. 자전거 타는 법을 배울 때 사용하는 자전거는 아니었다. 그보다는 더 큰 자전거였다. 엘리노르에게 가족이 있는 것이 분명했다. 엘리노르를 만나기로 한 게 나쁜 판단이었다는 생각이 점점 커졌지만, 극복하고 끝을 내려면 어쩔 수 없었다. 직접 보지 않는다면 영원히 궁금해할 테니까.

현관 앞 계단을 올라가 초인종을 눌렀다. 안에서 누군가 나오는 소리를 들으며, 열리는 현관문에 부딪히지 않으려고 몇 계단 내려갔다.

엘리노르였다.

"누구시죠?"

루벤에게 제일 먼저 든 생각은 그녀가 자신을 떠났을 때보다 지금이 훨씬, 훨씬 아름답다는 것이었다. 물론 그때도 정말 아름다웠다. 하지만 지금은 열 살을 더 먹었다. 10년 동안 더 현명해졌고, 10년 동안 더 많은 경험을 했다. 또 다른 10년의 삶을 살았다. 그리고 어머니가 되었다. 자기 자신의 인생을 살아가고 있었다. 엘리노르의 모습은 그 모든 사실을 순식간에 알려 주었다. 숨을 쉴 수가 없었다. 엘리노르가 그가 누구인지를 깨닫는 데는 몇 초가 걸렸다. 그를 알아본 엘리노르는 얼굴을 찡그렸다.

"루벤 회크. 여기서 뭐 하는 거야?"

확실히 '정말 오랜만에 널 보니까 너무 좋다'라는 목소리는 아니었다. 그와는 정반대로 '남편을 부르기 전에 당장 꺼져'라는 말투였다.

"안녕."

루벤은 최대한 부드럽게 대답했다.

"이렇게 찾아와서 미안. 나는 그냥……대화 좀 할 수 있을까?"

엘리노르의 뒤에서 누군가 움직였다. 그 사람을 보려고 고개를 움직였지만, 엘리노르가 몸으로 복도를 막아섰다.

"아무것도 아니야, 아스트리드. 엄마 곧 들어갈 거야."

엘리노르의 표정을 보면 옛날 자신이 엘리노르에게 아주 큰 상처를 입혔다는 걸, 그 상처를 엘리노르가 꺼내고 싶어 하지 않는다는 걸 알 수 있었다.

"아스트리드라고?"

루벤이 망설이다가 물었다.

"당신은 여기 볼일이 없어. 경찰을 부르기 전에 당장 떠나."

루벤은 조심스럽게 웃었다.

"진정해, 엘리. 내가 경찰이야."

"그런 말이 아니라는 거 알잖아. 그리고 날 그렇게 부르지 마. 제발 가 버려."

엘리노르의 옆으로 작은 얼굴이 불쑥 튀어나왔다.

"안녕하세요. 내 이름은 아스트리드예요. 아저씨 이름은 뭐예요?"

"지금 가실 거야, 아스트리드. 잘 가."

퉁명스럽게 말하고 엘리노르는 아이를 다시 집 안으로 들이더니 거칠게 문을 닫고, 걸어 잠갔다.

계단을 내려와 잔디밭에 섰다. 무엇을 해야 할지 알 수 없었다. 그곳에 서 있으면 안 된다. 이웃 사람들이 수군댈 것이다. 물론 이웃들이 어떻게 생각하는지는 상관없었다. 하지만 엘리노르에게는 중요할 수도 있다.

차를 향해 걸었다. 젠장. 정신과 의사 아만다가 옳았다. 이건 정말 최악의 생각이었다. 그가 사랑했고, 같은 집에 살았고, 그가 배신했던 엘리노르는 이제 더 이상 존재하지 않았다. 남은 것은 그저 그에 관한 불쾌한 기억들뿐이었다. 엘리노르는 앞으로 나아갔다. 가족을 꾸렸다. 루벤이 그녀처럼 살지 않은 건 절대로 그녀의 잘못이 아니었다.

차에 들어가 잠시 가만히 앉아 있다가 시동을 걸었다. 아이와 같이 있는 엘리노르라니. 기분이 이상했다. 엘리노르의 딸은 엄마의 눈을 하고 있었지만, 입술은 아니었다. 엘리노르의 입술은 언제나 부드럽고 통통했다. 땀을 흘린 여름날이면 짭짤한 소금 맛이 났다. 루벤은 엘리노르의 입술에 대한 기억을 밀어 냈다. 또다시 그런 기억 속에 잠길 수는 없었다.

아이 이름은 아스트리드라고 했다. 루벤의 할머니 이름도 아스트리드다. 엘리노르는 루벤의 할머니를 사랑했고, 루벤의 할머니도 엘리노르를 사랑했다. 할머니는 손자의 사랑스러운 약혼녀 근황을 자주 물어봤었다. 하지만 손자는 한 번도 대답해 줄 수가 없었다. 내일은 할머니와 함께 아침 커피를 마시는 월요일이다. 할머니가 운이 좋게도 경찰서에서 5분 거리에 있는 양로원으로 옮겨 온 뒤로 늘 지켜야 하는 고정 일과였다. 내일 루벤은 엘리노르가 잘 지내고 있는 것 같다고, 할머니와 이름이 똑같은 여자아이의 엄마가 되었다고 말해 줄 것이다. 그 말을 들으면 할머니는 기뻐할 것이다.

깊이 숨을 들이쉬고 가속 페달을 밟았다. 이제 끝났다. 완전히 끝났다. 아만다가 루벤을 기특해할 것이다.

*

"릴뤼의 부검 기록에는 이상한 점이 많아."

미나가 휴대폰에 대고 말했다. 소리를 너무 질러 목이 쉬었다.

"하지만 오시안 사건과 관계가 있는 건 없었어. 오시안의 부검 결과가 나올 때까지 기다려야 할 거 같아."

전화기 너머에서 율리아가 깊게 한숨을 내쉬는 소리가 들렸다.

"아담과 루벤의 조사에서도 단서는 없었어. 페데르도 그쪽 보행로에서는 CCTV를 못 찾았고."

"셉스홀멘으로 넘어가는 다리는? 아프 샤프만은? 거긴 몇 개 있지 않을까?"

"다리 바로 앞에 있는 미술관에 카메라가 몇 대 있는데, 너무 멀리 있어서 찍히지 않았어. 게다가 범인이 배를 타고 왔다면 다리를 건널 필요도 없었겠지. 아프 샤프만의 현문 사다리 옆에는 카메라가 있을 줄 알았더니, 거긴 배 안에만 CCTV가 있더라고. 참고할 수 있는 내용이 하나도 없어. 난 네가 뭔가를 찾아 주길 바랐지."

"아직은 없어. 말했듯이, 부검 기록에는 흥미로운 점이 있었지만 오시안 사건 해결에 도움이 되는 건 없었어. 하지만 릴뤼의 사건을 다시 살펴봐야 하는 게 아닌가 하는 아담의 생각이 옳을지도 모른다는 생각이 들었어."

율리아가 다시 한숨을 쉬었다.

"페데르의 아내한테는 이미 점수를 많이 잃었는데, 이젠 날 더욱 싫어하게 됐어. 다시 돌아오라고 전화했거든. 운이 좋으면 오늘 릴뤼의 엄마를 만날 수 있을 거야. 릴뤼 아빠는 멀리 가 있고. 지금으로서는 달리 할 수 있는 일이 없네. 일단 생각나는 게 있으면 연락해. 아니면 내일 보고."

"그럴게."

전화를 끊었다. 생각지도 못했던 나탈리 아버지와의 만남이 미나를 심하게 흔들어 놓았고, 결국 율리아의 브리핑을 들으러 경찰서에 가지 못했다. 무너져 내릴 것만 같았다. 정말로 무너져 내린다면 그 장소가 경찰서는 아니길 바랐다. 그래서 율리아에게 전화해 목이 따끔하다고, 왜 그런지는 모르겠지만 다른 사람에게 옮길 수 있으니 조심하고 싶다고 말했다. 목이 쉬도록 소리를 질러 댄 걸 생각하면 완전히 거짓말은 아니었다.

쉬지 않고 아파트 안을 걸어 다녔다. 율리아가 집에서 할 수 있는 일을 맡겼지만 그 일은 벌써 끝냈고, 사건의 중심에서 멀리 떨어져 있다는 기분을 완화할 수 있는 일은 아무것도 없었다. 갑자기 익숙한 벽도 안전하게 느껴지지 않았다. 정신을 다른 곳으로 돌릴 일이 필요했다. 나탈리와 오시안이 마음속을 떠돌아다니며 건설적인 생각을 하지 못하게 막고 있었다.

미나의 팀은 오시안을 제때 찾아내지 못했다. 그 사실을 받아들여야 했다. 더는 할 수 있는 일이 없었다. 아무리 곱씹고 또 곱씹어도 새로운 단서를 찾아내지 못했다. 그나마 율리아가 미나에게 출근하지 않아도 된다고 한 건 다행이었다. 아직도 나탈리의 아버지를 만난 충격이 가시질 않았다.

미나의 머릿속에서 오시안의 운명이 계속 맴돌고 있는 것만으로는 충분하지 않다는 듯, 할머니가 손녀를 데려갔다. 미나의 어머니가 미나의 딸과 함께 있었다. 이네스는 여전히 전화를 하지 않았다. 나탈리의 아버지가 주고 간 전화번호는 분명히 틀리지 않았을 텐데도. 물론 위치 추적기를 확인해 근무 중인 것처럼 위장하고 찾아가는 방법도 있다. 하지만 그런 건 도움이 되지 않을 것이다. 그저 이네스가 나탈리에게 무슨 말을 할지 걱정하면서 기다리는 수밖에는 없었다. 그 생각을 하면 온몸이 마비될 정도로 두려웠다. 밝혀지면 안 되는 비밀들이 있었다. 밝혀질 수 없는 비밀들이 있었다. 모든 것은 그 비밀 위에 세워져 있었다. 기초가 되는 그 비밀들이 없다면 모든 것이 무너져 내릴 것이다. 무너져 내린 것들이 모두를 쓸어 버릴 것이다. 누구도 그 뒤에 따라올 혼돈을 피하지 못하고 상처를 입을 것이다. 그러나 지금 당장 미나가 할 수 있는 일은 없었다. 나탈리는 이네스와 함께 있었고, 미나에게 허락된 건 기다리는 것뿐이었다.

미나는 기다리는 데는 소질이 없었다. 율리아가 부여한 과제는 이미 모두 끝냈고, 이제 미나에게 남은 것은 새로운 지시가 내려오기를 간절히 바라며 기다리는 것뿐이었다.

그러니까, 정신을 다른 곳으로 돌릴 일이 필요했다. 휴대폰을 꺼내 앱을 훑었다. 그날 받은 모든 메일과 문자 메시지에 답장을 보냈다. 어쩌면 무언가 더 있을지도 모른다. 중요한 기사나……. 문득 붉은 배경에 하얀 불꽃이 있는 앱 아이콘에 눈길이 멈췄다. 틴더였다. 망할 루벤. 도대체 왜 이 앱에 가입하게 한 거야? 사실, 완전히 솔직하게 말하자면 루벤이 가입시킨 건 아니었다. 루벤의 입을 다물게 하려고 미나가 직접 앱을 다운받아 가입한 거였다. 지금 루벤은 미나 옆에 있지 않다. 앱을 열라고 강요하지도 않았다. 하지만 이것이 정신을 완전히 다른 곳으로 돌릴 수 있는 방법일지도 모른다. 미나는 틴더를 하면 안 된다고 말할 사람이 이 세상에 있을 리도 없었다. 요즘 사람들은 누구나 이런 앱을 이용하는 게 분명하다. 평범한 사람들은 말이다. 미나는 수녀가 아니다. 게다가 틴더에 있는 남자들은 미나의 모습을 알지 못했다. 그 사실이 앱을 사용하는 걸 조금은 더 쉽게 해 주었다. 아주 많이는 아닐지라도, 그 정도면 충분했다.

미나는 다른 걸 보고 싶었다.

먼저 컴퓨터로 글을 몇 편 찾아 읽고 앞으로 보게 될 것들에 대한 마음의 준비를 했다. 그 글들은 프로필에 반려동물이나 친구들과 함께 있는 사진을 올리라고 했다. 가장 좋은 사진은 가족과 찍은 사진이라고 했다. 무언가 활동적인 일을 하고 있는 사진도 올리라고 했다. 어떤 여자 필자는 그것이 여자들을 흥분하게 하는 방법이라고 했다. 남자가 자신의 배려심과 공감 능력을 드러내고 사교 생활에 관심이 있음을 보여주려는 심리적인 의도는 확실히 이해할 수 있었다.

유일한 문제는 다른 수십만 명이 미나가 읽은 글을 읽었다는 거였다. 출처를 알 만한 이런 주제로 프로필을 꾸민 사람들은 다 배제해야 했다.

깊이 숨을 들이마시고, 소독제로 휴대폰 화면을 닦은 후 앱을 열어 로그인했다.

첫 번째 남자는 자랑스러운 표정으로, 미나가 느끼기에는 지나칠 정도로 당당하게 방금 잡은 것이 분명한 커다란 물고기를 움켜잡고 있었다. 이런 사진을 보게 되리라고는 예상하지 못했다. 이런 정보를 거르는 방법은 몰랐다. 물고기가 상징하는 건 뭘까? 반려동물? 활동력? 힘? 아니면 가족? 어쩌면 남성적임을 보여 주고 싶은 건지도 모른다. 자신에게는 직접 사냥을 해서 식량을 획득하는 능력이 있음을 보여 주고 싶은 것일 수도 있다. 사진 속 남자는 선글라스를 쓰고 있었다. 그러니 미나가 알 수 있는 그의 개성은 물고기밖에는 없었다.

남자가 맨손이라는 것과.

몸이 부르르 떨렸다.

제대로 상식을 갖춘 여자라면 이렇게 자부심 넘치는 표정으로 커다랗고 끈적끈적한 도미를 잡은 손으로 자신을 만지는 걸 허락할 리 없었다. 그런 생각만으로도 속이 메스꺼워져 다시 화면 가득 소독제를 뿌리고 말끔히 닦아냈다. 손가락 냄새를 맡았다. 물고기 냄새가 나는 것만 같았다.

더는 보고 싶지 않아 왼쪽으로 화면을 넘겼다. 다음 사진을 보고 또 재빨리 화면을 넘겼다.

그렇게 십여 차례 화면을 넘기는 동안 이 세상 모든 남자가 미나가 읽은 글을 읽었음이 분명해졌다. 할아버지와 함께 사진을 찍은 남자, 반려동물을 데리고 사진을 찍은 남자, 운동하는 남자, 심지어 쿠션을 들고 있는 남자까지, 비슷한 사진이 셀 수도 없이 많았다. 틴더에 있는 수많은 남자들이 자신을 표현하는 가장 매력적인 방법을 커다란 물고기를 잡는 것으로 생각한다는 건 굳이 언급할 필요도 없었다. 정말로 남자들은…… 물고기가 자신의 매력을 보여 줄 거라고 생각한단 말이지? 이제 한 번만 더 큰 물고기를 보면 수산화 나트륨으로 눈을 박박 문질러 닦고 싶어질 것 같았다.

그냥 루벤한테 마음껏 비웃으라고 하자. 이 정도면 충분히 볼 만큼 보았다.

화면 위를 움직이던 손가락이 문득 멈추었다. 그리고 화면 위에 떠 있는 갈색 눈과 마주쳤다. 남자는 검은색 곱슬머리를 뒤로 넘겨 느슨하게 묶고 있었다. 남자들 꽁지머리 정도는 아니었지만, 거의 그런 형태였다. 덥수룩한 수염이 뺨을 지나 턱까지 나 있었다. 잘생긴 얼굴이었지만 정신이 나갈 정도로 잘생긴 얼굴은 아니었다. 사실 조금 피곤해 보였다. 그리고 조금…… 성실해 보였다. 스튜디오에서 찍은 사진은 아니었다. 외출했을 때 혼자 찍은 사진이었다. 그렇다고 적당히 아무렇게나 찍은 사진은 아니었다. 충분히 훌륭한 사진이었다. 잔뜩 꾸미고 찍은 사진도 아니었다. 두 번째 사진에서는 두 손으로 얼굴을 받친 채 책상에 앉아 있었다. 카메라를 쳐다보고 있지는 않았다. 대신 사진에 나오지 않는 누군가를 보고 있었다. 흰색 셔츠를 입었고, 소매를 걷고 있었다. 직장에서 찍은 사진일 수도 있었다. 사진은 그것이 전부였다. 헬스장에서 찍은 사진도, 물고기 사진도 없었다. 미나는 안도의 한숨을 내쉬고 남자의 소개 글을 읽었다.

'내 이름은 아미르이고 변호사입니다. 일이 바빠 취미도 많지 않고 관심이 있는 분야도 많지 않습니다. 하지만 이제는 바뀔 때가 되었다고 생각합니다. 함께 바꿔 주시겠습니까?'

변호사. 관심 분야가 없는. 그래도 친절해 보였다. 다른 남자들과 달리 이 남자는 그렇게까지는…… 절실해 보이지 않았다. 미나가 이런 결정을 내린 이유를 설명할 수 있는 건 하나뿐이었다. 루벤에게 보여 주려고. 아미르에게 연락할 것이다. 물론 실제로 만날 생각은 없었다. 왜냐하면, 당연히…… 오시안을 생각해야 했으니까. 하지만 아미르에게 연락하는 건 루벤에게 한 방 먹일 수 있는 좋은 방법일 것이다. 다시는 미나에게 사회 불안 장애를 앓고 있다느니, 노처녀라느니 하는 말은 내뱉지 못할 것이다. 그녀는 휴대폰 위에 검지를 올리고 잠시 망설였다. 그러다 마음이 바뀌기 전에 재빨리 오른쪽으로 손가락을 쓸었다.

*

"오늘 오후에는 내가 세쌍둥이를 돌보겠다고 아네트에게 약속했었어."

페데르가 말했다.

"아네트는 친구들이랑 일요일 모임에서 한잔하러 가려고 했고."

페데르와 율리아는 바짝 몸을 붙이고, 붐비는 보도에서는 어떻게 걷는 것이 가장 좋은 전략인지를 배우지 못한 관광객들을 헤치며 걸어갔다.

"네 아내한테 오시안의 범인을 잡을 때까지는 기다리라고 해."

율리아는 말한 즉시 후회했다. 이렇게까지 까칠할 필요는 없었다. 아직 토르켈 때문에 화가 나 있는 게 틀림없었다.

"아, 이런. 미안. 너무 심하게 말했어."

페데르는 그저 고개를 끄덕였다.

"다행히 릴뤼 엄마의 집은 여기서 멀지 않아. 조금만 가면 돼. 끝나면 곧바로 집으로 가. 아네트도 친구들을 만나야지. 엄마에게도 자기 시간이 조금은 필요하다는 걸 나만큼 잘 아는 사람도 없잖아."

율리아는 휴대폰을 꺼내 문자를 확인했다. 토르켈이 보낸 문자 두 건이 보였다. 그 문자들은 무시해 버렸다.

"릴뤼의 엄마는…… 가르바르가탄 7번지에 살아."

그녀가 주소를 읽었다.

"쿵스홀름 광장 저쪽에. 곧 도착할 거야. 집에 있기를 바라야지."

페데르가 갑자기 한 남자 앞에서 멈춰 섰다. 카키색 반바지에 샌들을 신고 자랑스럽게 '아이 러브 요Hjo'라고 적힌 티셔츠를 입은 남자였다. 어리둥절한 표정으로 보도 한가운데 서 있는 남자 때문에 두 사람은 그 남자 옆으로 돌아가야 했다.

"망할 관광객들."

입술을 거의 움직이지 않고서 페데르가 말했다.

"요에서는 '우측통행'이 뭔지 모르나?"

"진정해, 페데르."

장난스럽게 웃으며 율리아가 대답했다.

"세쌍둥이 덕분에 성자 같은 인내심을 갖게 됐다고 자랑하던 페데르는 어디 갔어? 그 인내심은 아이들한테만 발휘되는 거야?"

"음, 그럴지도. 아마 나는 이 세상에 근심거리가 하나도 없는 것처럼 보이는 사람들을 질투하고 있는 것 같아."

율리아가 휴대폰을 다시 주머니에 넣기 전에 토르켈이 보낸 세 번째 문자가 도착했다.

"늦은 날에는 언제나 아네트가 옷을 갈아입을 때 아페롤 스프리츠 한 잔을 뇌물로 줘. 그건 둘 다 이기는 전략이거든. 속옷만 입고 칵테일을 마시는 아네트가 얼마나 섹시한지 모를걸."

"그런 것까지 알고 싶지는 않았는데."

율리아가 서둘러 앞으로 걸어갔다. 마음 한편으로는 페데르를 세게 한 대 치고 싶었다. 불공평했다. 율리아가 토르켈에게 하뤼와 단둘이 밤을 보내라고 하면, 토르켈은 그녀에게 오렌지 주스를 만들어 주는 수고 따윈 하지도 않을 것이다. 기껏 상상한 게 오렌지 주스라니. 그건 율리아가 일을 해야 하기 때문일 것이다. 음주는 이제 율리아의 인생에서 더는 존재하지 않는 현상이었다. 일요일이 됐건, 그 어떤 날이 됐건 간에 말이다. 술은 그녀가 토르켈에게서 조금이라도 느껴야 할 섹시함과 함께 사라져 버렸다.

"릴뤼의 부모님한테 집중하자고."

율리아가 말했다.

"내가 알아본 바로는 릴뤼의 어머니는 오랫동안 앓고 있대. 당연해. 릴뤼의 죽음은 큰 충격일 테니까. 하지만 양육권 분쟁 기록을 보면 그 전에도 상대하기 쉬운 사람은 아니었던 것 같아. 그러니까 조심스럽게 접근해야 해."

가르바르가탄 거리에는 그늘이 져 있었다. 두 사람은 걷는 속도를 늦추고 7번지로 들어가는 출입구에 도착하기 전까지 약간의 유예 기간 동안 서늘한 공기를 즐겼다. 곧 출입구 문이 열렸고, 두 사람은 안으로 들어가 엘리베이터를 타고 예뉘와 안데르스 홀름그렌이 사는 아파트로 올라갔다. 아파트 현관 앞에 맹렬하게 짖으며 달려 나오려는 치와와를 발로 막고 있는 서른다섯 살가량의 남자가 보였다.

"안녕하세요, 율리아 함마르스텐입니다. 미리 전화드렸죠."

율리아가 악수를 청하며 말했다. 그녀의 손을 쥐는 안데르스의 손은 땀에 젖어 부드러웠다.

"어서 들어오세요. 몰베리는 걱정하지 마시고요. 늘 이렇게 짖어요. 자기를 저먼 셰퍼드라고 생각하거든요. 예뉘는 있습니다. 거실에 있어요."

앞서가는 안데르스의 뒤에서 몰베리가 계속 주인의 발뒤꿈치를 물려고 했다. 세 사람은 거실 겸 주방으로 들어갔다. 쾌적한 곳이었다. 창문은 모두 열려 있었고, 창 너머로 고개를 내밀면 리다르피에르덴의 바다도 보일 것 같았다.

"앉으세요. 아이스티 드릴까요?"

율리아와 페테르는 감사의 마음을 담아 고개를 끄덕였고, 안데르스는 주방으로 갔다. 릴뤼의 어머니는 소파에 앉아 있었다. 공허한 눈동자였다. 당혹스러울 정도로 마른 몸은 긴장을 뿜어내고 있었다. 한쪽 발은 규칙적이면서도 빠르게 바닥을 두드리고 있었다.

"실종된 남자아이 때문에 온 거 맞죠?"

릴뤼의 어머니가 담배에 불을 붙이면서 물었다.

"집 안에서는 담배를 피우면 안 돼. 약속했잖아."

냉장고에서 얼음을 꺼내고 몸을 돌리면서 안데르스가 말했다. 미간에 깊은 주름이 새겨져 있었다. 예뉘는 대답하지 않았다. 그 대신에 담배를 깊이 한 모금 빨고 천천히 고리를 만들면서 담배 연기를 내뿜었다.

"맞습니다."

페데르가 릴뤼 어머니의 질문에 대답했다.

"그 아이 이름은 오시안 발테르손입니다."

예뉘는 다시 담배를 깊이 빨아들였다. 주방에서 유리잔이 부딪치는 소리가 들렸다.

"장례식 이후로는 서로 안 봤어요. 알아요? 나랑 마우로 말이에요. 릴뤼의 아빠. 물론 알겠죠. 보지 않았으니 말도 안 섞었어요. 왜 그래야 해요? 그 자식은 자기가 원하는 걸 가졌는데, 나한테서 내 딸을 떨어뜨려 놓으려고 했어요."

예뉘는 탁자 위에 있는 재떨이에 신경질적으로 담뱃재를 털었다.

"여보, 말은 바로 해야지. 당신도 마우로가 원한 건 2주에 한 번씩 릴뤼와 지내는 거였다는 거 알잖아."

안데르스가 말했다. 그러나 입을 열자마자 자신이 한 말을 후회하는 것이 보였다.

"그래! 격주로 번갈아서."

예뉘가 소리를 질렀다.

"그건 나더러 내 딸의 인생을 절반만 보라는 거잖아. 나가기로 작정한 건 그놈이란 말이야! 자기 가족을 버린 건 그놈이야. 릴뤼를 버린 건 그놈이라고. 망할 금발 머리 여우 년 때문에."

"세실리아 머리칼은 흑갈색이야."

안데르스가 조용히 말했다.

"릴뤼를 죽인 건 마우로야, 장담해. 그 자식이랑 그 망할 사이코 가족이 죽인 거야. 그 사람들은 나를 내 애랑 같이 있지 못하게 하려고 별짓을 다 했어. 아이한테서 엄마를 빼앗으려고 했단 말이야. 그놈은 그 망할 여우 년이랑 엄마 아빠 놀이를 하려고 했어. 내 아이랑!"

율리아는 법원 판결문을 살펴보고 왔다. 법원은 예뉘가 2주에 한 번씩 아이와 함께 지내는 것조차도 허락하지 않는 것을 심각하게 고려했다. 그리고 예뉘는 아이를 양육할 수 있을 만큼 정신적으로 충분히 안정된 상태가 아니라는 진단을 받았다. 그건 놀라운 일이었다. 보통 양육권 분쟁에서 법원은 어머니의 상태에 관계없이 기본적으로 언제나 어머니의 편을 들었다. 아마 양육권 분쟁은 이 사회에서 남자인 것이 불리하게 적용되는 유일한 영역일 것이다. 하지만 소파에 앉아 있는 거친 성격의 여인을 보니 법원의 판단은 틀리지 않았다는 생각이 들었다.

"따님 사건과 수요일에 실종된 오시안 사건에는 상당히 유사한 점이 많습니다."

율리아는 침착하면서도 차분하게 말했다.

"그래서 방문한 거예요. 오랜 상처를 다시 들쑤신 건 죄송합니다."

율리아는 고마움을 표시하며 안데르스가 내미는 컵을 받아 들었다. 황금색 액체 위에 커다란 얼음 조각이 둥둥 떠 있었다. 달콤하고도 상큼한 향기가 났다. 한 모금 마셨다. 안데르스는 아이스티를 제대로 타는 방법을 알았다. 페데르는 벌써 거의 다 마셔 갔다.

"경찰은 릴뤼의 납치에 관여했을지도 모를 가족 구성원들을 한 명도 남김없이 철저하게 수사했습니다."

페데르가 헛기침을 하면서 말했다.

"마우로 씨와 법정에서 다툴 때 어머님이 비난하신 사람들까지 모두 포함해서요. 하지만 그 누구도 릴뤼의 납치와 관계가 있다는……."

"증거가 없었지. 그 사람들이 털어놓았을 리 없으니까."

예뉘가 페데르의 말을 끊었다. 안데르스는 페데르의 잔에 아이스티를 새로 따르고, 아내 옆에 앉았다. 치와와가 펄쩍 뛰어오르더니 안데르스의 무릎에 머리를 괴고 엎드렸다. 율리아와 페데르를 잠시 봐주기로 한 것이 분명했다. 적어도 짖지는 않겠다고 결정한 것 같았다.

"자기도 알지."

예뉘가 남편에게 말했다.

"마우로에게 갔다 올 때마다 그 애 다리 사이가 빨갰잖아. 내가 몇 번이나 병원에 데리고 갔는지 몰라. 그런데 그때 의사들은, 알잖아…… 맨날 오진만 하는 거. 내가 사 준 반바지가 너무 작아서 다리가 그렇게 된 거라고 했잖아. 무슨 망할 소리야, 그게."

길고 검은 머리카락이 예뉘의 얼굴을 가렸다. 율리아는 분노가 가면을 씌워 인상을 완전히 바꾸어 놓기 전에는 확실히 아름다운 얼굴이었을 거라는 생각이 들었다.

"예뉘."

안데르스가 부드럽게 말했다.

"진실이 아니란 거 당신도 알잖아. 마우로는 절대로 릴뤼를 해칠 사람이 아니야. 당신만큼이나 릴뤼를 사랑했어."

예뉘는 창문 밖으로 시선을 돌리고 또다시 담배를 꺼내 불을 붙였다.

"오늘은 날이 아닌가 봅니다."

아내에게서 시선을 떼지 않은 채 안데르스가 말했다.

"릴뤼가 사라진 날, 특별히 기억나는 건 없습니까?"

페데르가 물었다. 예뉘는 거칠게 고개를 저었다.

"마우로가 그 애를 데려가자마자 알았어요. 그 애를 아무도 모르게 감출 거라는 걸."

"하지만 어린이집 선생님들이 릴뤼를 데리고 간 사람은 아버지가 아니라고 했습니다."

율리아가 단호하게 말했다.

"나이가 많은 노인들이라고 했어요."

"마우로는 허점이 많아요."

예뉘가 씩씩거리며 말했다.

"하지만 바보는 아니에요. 당연히 자기가 직접 왔을 리 없죠. 다른 사람을 보낸 거예요. 자기 가족을 보냈겠죠. 그 자식 부모는 죽었지만, 그 집에 노인은 또 있으니까. 그 집 사람들은 모두 미쳤어요. 다들 제정신이 아니야. 완전히 미친놈들이에요."

목소리가 갈라질 정도로 높아졌다. 치와와가 깜짝 놀라 고개를 들었다.

"그런 생각은 조금도 도움이 되지 않아."

안데르스가 끼어들어 아내를 말렸다.

"오늘 약 먹은 거 맞지?"

"도움이 되지 않아?"

잔뜩 짜증을 내며 예뉘는 남편의 말투를 흉내 냈다.

"내 아이가 죽었어. 죽기 전에 끔찍한 일을 당해야 했고. 난 그 망할…… 괴물한테서 딸을 구하려고 모든 걸 했어. 그런데도…… 내 아이는…… 죽어 버렸어."

예뉘는 분노로 몸을 떨었다. 다 태운 담배로 새 담배에 불을 붙이고 필터까지 빨아들이려는 것처럼 힘껏 담배를 빨았다.

"지금 다른 아이가 실종되는 사건이 일어났어요."

율리아는 가능한 한 천천히, 그리고 분명하게 말했다.

"말씀드렸듯이 릴뤼의 경우와 비슷한 부분이 있습니다. 그게 저희가……."

"자기는 정말로 영리하다고 생각하고 있겠죠, 그 자식은."

예뉘가 율리아의 말을 가로막았다.

"지금도 릴뤼 때문에 자길 수사할까 봐 잔뜩 걱정하고 있겠지. 그럼 어떻게 해야겠어요? 당연히…… 수사 방향을 다른 데로 돌릴 필요가 있겠죠. 릴뤼에게서 관심을 끊게 해야겠죠. 그냥 당신들이 릴뤼의 실종도 여러 사건 중에 하나라고……."

예뉘는 손을 들어 손가락을 딱, 하고 튕겼다.

"연쇄 살인 사건 가운데 하나라고 생각하게 만들어야겠죠."

"그게, 당신 생각이야?"

안데르스가 몰베리의 몸을 가볍게 토닥이면서 온화한 목

소리로 말했다.

페데르는 묻는 듯한 표정으로 율리아를 보았다. 율리아는 조심스럽게 고개를 저었고, 페데르가 입을 열었다.

"유감스럽게도 지금으로서는 해 드릴 수 있는 말이 많지 않습니다. 일단 다방면으로 수사하고 있습니다. 여기에 온 것도 그 때문이고요."

에뉘는 눈을 굴렸고, 담배를 든 손으로 페데르를 칠 것처럼 재빨리 움직였다. 그 바람에 길게 늘어져 있던 담뱃재가 밑으로 떨어져 옅은 색 카펫을 태웠다. 율리아는 재를 따라 곡선을 그리며 이동하던 안데르스의 시선도, 카펫에 내려앉는 재를 보며 흔들리던 그의 눈도 지켜보았다. 그러나 에뉘의 남편은 아무 말도 하지 않았다. 그저 더욱 세게 몰베리의 등을 토닥일 뿐이었다.

"지난번엔 경찰이 그 자식이 내뱉는 변명을 모두 그대로 믿었어요. 그래서 지금 또 같은 일을 당한 거예요. 난 알아요. 마우로는 악마예요. 하지만 영리하죠. 지금 당장은 당신들에게 더 해 줄 말이 없어요."

에뉘는 벌떡 일어나더니 발코니로 나갔다. 그리고 세 사람을 등지고 선 채 말했다.

"마우로랑 말해 봐요. 그럼 알게 될 테니까. 그게 내가 해 줄 수 있는 말 전부예요. 그 자식이랑 그 자식의 망할 가족이

랑요. 모두 망할 것들이야. 미친놈들이야."

율리아와 페데르가 일어섰고, 안데르스가 현관으로 걸어가는 두 사람을 아무 말 없이 따라왔다. 현관문이 닫히고 몰베리가 다시 짖어 대는 소리가 들렸다.

*

"안녕!"

나탈리는 깜짝 놀랐다. 아름다운 짙은 색 머리카락의 여인이 밝게 웃으면서 다가오고 있었다. 나탈리는 그녀가 누군지 한눈에 알아보았다.

"앉아도 될까?"

노바는 대답을 기다리지 않고 나탈리의 맞은편에 앉았다. 나탈리는 어깨를 으쓱했다. 할머니는 누군가가 와서 귓속말을 하자 점심을 먹은 뒤에 나탈리를 혼자 두고 떠나 버렸다. 점심은 수프와 갓 구운 빵이었다. 나탈리가 먹어 본 빵 중에 가장 맛있었고, 음식들에 잘못된 점은 없었다. 하지만 치즈버거와 감자튀김도 먹으라고 하면 거절하지는 않을 것 같았다. 에피쿠라의 식사량은 나탈리에게 조금 적은 편이었다.

사람들은 이런저런 이유로 계속 할머니를 찾았다. 그건 조금은 자랑스럽게 느껴졌다. 이네스 할머니는 아주 중요한 사람임이 분명했다. 심지어 텔레비전에도 출연했다. 그러나 그 때문에 나탈리는 잊히고 버려졌다는 느낌을 자주 받아야 했다. 게다가 아직도 알고 싶은 질문에 대한 답을 제대로 듣지 못했다. 나탈리가 물을 때마다 할머니는 그저 "인내하고 기다려야 해"라고만 했다.

할머니는 아직도 돌아오지 않았고, 이제 곧 밤이었다. 에피쿠라에 홀로 남겨졌다는 건 아무 문제가 되지 않았다. 그저 먹을 게 필요한 것뿐이었다. 어제 도착했을 때 먹은 비스킷이라도 찾아 먹으려고 했지만, 비스킷은 존재를 감춤으로써 오히려 자신의 존재를 부각하고 있었다.

"여기서 지내는 건 어떠니?"

노바는 탁자로 다가와 자기 앞에 차를 내려놓는 여인에게 고개를 끄덕이면서 나탈리에게 물었다.

비스킷은 없었다.

"괜찮은 것 같아? 아니면 다들 이상하다고 생각해?"

"둘 다인 거 같아요."

노바의 솔직함에 나탈리는 조금 안심이 됐다.

"그래, 이해해. 우린 패턴을 깨뜨리고 어느 정도는 현대 사회가 잊어버린 방식대로 살려고 노력하고 있거든. 좀 이상해 보이기도 할 거야. 하지만 사실은, 우리가 여기서 하고 있는 게 정말로 자연스러운 거란다."

"할머니가 당신 할아버지가 이 모든 걸 이룬 분이라고 말씀하셨어요."

"그래, 그러셨지. 내 할아버지는 아주 박식하고 지적인 분이셨어. 어려운 질문도 거침없이 하시던 분이었지. 인생의 의미를 찾으려 노력했던 분이었다고 할 수 있을 거야. 너무 모호하게 들리겠지만."

"솔직히 말해서, 이곳 자체가 뭘 하는 곳인지 전혀 모르겠어요."

노바가 경쾌하게 웃었다. 따뜻한 웃음이었다.

"그거 아니? 네가 정확하게 짚었다는 거. 이곳은 정말 모호한 곳이야. 그래도 많은 사람이 여기서 의미를 찾았어. 삶의 의미, 자신의 의미, 사회의 의미를 말이야."

"당신 부모님도 할아버지 같으셨어요?"

"아빠는…… 구도자였어. 할아버지처럼. 가끔은 두 분의 길이 교차하기도 했지. 아닐 때도 있었지만. 유능한 작가였어. 내 아빠는 말이야. 이곳 벽에 걸려 있는 글들을 모두 아빠가 쓰셨어. 수년 동안 아빠는 할아버지와 함께 에피쿠로스의 사상을 연구했단다. 하지만 자기 자신만의 대답을 찾을 필요가 있었지. 그래서 몇 년간은 혼자 연구했어. 그 전까지는……."

노바는 입을 다물었고, 얼굴에 그림자가 드리웠다.

"그 전까지라니, 그게 언제예요?"

노바가 눈을 깜빡였다.

"돌아가시기 전까지 말이야. 물론 너는 너무 어려서 그 이야기를 모르겠지. 자세한 이야기는 다음에 나눌 수 있을 것 같구나."

"우리 엄마도 죽었어요. 제가 아주 어렸을 때."

나탈리가 침울하게 말했다.

"그때 몇 살이었니?"

노바가 물었다. 나탈리는 잠시 주저했다.

"이상하긴 한데, 사실 잘 몰라요. 몇 살 때 엄마가 돌아가셨느냐고 물어도 아빠는 그냥 제가 아주 어렸을 때라고만 말해요. 그래도 진짜로 아주 어렸을 때는 아닐 거예요. 엄마 기억이 나거든요. 사실은 엄마의 기억이 아닐 수도 있지만요. 그 냄새랑 기분을 기억해요. 현관에 서 있던 사람의 모습을 기억하고, 웃음소리를 기억해요. 정말로요. 하지만…… 기억이라고 생각하는 게 사실은 꿈인지도 모르죠."

나탈리는 헛기침을 했다.

"그래서 전 답을 찾으려고 노력하는 사람을 이해해요. 찾아야 할 답이 있다는 건 좋은 걸 거예요. 그런데 저에게는 그 누구도 해답을 주지 않아요. 아빠도, 할머니도요. 여기 있는 건 좋지만, 아빠가 마음만 먹으면 언제든 와서 내 의사에 상관없이 그 커다란 검은 차에 저를 태워서 데리고 가 버릴 거예요.

그래서 그 전에 동물들이나 실컷 보고 싶어요."

너무 반항적으로 말한 것 같아서 나탈리는 곧바로 후회했다. 짜증 내는 어린아이처럼은 보이고 싶지 않았다. 이곳 사람들은 모두 친절했다. 나탈리는 원한다면 언제라도 집으로 돌아갈 수 있었다. 이곳에 머문다는 건 자신의 결정이었다.

노바가 탁자에서 일어났다. 다행히 나탈리의 말을 오해한 것 같지는 않았다.

"너희 할머니랑 이야기를 나눠 봐야겠구나. 할머니가 너를 위해 특별한 계획을 세우고 있다는 걸 알아. 그게 뭔지는 모르지만. 물론 동물들은 봐도 좋아. 아버지에게 전화해서 여기에 좀 더 있겠다고 말해 주겠니? 지금은 시내에서 열리는 회의에 가야 하지만, 너에 대해 좀 더 알고 싶어."

나탈리가 고개를 끄덕였다. 노바는 웃더니 걸어갔다. 나탈리는 휴대폰을 보았다. 이미 자신이 아빠에게 전화하지 않으리라는 걸 알았다. 당연하다. 지금은 문자를 보내는 게 최선이었다. 하지만 마지막으로 보낸 문자가 전혀 친절한 문자가 아니었기에, 상황을 악화시키지 않고 문자를 보낼 방법이 떠오르지 않았다. 나탈리는 한숨을 쉬고 휴대폰을 멀리 밀어 두었다. 곧 문자를 보낼 것이다. 그냥 지금 당장 보내지 않는 것뿐이다. 하루만 더 있을 거야. 아무 문제 없었다.

둘째 주

　화면에 집중하려고 해 봤지만 미나의 생각은 자꾸 다른 곳으로 가 버렸다. 밤새 잠을 자려고 애썼다. 그러나 나탈리 아버지와의 만남이 계속 뇌리에서 떠나지 않았다. 결국 잠을 설쳐 아침에 일어나기가 힘들었다.
　경찰서 엘리베이터 안에 종이가 붙어 있었다.
　월요일입니다. 빨리 서두르세요!
　그 종이는 이제 동그랗게 뭉쳐진 채 미나의 휴지통 안에 들어 있었다.
　손을 내려다보았다. 살짝 떨고 있었다. 그녀는 과거를 뒤에 두고 오기 위해 너무나도 많은 시간과 노력을 들였다. 너무나도 많은 기억을 뇌 깊숙한 곳에 숨겨 두었다. 다시 찾아내리라고는 상상도 할 수 없는 기억이 너무 많았다. 하지만 삶은 이상한 방식으로 계속해서 과거를 현재로 불러왔다. 나탈리의 아버지를 본 어제 아침부터 미나의 지난 10년은, 아니지, 10년이 넘는 시간은 지워져 버렸다. 미나는 그때 일어난 모든 일의 기억 속에 잠겨 버렸다. 남은 인생을 위해 모두 내려놓고 왔다고 생각했던 것들 속에 잠겨 버렸다. 그것이 그들이 합의한 내용이었다. 그 때문에 미나는 엄청난 대가를 치렀다.

어제는 여러 번 어머니에게 전화했지만 그때마다 자동 응답기가 대답했다. 생각은 온통 어머니가 나탈리에게 말했을지도 모를 일에 가 있었다. 어쩌면 말하지 않았을 수도 있는 일에 가 있었다.

휴대폰을 꺼내 위치 추적 앱을 켰다. 멀리 있어도 딸의 위치를 확인하고 싶었다. 하지만 앱은 추적기의 위치를 제대로 찾아내지 못했다. 요즘에는 자주 그랬다. 추적기 배터리가 떨어져 가고 있는 모양이었다. 그럴 만도 했다. 그 추적기가 나탈리의 가방으로 들어간 건 아주 오래전 일이니까.

휴대폰이 문자가 도착했음을 알렸다. 방문자가 있다는 안내대의 문자였다. 결국 어머니가 미나의 요구를 받아들여 찾아왔나 보다고 생각했다. 그러나 그 생각은 방문자의 낯선 이름을 보고 멈추었다. 어머니 이름이 아니었다. 그 와중에 안심이 되는 건 어쩔 수 없었다. 어머니를 만날 준비가 되었는지 스스로도 확신할 수 없었기에.

소독제가 묻은 티슈를 꺼내 휴대폰을 닦은 다음 엘리베이터를 타고 밑으로 내려갔다.

우아하게 차려입은 여자가 기다리고 있었다. 만난 적이 없는 사람인데라고 생각한 것도 잠시, 여자는 손을 앞으로 뻗더니 재빨리 미나를 안았다.

"미나!"

여자가 소리쳤다.

"드디어 만나네요. 얼마나 기쁜지 몰라요."

미나의 뇌를 이루는 스냅스가 일제히 터졌다. 이 여자가 지나온 곳을, 아무리 깨끗이 씻고 나왔다고 해도 이 여자가 만지고 왔을 것들을, 이 여자가 만지고 다녔을 사람들을 떠올리는 수천 개의 생각이 미나를 괴롭혔다. 지금 미나의 몸에는 백만 개가 넘는 병원체가 퍼지고 있을 것이다. 미나를 안고 있는 여자는 미나에게 자신이 가지고 있는 온갖 병원체를 옮기는 숙주처럼 느껴졌다. 그 병원체들의 정체가 무엇이건 간에 그 녀석들은 미나 몸으로 옮겨 와 증식하고 퍼져 나갈 것이다. 여자를 밀쳐 내고 싶었지만, 몸은 마비된 것만 같았고 말은 한 마디도 할 수 없었다.

마침내 여자가 뒤로 한 걸음 물러났다. 미나는 옷을 갈기갈기 찢고 벌거벗은 채로 비명을 지르며 가장 가까운 샤워장으로 달려가고 싶은 충동을 꾹 눌러 참았다.

"우리가 아는 사이 같지는 않······."

더듬거리며 미나가 말했다.

"어머니한테 정말 이야기 많이 들었어요."

여자가 미나의 말을 가로막으며 말했다. 여자는 눈부시게 웃었다. 카메라의 피사체가 되는 데 익숙해서 웃는 것이 능숙해진 것 같았다.

완전히 당황한 상태에서도 미나는 앞에 있는 여자가 정말 아름답다는 생각을 하지 않을 수 없었다. 길고도 관능적인 짙은 갈색 머리카락이 산뜻한 흰색 실크 셔츠를 입은 등 뒤로 흘러내리고 있었다. 하얀 셔츠에 맞춰 입은 흰색 실크 치마 밑으로 길고도 날씬한 다리가 보였다. 커다란 파란색 눈은 거무스름한 올리브색 피부와 선명한 대조를 이루며 빛났다. 화장은 거의 하지 않았지만, 살짝만 꾸민 것이 완벽하게 어울렸다. 그리고 그녀는 확실히 포옹에 능숙한 사람이었다.

미나는 한 가지 사실을 더 깨달았다. 저 익숙한 웃음. 미나의 처음 추측은 완전히 틀렸다. 미나는 이 여인을 너무나도 잘 알았다.

"나의 어머니에게서 들었다는 거죠?"

미나는 혹시라도 누가 듣고 있는 건 아닌지 조심하며 주위를 살폈다.

"위로 올라가는 게 좋겠어요."

미나는 여인을 출입구로 들어오게 하고 엘리베이터로 걸어갔다.

"미안해요. 내가 오는 걸 알려 줬을 거라고 생각했어요."

조용히 이야기를 나눌 수 있는 곳으로 올라가는 동안 여인이 말했다.

"내 이름은 노바예요. 어머니와 함께 일하고 있어요. 사실은 어머니가 나와 함께 일하는 거지만요. 아무튼, 우리는 처음 만나는 거죠?"

"아니, 내가 잠깐 기억을 못 한 것뿐이에요. 당신이 누군지 알아요. 몇 년 전에 내가 살던 아파트에서 봤잖아요. 그때 당신이 만든 단체랑 엡손인가 뭔가에 관해 얘기했었어요. 그 이름 맞죠? 어떤 철학자 이름?"

"에피쿠로스예요."

"음, 이쪽으로 와요. 회의실로 갈 거예요."

재빨리 복도를 걸어갔다. 호기심 많은 동료들이 노바를 목격하는 걸 원치 않았다.

"왜 내가 여기 왔는지 궁금할 거예요. 어머니가 오지 않고."

미나의 뒤에서 하이힐이 바닥에 부딪히며 경쾌한 소리를 냈다.

"맞아요. 내가 전화한 사람은 어머니니까."

미나는 퉁명스럽게 대답하며 회의실로 들어가는 유리문을 열었다.

노바는 의자에 앉아 테이블 위에 놓인 물티슈 통으로 손을 뻗었다.

"써도 되죠? 밖이 너무 더워서."

미나는 고개를 끄덕였다. 그리고 노바의 손에 닿은 저 물티슈 통은 버려야겠다고 생각했다. 물론 노바가 만졌다는 사실은 이제 중요하지 않았다. 밖에서 무엇을 가져왔건 그것들은 이미 미나의 몸에 완전히 퍼져 있을 테니까. 그저, 미나는 정말로, 진심으로 포옹을 하는 사람들이 미운 것뿐이었다.

노바는 물티슈를 한 장 꺼내 목을 정성껏 닦았다. 그 물티슈로 손을 닦더니 다 쓴 물티슈를 동그랗게 말아 가까이 있는 쓰레기통에 던져 넣었다.

"그래, 어떻게 된 거죠? 어머니는 어디 있어요? 나탈리는요?"

미나의 목소리는 심각했다. 이건 미나가 원하는 대화가 아니었다. 게다가 온몸을 깨끗하게 정화해 줄 샤워를, 더러운 것들을 깎아 내 줄 모래 분사기를 갈망하면서도 꾹 참고 앉아 있어야 한다는 사실이 지금 상황을 훨씬 끔찍하게 만들고 있었다.

"나에게 다 말해 줬어요."

노바가 또다시 환하게 웃었다.

"당신에 대해서요. 당신의 모든 것에 대해서. 그리고 나탈리에 대해서. 그러니까 나한테 말해도 돼요. 어머니는…… 당신 어머니는 지금 이 문제에 대해서는 한창 성장하고 있는 중이에요. 얼마 전에야 손녀를 만났잖아요. 아직 당신과 대화를 나눌 준비는 하지 못했어요."

미나의 내면에서 분노가, 오래된 분노가 솟구쳐 올랐다. 너무나도 강하고 신랄한 분노에 눈물이 나올 것만 같았다.

"성장인지 나발인지, 그런 건 관심 없어요. 내가 알고 싶건 나탈리뿐이에요. 그 애 아버지도 마찬가지고. 나탈리의 아버지가 누군지는 알고 있죠?"

노바가 고개를 끄덕였다.

"그래요, 나탈리의 아버지가 누군지 알아요. 그 사람에게 걱정할 이유가 없다는 걸 당신이 알려 주면 좋겠어요. 하지만 이건 치유 과정이에요. 치유 과정에 있는 사람은 정신적으로 취약한 상태예요. 그러니까 지금 당신이나 그 사람이 방해하고 끼어든다면 나탈리에게 훨씬 나쁜 영향을 미칠 수 있어요. 두 사람의 치유 과정은 이제 막 시작된 거니까요."

"지금 협박하는 거예요? 정말로? 지금 상대가 경찰이라는 거, 알고 있는 거죠?"

미나의 말에 노바가 한숨을 쉬면서 고개를 저었다. 그러다 다시 부드럽게 웃었다.

"당신이 무슨 생각을 하든, 당신 어머니가 지금 자신만의 여행을 하고 있다는 사실은 변함없어요."

노바의 목소리는 차분했다.

"그분은 아주 오래전에 인생을 바꾸었어요. 하지만 아직 과거의 많은 것이 해결되지 않은 채 남아 있죠. 나의 아버지가 늘 말씀하셨던 것처럼 존재하는 것은 고통이고, 고통은 정화해요. 나탈리도 그 여행의 일부예요. 당신도 마찬가지고요."

"나탈리는 어린애예요. 보호자의 동의도 받지 않고 내 어머니가 그 애한테 접근한 게 윤리적으로 정당하다고 생각하는 건가요? 지금 당장이라도 당신들을 유괴범으로 신고할 수 있어요."

미나는 의식적으로 여러 번 깊이 숨을 들이마시고 내뱉었다. 흥분해선 안 된다. 자제력을 잃으면 열고 싶지 않은 문이 열릴 수도 있다. 침착해야 했다. 통제해야 했다. 그래야 그 문을 닫힌 상태로 둘 수 있었다.

"유괴범이라."

노바가 미나의 말을 따라 했다.

"아. 어린이 실종 사건이 당신에게도 크게 영향을 미쳤겠군요. 당분간은 그런 렌즈로 세상을 본다고 해도 진심으로 이해할 수 있어요. 그리고, 당신이 옳은지도 몰라요. 부모님 가운데 한 명에게는 연락을 했어야 해요. 하지만 당신 어머니는 스스로 선택한 거예요. 그 결정에 내가 관여할 수는 없어요. 당신 어머니가 한 선택을 내가 지지하는지, 아닌지만 생각할 수 있는 거죠. 당신 어머니는 그런 선택을 했고, 어쨌든 그분은 나탈리의 할머니예요. 그 어떤 강요도 하지 않았어요. 두 사람은 그저 서로를 알아 가는 중이에요. 나탈리는 언제든 원한다면 올 수도 있고 갈 수도 있어요. 그 애는 며칠 더 머물겠다고 했어요. 그걸 허락받으려고 내가 여기 온 거예요. 필요한 시간이에요. 두 사람 모두에게요. 나탈리가 그런 기회를 가질 수 있도록 그 애 아버지를 설득할 수 있는 사람은 당신

뿐이에요. 내가 그 사람에게 연락할 수는 없잖아요. 오직 당신만이 할 수 있죠. 내가 여기 온 건 당신을 직접 보고 부탁하고 싶었기 때문이에요. 그래 줄 수 있나요?"

미나는 주저하며 노바를 바라보았다. 직접 나타날 용기조차 없는 어머니에게 화가 났고 실망했다. 바깥 열기에 조금도 영향을 받지 않은 것 같은 시원한 옷을 입은 이 여자를 진심으로 강렬하게 싫어하고 싶었다. 물티슈를 꺼내 땀을 닦은 건 미나에게 보여 주기 위한 행동이었을 뿐인지도 모른다. 노바는 흠잡을 데 없는 자세로 그저…… 앉아 있었다. 정말로 신경에 거슬렸.

하지만 미나는 자신의 어머니와 딸이 어쩌면 긍정적인 방향으로 나아갈 수도 있다는 가능성을 고려해야 했다. 그런 변화에서 자신이 소외된다면 정말로 마음이 아플 것 같았다. 시간이 지났고, 상황은 바뀌었을 수도 있다. 이제 위치 추적기도 제 기능을 발휘하지 못했다. 미나는 한숨을 쉬었다.

"한 가지는 분명히 하죠. 난 당신 같은 사람들이 하는 일에는 신경 안 써요. 자기 계발이니, 자조론이니, 힐링이니 부두교니 하는 거. 당신들이 뭐라고 부르는지는 상관없어요. 그런 건 그냥 다 자기 인생을 제대로 이해하지 못하는 사람들을 위한 위로고 위안일 뿐이니까. 내 귀에는 당신들이 하는 말이 사이비 종교보다 나을 게 없는 것처럼 들리거든요."

노바의 얼굴에서 웃음이 사라진 것을 보니 만족스러웠다.

"당신이 얼마나 잘못된 생각을 하고 있는 건지 모를 거예요."

노바가 대답했다.

"우리가 에피쿠라에서 하는 활동 중에는 사이비 종교에서 간신히 빠져나온 사람을 돕는 일도 있어요. 우리 과정 관리자 중에 크누트비* 교파에 몸담았던 사람이 있어서 그 사람에게 그곳 이야기를 듣고 관심이 생겼거든요. 아주 초기에 이탈한 사람인데, 지옥의 문이 열리기 전에 탈출했죠. 난 그곳에 우리가 할 수 있는 역할이 있다는 걸 깨달았어요. 우리 철학은 사이비 종교에 빠졌던 사람들이 가능한 한 정상적인 상태로 돌아가는 데 도움을 주는 철학이에요."

"아니면 또 다른 사이비 종교로 들어가게 해 주거나요."

"진지하게 하는 말이에요. 사이비 종교에 빠진 사람들을 얕잡아 보기는 쉬워요. 그들이 나약해서 그런 거라고 생각하죠. 속기 쉬운 사람들이어서 사이비 종교에 빠진 거라고 생각해요. 하지만 그건 너무 단순화해서 생각하는 거예요. 사이비 종교에 빠지는 건 애착이 이유일 때가 많아요. 부모가 아이에게 상처를 주는 사람이었다면, 관계를 똑바로 보지 못하고 뒤

---

* 2004년 스웨덴의 크누트비 마을에서 교회 목사가 내연녀에게 자신의 아내를 살해하도록 지시한 사건을 일으킨 사이비 집단. 이후 '그리스도의 아내'를 자처한 교회의 최고 지도자 오사 발다우가 연루된 교회 내 폭력, 성범죄가 드러났다.

들어 보는 어른으로 자라게 돼요. 억압되는 걸 당연하게 생각하는 사람이 되는 거예요. 사이비 종교는 그런 마음을 착취하는 데 능해요. 전혀 반대의 경우도 있어요. 친밀하고 안정적인 관계를 맺은 사람은 이 세상 사람은 누구나 친절하다고 생각해요. 그래서 사람들에게 다른 꿍꿍이가 있을 거라는 생각을 못 하게 되죠. 그건 비단 사이비 종교의 세계에서만 일어나는 일이 아니에요. 당신이 매일 일하는 환경에서도 그런 현상을 분명히 볼 수 있을 거예요."

"하지만 사실상 스웨덴에는 사이비 종교가 없지 않나요? 크누트비는 예외고, 실질적으론······."

"스웨덴에 사이비 종교라고 분류할 수 있는 단체는 300개 내지 400개 정도 돼요."

노바가 미나의 말을 막았다.

"그중에 30에서 40개 정도는 폭력적인 성향인 곳일 수도 있어요. 경찰은 그걸 정말 잘 파악하고 있어야 해요."

미나에게는 대답할 말이 없었다. 물티슈 통으로 손을 뻗다가 노바가 만졌다는 생각에 손을 거두었다. 그 대신에 주머니에서 손 소독제 통을 꺼냈다.

노바가 미나를 보고 웃었다. 또다시.

"자조론 이야기를 하자면, 당신은 알코올 중독 방지 모임 회원이잖아요. 당신 어머니는 당신이 12단계 프로그램에 참여했었다고 하던데요. 그 프로그램의 도움을 받지 않았나요? 혼자였으면 더 잘 해냈을 거라고 생각해요?"

미나는 얼굴을 찡그렸다. 한 방 먹었다. 노바 말이 옳았다. 솔직히 말해서 미나는 그 때문에 거의 죽을 뻔했지만, 케네트와 예인이 그곳에서 미나를 찾아냈다는 이유로 그 모임을 비난하지는 않았다. 알코올 중독 방지 모임은 미나를 구원했다. 수년 동안 미나의 구명줄이었다. 정기적으로 그곳에 가서 같은 어려움을 겪고 있는 사람들을 만나 이상한 기분을 느끼지도 않고, 망가지고 있다는 느낌도 없이 그저 이해를 받는 것. 맞다. 모임은 미나에게 도움이 되었다. 혼자서는 해낼 수 없었을 것이다.

"좋아요. 당신이 이겼어요."

미나가 말했다.

"나탈리 아버지에게 말해 볼게요. 한 가지 조건이 있어요. 어머니는 내 허락 없이 나탈리에게 모든 걸 말하면 안 돼요. 어머니가 말하면 안 되는 비밀도 있으니까."

노바는 짧게 고개를 끄덕였다.

"내가 할 수 있는 일을 할게요. 그리고 포옹한 거 미안해요. 당신이 그런 인사를 정말로…… 싫어한다는 걸 몰랐어요."

노바가 테이블 위에 있는 물티슈와 손 소독제 병을 흘긋 쳐다보았다. 미나는 한숨을 쉬었다. 어째서 나는 조금도 평범해질 수가 없는 걸까? 어째서 평범한 사람들과 달리 약간의 면

지도 참아 낼 수 없는 걸까? 대신에 그런 평범한 사람들은 끊임없이 아플 것이다. 단 한 명의 예외도 없이.

"바쁘실 텐데, 나가는 건 나 혼자 할게요."

노바가 일어서면서 말했다.

"나는 당신 어머니에게 말하고 당신은 나탈리의 아버지에게 말하는 거, 맞죠?"

이건 정말로 미나가 원한 대화가 아니었다.

"밖으로 나가려면 내가 함께 가야 해요. 혼자서는 못 나가요."

그건 사실이었다. 하지만 나탈리의 아버지에게 전화하기 전에 몇 분 정도는 벌 수 있으니, 미나에게도 필요한 일이었다. 미나는 노바와 함께 엘리베이터를 타고 밑으로 내려가 노바가 보안 검색대를 통과할 수 있게 해 주었다.

"한 가지 더 있어요."

노바가 검색대를 건너가자 미나가 말했다.

"다음에는 어머니를 보고 싶어요. 당신 말고."

회의실로 돌아온 미나는 소매로 손을 감싸고 물티슈 통을 잡아 쓰레기통에 던져 넣었다. 그리고 휴대폰을 꺼냈다. 그러나 미나가 전화를 걸 사람은 나탈리의 아버지가 아니었다. 전화를 해야 할 이유가 생기기를 2년이나 기다린 사람이었다.

*

"안녕, 빈센트. 나예요."

빈센트는 얼어 버렸다. 마지막으로 이 목소리를 들은 뒤로 빈센트는 흘러가는 매초를, 매시간을, 매일을, 매달을 세고 또 셌다. 이제 드디어 그 목소리가 전화를 했는데 빈센트는 전혀 준비가 되어 있지 않았다. 옷을 매만지고, 머리를 정리하고, 입 냄새를 점검하고 싶었다. 이 목소리는 자신을 볼 수 없고, 가까이 있지도 않은데 말이다.

빠르게 눈을 깜빡였다. 피부가 따끔했다.

"안녕, 미나."

그는 착 가라앉은 목소리로 대답하고 서재로 걸어갔다.

마리아는 이런 모습을 보지도, 소리를 듣지도 말아야 했다. 빈센트는 전에도 그랬듯 지금 자기 얼굴이 어린아이처럼 발개져 있음을 느꼈다.

"어떻게 지내요?"

미나가 물었다. 살짝 긴장한 목소리에서 빈센트는 그녀가 그저 형식적으로 묻는 거라는 걸 알았다. 미나는 그에게 할 말이 있어서 전화한 것이다.

"아, 잘 지내요. 차는 여전히 헛돌고 있고, 마리아하고는 지금도 몇 달에 한 번씩 자고 있고."

"빈센트."

"중요한 일이 있어서 전화한 거죠? 본론을 말해요."

"좋아요."

한결 편해진 목소리였다.

"오늘 점심시간이 지난 뒤에 경찰서에 와 주지 않을래요? 할 말이 있어요. 단둘이서만."

빈센트는 책상 의자에 털썩 주저앉았다. 갑자기 목이 말랐다. 단둘이. 점심시간이 지나고. 그 말은 한 시간 뒤에 보자는 뜻이었다. 오늘 할 일은 없었다. 월요일에 일이 많았던 적은 거의 없으니까. 하지만…… 오늘이라고? 지금 오라고?

미나의 눈을 보게 된다고?

아직은 준비가 되지 않았다. 록 밴드에 드러머 오디션을 보러 간 것처럼 심장이 마구 뛰었다. 마음으로는 갈망했지만 시도도 하지 않은 일이었다. 희망도 쌓지 않으려고 애썼던 일이었다. 그런데, 갑자기 오늘…… 이라고? 미나의 눈을 본다고?

지금?

"그러죠."

그는 아무렇지도 않은 목소리를 내려고 애썼다.

"일정을 한번 살펴봐야겠어요. 근데, 아마 괜찮을 거예요."

*

매주 월요일이면 그렇듯이 오늘도 루벤은 경찰서 모퉁이

를 돌면 나오는 카페에서 점심으로 먹을 샌드위치와 주스를 샀다. 오전 시간은 주말에 만난 사람들에게서 들은 정보를 모두 컴퓨터에 입력하면서 보냈다. 다른 요일이었다면 책상에 앉아서 점심을 먹겠지만, 오늘은 다른 요일이 아니다. 월요일이다. 월요일은 특별했다. 그래서 할머니가 사는 곳까지 걸어가며 샌드위치를 먹었다. 그건 두 사람만의 소박한 전통이었다. 루벤은 할머니에게 남은 유일한 가족이었다. 할머니는 언제나 루벤 옆에 있어 주었다. 그가 아주 어렸을 때부터. 그러니까 이제는 루벤의 차례였다. 릴뤼 메예르에 관한 서류는 45분 후에 처리할 것이다. 할머니가 사는 건물의 문을 통과하면서 남은 주스를 모두 마셨다. 아스트리드 할머니는 언제나처럼 자기 방에서 루벤을 기다리고 있었다.

"안녕, 할머니."

"어서 와라, 내 사랑."

언제나처럼 루벤을 본 할머니의 얼굴이 환하게 밝아졌다. 할머니는 루벤이 주름진 뺨에 입을 맞출 수 있도록 고개를 옆으로 돌렸다. 할머니에게서는 언제나와 같은 냄새가 났다. 이제 막 세탁한 면직물 냄새, 라벤더 냄새, 희미한 아몬드 냄새. 아몬드 냄새가 난다는 건 할머니가 협탁에 아몬드 쿠키를 숨겨 놓았다는 뜻이었다.

"좋은 걸 가져왔어."

루벤이 오는 길에 산 음식 봉투를 들어 올렸다. 할머니가 좋아하는 바닐라 커스터드 크림이 듬뿍 든 선샤인 번이었다.

"너 때문에 뚱뚱해져. 살이 얼마나 쪘는지 몰라."

할머니가 마른 배를 토닥이면서 신음했다.

할머니의 농담에 루벤은 웃었다. 할머니는 거죽과 뼈만 남았고, 두 사람 모두 다시는 할머니가 살이 찌지 않으리라는 것도 알았다. 하지만 할머니가 여전히 아몬드 쿠키를 몰래 먹고 싶어 하는 한, 루벤에게는 걱정할 일이 없을 것이다.

루벤은 침대 위에 엉덩이를 대고 할머니 옆에 앉았다. 구석에 있는 낡은 안락의자에 앉아도 되지만 할머니 가까이에 앉고 싶었다. 할머니의 체취를 맡고, 두 사람이 함께 시간을 보냈던 엘브훼의 작은 집과 언제나 갓 구운 팬케이크와 직접 만든 딸기 잼 냄새가 나던 부엌을 떠올리는 게 좋았다. 여름 방학 때도, 휴가철에도 루벤은 할머니의 집에서 많은 시간을 보냈다. 그때도 두 사람뿐이었다. 어머니는 새로운 남자가 생길 때마다 조금은 괴상했던 아들에게 시달리지 않고 연인과만 시간을 보내고 싶어 했다. 그리고 할머니의 집에는 언제나 루벤을 위한 자리가 마련되어 있었다.

"반으로 쪼개 줄까?"

번을 가리키면서 묻는 루벤에게 할머니는 고개를 저었다.

"인생이 이렇게 짧은데, 번을 고작 반만 먹으면 되겠니."

할머니가 씩 웃었다. 할머니에게는 아직도 근사하고 강한 치아가 남아 있었다. 그 치아는 언제나 할머니의 자부심이었다. 완벽하게 고른 치아를 가리키면서 충치 하나 없다, 라고 말하는 게 할머니의 버릇이었다.

할머니는 검버섯이 핀 쭈글쭈글한 손을 루벤의 다리에 올렸다.

"말해 보렴, 루벤…… 그래, 사는 건 어떠니?"

할머니는 매주 루벤이 찾아올 때마다 똑같이 물었다. 직장 생활에 대해서는 묻지 않았기에, 이 세상이 얼마나 끔찍한 곳인가를 늘어놓지 않아도 됐다. 할머니는 그 대신에 다른 것들을 물었다. 그래서 매주 루벤은 자신이 얼마나 다채롭고 흥미진진한 삶을 살아가는지 이야기해 줄 수 있었다. 둘 다 루벤이 거짓말을 하고 있음을 알았지만, 할머니는 루벤의 이야기를 들어 주었다.

그러나 오늘은 거짓말을 하고 싶지 않았다. 그래서 엘리노르를 찾아갔던 이야기를 했다. 할머니는 손자의 다리를 토닥였다.

"음, 너도 내가 무슨 생각 하는지 알지? 그 애를 떠나보낸 건 정말 바보 같은 짓이었어. 그 애는 겉모습만 예쁜 게 아니었어. 내면도 아름다운 아이였지. 하지만 넌 어렸고 무지했어. 그 나이 때 사내아이들은 흔히 그렇잖니."

"알아. 아빠를 닮아서 그런가 봐."

아버지를 언급할 때면 늘 그랬듯 루벤의 목소리에는 비통함이 조금 묻어 있었다.

아버지는 루벤이 어렸을 때 아내와 아들 곁을 떠났다. 학회에 참석하러 갔다가 다시는 돌아오지 않았다. 지금도 살아 있다. 페이스북을 보고 알았다. 그러나 아버지와 아들 모두 서로에게 연락하지 않았다.

아스트리드 할머니는 대답하지 않았다. 아주 오래전에 자신의 아들을 위해 변명하는 건 그만두었다. 아들은 아들의 선택을 한 거니까. 그 대신에 아들의 아이에게 사랑을 주기로 했다.

"행복해 보이던? 엘리노르 말이야."

잔뜩 궁금한 목소리였다.

"결혼은 했다니? 아니면, 아주 늦은 건 아니……."

루벤은 웃으며 선샤인 번을 한 입 크게 베어 물었다. 커스터드 크림이 치아에 잔뜩 묻었다. 할머니 집에서 선샤인 번을 먹던 어린 시절에 그랬듯이, 반쯤은 장난을 치려고 혀를 날름거리며 크림을 닦아 먹었다.

"결혼했는지는 모르겠어. 아마 했을 거야. 아무튼 아이는 있었어. 딸이 현관까지 나와서 인사를 하더라고. 근데 할머니, 그거 알아? 그 애 이름이 아스트리드였어. 할머니랑 엘리노르는 늘 사이가 좋았잖아. 내 생각에는 할머니 이름을 따서 지은 거 같아."

"아이고, 세상에. 얼마나 귀여울까."

할머니의 목소리에는 반가움이 가득 담겨 있었다.

"아주 작겠구나."

"아니야. 한 열 살은 된 거 같던데. 아주 귀여운 애였어. 눈이 엘리노르랑 똑같더라고."

할머니의 눈이 번득였다. 할머니는 루벤을 뚫어지게 쳐다보았다.

"사진 볼 수 있니? 페이스북인가, 하는 거에 있지 않겠니?"

"진짜 호기심이 많다니까."

루벤은 웃었지만, 이내 휴대폰을 꺼내 사진을 찾아보기 시작했다.

찾는 건 어렵지 않았다. 엘리노르는 그곳에 있었다. 여전히 미혼일 때의 성을 쓰고 있었다. 엘리노르의 프로필은 온통 딸 사진이었다. 생화로 만든 화관을 쓴 아이의 사진을 찾아서 확대했다. 행복한 눈으로 밝게 웃고 있는 사진이었다.

"여기. 꼭 엘리노르처럼 생겼지. 완전 똑같지는 않지만. 애 아빠는 누군지 모르는데, 아마 아빠도 조금 닮은 거 같아."

루벤은 할머니 얼굴 가까이 머리를 대고 인상을 찌푸리며 사진을 들여다보았다. 아이의 아빠는 루벤이 아는 사람인 것 같기도 했다. 왠지 모르겠지만, 아이는 아주 낯이 익었다. 아직 루벤의 치아에는 커스터드 크림이 묻어 있었다. 그는 집게손가락으로 크림을 문질러 닦고 손가락에 묻은 설탕을 핥아 없앴다.

아이의 사진을 본 할머니가 크게 웃었다. 그리고 천천히 일어나더니 고개를 저었다.

"루벤, 넌 그렇게 똑똑한 애가 어쩜 이렇게 바보 같니."

할머니는 하얀 레이스 천을 덮은 갈색 양복장으로 천천히 걸어갔다. 양로원에 들어올 때 할머니가 옮겨 와도 된다고 허락한 몇 안 되는 가구 중 하나였다. 레이스 천 위에는 사진 액자가 잔뜩 놓여 있었다. 대부분은 루벤이 어려서부터 어른이 될 때까지의 사진들이었다. 할머니는 액자를 찬찬히 살피더니 한 개를 들어 비틀거리면서 루벤이 앉아 있는 침대로 돌아왔다. 그리고 액자를 아이의 사진이 떠 있는 루벤의 휴대폰 옆에 나란히 놓았다.

루벤의 눈이 휘둥그레졌다. 어째서 그렇게 낯이 익은지, 이제야 깨달았다.

*

미나는 혼자 회의실에 있었다. 빈센트를 마지막으로 본 뒤로 미나 앞에 있는 벽에는 다른 피해자들과 관계가 있는 사진, 서류, 읽기 힘든 손 글씨들이 채워지고, 치워지고, 또 채워졌다. 다른 운명들. 집에서 만든 마술 소품 사진들은 잊히고 치워졌다. 그 사건은 이제 다른 생에서 겪은 것처럼 멀게만 느껴졌다.

그때는 어디에서 수사가 끝나고 어디에서 빈센트가 시작됐는지를 구별하는 것이 불가능했다. 두 사람 모두 처음에는 깨닫지 못했지만, 사실은 모든 것이 그와 사적으로 매우 깊게 관련되어 있었다. 하지만 이번에는 모든 것이 달랐다.

두 아이가 살해됐다.

이건 감히 그 속으로 걸어 들어가 볼 생각조차 들지 않는 끔찍한 어둠이었다. 아이들이 피해자인 것을 처음 봤기 때문이 아니다. 오히려 아주 많이 봤다. 경찰로 일하면 그런 아이들은 너무나도 자주 본다. 학대당하는 아이. 착취당하는 아이. 선진국에서 고통받는 아이가 있다는 건 정말 창피한 일이었다.

그러나 이번에는 살인 사건이었다. 아동 살인은 흔치 않다. 전에 해결된 몇몇 사건이 대중에게 널리 알려진 건 그 때문이다. 울프 올손에게 살해당한 헬렌. 안데르스 에클룬드가 죽인 엥라. 친어머니의 도움으로 의붓아버지에게 목숨을 잃은 보뷔. 이런 아동 살인 사건은 스웨덴 사람들의 영혼에 영원히 각인된다.

멈추지 않는 질문은 이것이다. *어떻게?* 사람이 어떻게 그렇게 사악한 행동을 할 수 있는 걸까?

자신이 그 대답을 정말로 알고 싶은지는 확신이 서지 않았다. 그런 범죄를 저지를 수 있는 사람은 괴물일 뿐, 그 무엇도 아니었다. 그 사람들을 이해할 필요는 없었다. 그저 찾아내기만 하면 되는 거였다. 그러나 지금은 같은 방법으로 행해진 두 범죄를 상대해야 했다. 그건 그녀가 외면하고 싶은 어떤 패턴이 있을지도 모른다는 것을 의미했다.

두 아이의 사건 이야기를 해 주면 빈센트가 어떤 반응을 보일지 궁금했다. 물론 수사에 빈센트의 도움을 받으려고 전화한 건 아니다. 다른 이유 때문이었다. 그러나 빈센트는 분명히 지금 하는 수사에 관해 물을 테고, 미나는 말해 줄 것이다. 그는 한 가족의 아버지다. 부모라면 지금 미나 앞에 있는 릴뤼와 오시안의 모습을 떨쳐 버릴 수 없을 것이다. 그가 어떤 식으로 표현하건 미나는 빈센트가 그렇게 보이고 싶어 하는 것과 달리, 철저하게 이성적인 사람이 아니라 감정을 제대로 통제하지 못하는 감성적인 사람임을 알았다. 함께한 시간이 길지는 않았지만 미나는 빈센트의 다른 면을 엿볼 수 있었다. 빈센트가 내세우는 모습과는 정반대를 향하고 있는 면을 볼 수 있었다. 그건 감정의 심연이었다. 또는 어둠이거나.

그것이 정확히 무엇인지는 알 수 없었다. 마치 앞을 똑바로 보면서 옆으로 지나가는 사람을 얼핏 보는 것과 비슷했다. 고개를 돌리면 그곳에는 아무도 없었다. 미나는 빈센트를 그런 식으로 보고 있었다. 그러니 빈센트를 파악할 수가 없었다.

물론 빈센트를 파악하고 싶지는 않았다. 그 누구도 파악하고 싶지 않았다. 아미르의 프로필 위에서 화면을 오른쪽으로 밀었을 때 틴더가 '매치되었습니다'라고 선언할 줄은 몰랐다. 미나가 아미르에게 접촉을 시도한 건 전적으로 명백한 인지 행동 치료, 그 이상도 이하도 아니었다. 그러나 빈센트는 미나가 그의 윤곽을 드러냈다고 생각할 때마다 그녀를 피했다. 이제는 그를 못 본 지 거의 2년이 되었고, 그의 이미지는 어느 때보다도 흐릿해졌다.

미나의 일부는 미나가 시작한 일에 반대하며 격렬하게 저항하고 있었다. 빈센트는 미나의 인생에서 멀리하는 게 좋았다. 하지만 미나의 깊은 곳에 있는 또 다른 일부는 그 무엇보다도 빈센트에게 가까이 있기를 원했다.

그리고 지금, 빈센트가 오고 있다.

테이블 위에서 휴대폰이 울렸다. 몇 분 안에 방문자가 도착하리라는 것을 알리는 알람이었다. 미나는 일어나서 멘탈리스트를 만나러 갔다.

*

택시에 타자마자 땀이 흐르기 시작했다. 택시의 에어컨 온도는 섭씨 15도 이하로 설정되어 있었다. 펭귄도 행복해할 온도였다. 빈센트는 자신이 땀을 흘리는 이유가 열기 때문이 아니라 긴장 때문임을 알았다. 미나를 만난다고 생각하니 배 속에서 수백 마리 나비가 부화한 것처럼 정신없이 배가 요동쳤다.

아니, 그래서는 안 된다. 다른 걸 생각해야 했다. 그렇지 않으면 경찰서에 도착할 즈음에는 완전히 부서지고 말 것이다. 택시는 튀레쇠베겐 쪽으로 조금 급하게 돌았고, 잠깐 빈센트는 미나가 자신을 병문안하는 모습을 상상했다.

교통사고 때문에.

최근에 누가 교통사고를 언급하지 않았었나? 택시가 버스 옆을 지나갔다. 버스의 옆면에는 아주 간결하게 '아픈가요?'라는 문구로 두통약을 선전하는 광고가 있었다.

고통.

고통에도 뭔가가 있었다. 누가 고통 이야기를 했는데……아, 맞다. *존재하는 것은 고통이고, 고통은 정화해요.* 금요일에 텔레비전 프로그램에 출연한 노바가 그렇게 말했다. 자동차 사고로 아버지를 잃은 노바가. 그녀의 아버지 또한 에피쿠로스적인 삶을 살았다고 했다.

이거라면 다른 생각을 할 수 있을 것 같았다. 휴대폰을 꺼내 에피쿠라의 웹 사이트로 들어갔다. 사업체 같은 로고가 있는 세련되고 현대적인 웹 사이트였다.

　노바의 강의를 담은 영상들을 계속 스크롤해 올리다가 에피쿠로스 철학을 소개하는 듯한 영상에서 멈췄다.

에피쿠로스의 가르침은 언제나와 마찬가지로 새로운 세대에도 옛 세대들에게 그렇듯이 당연히 적용할 수 있다. 사람들의 그 불안은 혜성과 같아야 한다. 그보다 거대한 별 스치는. 너무나도 빨라 감지할 수 없는 고요한 인생은 삶을 정화한다. 아무것도 소망하지 말아야 한다. 우리는 고통은 피하고 그 무엇도 소망하지 말아야 한다. 소망하는 삶은 고통이고, 우리가 바라는 삶은 무고통의 삶이라는 것은 자명하다. 우리는 위대한 성공을 주는, 성공을 허락하는 삶을 소망한다. 세상에 존재하는

욘 벤하겐

　욘 벤하겐. 노바의 아버지. 빈센트는 그 이름을 기억했다. 다른 모든 면에서는 우아하기 그지없는 웹 사이트에 이렇게 약간은 현학적이고도 구식인 괴상한 문구가 올라와 있는 건 노바가 자기 아버지를 기리는 방식일 거라는 생각이 들었다. 그는 무슨 뜻인지 이해하지는 못했지만, 시처럼 들리는 그 문구를 두 번 더 읽었다.

"도착했습니다, 선생님."

택시 기사가 룸 미러로 빈센트를 보면서 공손하게 말했다.

빈센트는 택시가 한참 움직이지 않았음을 깨달았다. 자신도 모르게 긴장했는지, 그는 미터기의 요금을 확인하지도 않고 택시 요금을 낸 후 차에서 내렸다. 햇살을 정면으로 받은 경찰서는 눈부시게 빛나고 있어 커다란 창문 너머에 있는 내부는 보이지 않았다. 하지만 그곳 어딘가에 미나가 서 있다는 건 알았다. 미나가 그를 기다리고 있었다. 미나가 그곳에 있음을 느낄 수 있었다. 사실 정말로 그런 느낌이 올 리는 없다. 미나의 전화에 자극을 받아 솟구쳐 나오기 시작한 세로토닌, 도파민, 코르티솔, 아드레날린의 향연이 아직까지도 계속되느라 현실을 제대로 인지하지 못하고 있는 것뿐이었다. 내면의 감정과 현실을 혼동하다니, 바보 같은 일이었다. 모든 지식을 총동원해서 생각해 봐도 미나가 자신에게 그토록 엄청난 영향을 미치는 이유를 이해할 수 없었다. 그러나 마음 한구석에서는 자신도 미나에게 그만한 영향을 미치기를 바랐다.

대부분의 문제는 이성을 이용해 과학적으로 설명할 수 있는 빈센트였지만, 미나에 대한 생각만은 언제나 감정에 압도되었다. 미나와 미나를 향한 자신의 감정에는 설명할 수 없는 무언가가 있었다. 그녀는 저 안에 있다. 이제 곧 다시 그녀를 보게 될 것이다.

갑자기 목이 바싹 말라 헛기침을 했다. 옷매무새를 점검하고, 소매에 붙은 마리아의 머리카락을 떼어 냈다. 괜히 양복을 차려입었나 싶었다. 계단을 올라가 정문 앞에 서서 문을 열었다. 안에서 미나가 기다리고 있었다.

"안녕. 오랜만이에요."

경찰서로 들어서는 빈센트에게 미나가 말했다.

"안녕."

그 말 외에 더는 할 수 있는 말이 없었다.

거의 잊고 있었다. 검은 머리카락은 예전처럼 하나로 묶을 정도까지는 아니었지만 마지막으로 봤을 때보다는 길어져 있었다. 까만 눈동자도, 도톰하고 붉은 입술도 그대로였다. 지금은 무더운 날씨 때문에 흰색 민소매 상의를 입었지만, 기온이 내려가면 터틀넥을 입을 거라는 사실도 빈센트는 알았다. 걱정으로 생긴 미간의 희미한 주름도 그대로였다. 무엇보다 변함이 없는 건, 바로 그녀의 눈빛이었다. 빈센트는 살짝 어지러웠다.

미나는 더 이상 전시대 위에 올려진 허상이 아니었다. 다시 한번 살과 피를 가진, 실재하는 사람이 되었다. 하지만 그건 상황을 더욱 나쁘게 할 뿐이다.

그녀가 없어도 괜찮은 삶을 살아갈 수 있으리라고 생각했다. 모든 기억을 정신의 작은 상자 속에 담아 두고 앞으로 나아갈 수 있을 것이라고 생각했다. 그러나 이 순간, 그 생각은 완전히 틀렸음을 깨달았다. 지금 탐색하듯 빈센트를 바라보고 있는 저 눈은 언제나 그와 함께 있었다. 매일같이, 모든 생각 뒤에서, 함께 있었다. 그리고 이제는 눈앞에 있다. 살을 지닌 진짜 사람이 되어 존재했다.

"어떻게…… 어떻게 지냈어요?"

그는 간신히 더듬거리며 말했다. 그러고는 미나가 끼고 있는 얇은 흰색 라텍스 장갑을 손짓해 가리켰다.

"새것이네요. 더 나빠진 거예요?"

아주 잘한다, 이 멍청아. 그건 미나가 절대로 언급하고 싶지 않은 문제일 것이 분명했다. 하지만 미나는 그저 큰 소리로 웃었다.

"아니, 아니에요. 사진을 보고 있었어요. 지문이 남을까 봐 낀 거예요. 여기로 오라고 한 거 괜찮죠? 그나저나 양복 멋지네요. 근데 너무 더울 거 같아요."

얼굴이 빨개진 빈센트가 재킷을 벗었다. 미나는 그에게 늘 옳은 말만 했다.

"내가 외출해서 마리아는 아주 좋아할 거예요. 온라인 쇼핑몰을 구축하고 있는데, 지금 할 일이 너무 많거든요."

그리고 입을 다물었다. 두 사람은 서로를 바라보았다. 미나의 생각을 알 수 있다면 좋을 텐데. 어떻게 보면 예전과 그대로인 것 같았다. 하지만 그렇게 똑같지는 않은 것도 같았다. 20개월은 사람들이 결혼을 하고 아이를 낳고 이혼까지도 할 수 있을 만큼 충분히 긴 시간이었다. 빈센트도 그때와 같지 않았다. 미나 역시 그럴 것이다.

그리고 아직은……

미나는 한쪽을 흘긋 보았다. 그런 다음 다른 쪽을 보았다. 마치 무언가를 찾는 것 같았다. 어쩌면 무엇을 생각해야 하는지, 무엇을 말해야 하는지를 고민하고 있는지도 모른다.

"음…… 올라갈까요?"

미나가 말했다. 그녀를 따라 익숙한 검색대를 지나 엘리베이터를 타고 회의실로 올라갔다. 두 사람이 엘리베이터 안으로 들어간 순간 빈센트는 미나의 눈이 반짝였다고 생각했다. 예전에 두 사람이 함께 엘리베이터를 탔던 때의 이야기를 할 줄 알았는데, 그녀는 아무 말도 하지 않았다.

"운동을 하고 있어요. 혹시 궁금해할까 봐."

빈센트는 말을 하자마자 곧 그 말이 어떤 뜻으로 받아들여질 수 있는지 깨달았다.

"내 말은…… 엘리베이터에서 갇혔을 때를 대비해서…… 운동하러 간다는 건 아니에요. 그런 일이 생길 거라고 말하는 것조차 이상한 일이기는 한데…… 아, 다 왔네요."

엘리베이터가 문을 열어 깊은 굴 속으로 파고들어 가려는 그를 구해 주었다. 빈센트는 헛기침을 하고 지금쯤이면 가재처럼 빨개졌을 게 분명한 자신의 얼굴을 미나가 보기 전에 서둘러 엘리베이터에서 내렸다.

회의실에서 미나는 테이블에 사진과 서류를 두 줄로 나란히 늘어놓았고, 두 사람은 자료에 집중했다. 한 줄은 릴뤼 사건 자료였고, 다른 줄은 오시안 사건 자료였다.

"기자 회견 봤어요."

빈센트가 오시안의 사진을 가리키면서 말했다.

"그 아이예요."

미나가 고개를 끄덕였다.

"실종된 아이들에 관해 아는 거 있어요?"

"스웨덴에서 한 해에 실종되는 아이가 수백 명이라는 거 말고는 아는 게 없네요."

"맞아요. 언론은 보호자 없이 홀로 입국한 난민 아이들이 얼마나 많이 실종되는지에만 관심을 보이는데, 사실은 가족과 함께 입국했다가 사라진 아이가 훨씬 많아요. 너무나 이상한 일이죠. 그 아이들은 다시는 찾지 못했어요."

"인신매매인가요?"

"그 이유일 때가 많죠. 너무 끔찍한 일이에요. 하지만 실종 신고가 들어온 아이들 가운데 많은 수는 보통 집으로 돌아와요. 몇 시간 안에요."

빈센트가 테이블 위에 있는 사진을 가리키며 물었다.

"그래서 오시안은 돌아왔나요?"

미나는 고개를 저으며 얼굴을 찡그렸다. 빈센트는 그녀의 표정이 어떤 의미인지 정확히는 알 수 없었지만, 갑자기 아스톤이 생각났다. 위장이 꼬이는 것 같았다.

"오시안은 토요일 아침에 발견됐어요."

미나의 목소리가 가라앉았다.

"몇 시간 전에 죽은 채로요. 작년 여름 릴뤼에게 일어난 것과 같은 일이 일어난 거예요. 1년 사이에 두 아이가 죽었어요. 통계적으로 봤을 때도 이건 너무나 기이한 일이에요. 그래서 두 사건이 관계가 있는지 확인하고 있어요."

빈센트는 곁눈질로 테이블 위에 있는 사진들을 보았다. 릴뤼와 오시안. 몇 년 전이었다면 아스톤에게 생겼을 수도 있는 일이었다. 숨 쉬기가 힘들었다. 회의실에서 공기가 모두 빠져나가 버린 느낌이었다. 테이블 위의 서류철을 보려 했지만, 미나가 손을 올려 막았다.

"보지 말아요. 분명 후회할 거예요."

빈센트는 아직 마음이 진정되지 않았고, 미나에게 무슨 말을 해야 할지도 알 수 없었다. 어떻게 행동하는 것이 옳은지 알지 못했다. 조심스럽게 움직이고 싶었다. 모든 것이 이전과 같을 거라는 추측은 감히 할 수 없었다. 하지만 적어도 수사에 관해서라면 위험하지 않은, 중립적인 이야기를 할 수 있을 것 같았다.

"그래서 이 사건은 내가 어떻게 도와주면 되죠?"

빈센트가 물었다.

"당연히 도울게요. 벌써부터 공포에 질려 잠 못 이루는 밤이 기대되는데요. 사실 그런 밤들이 그리웠거든요."

빈센트는 살며시 웃어 보였지만, 미나는 당황한 것 같았다. 그녀의 당혹스러운 표정은 곧 안타까워하는 얼굴로 바뀌었다.

"아니, 미안해요."

미나가 대답했다.

"그게…… 아니에요. 그럴 필요 없어요……. 무슨 말이냐면, 수사를 돕지 않아도 된다는 거예요. 당신이 해 줄 수 있는 일은 없어요. 이 자료를 보는 것도 사실은 안 될 거예요. 내 개인적인 문제가 있어서 와 달라고 한 거였거든요."

미나는 테이블 위에 있던 휴대폰과 열쇠 꾸러미를 집어 들었다. 사진과 서류철은 치우지 않았고, 노트북도 뚜껑이 열린 채로 두었다. 그리 오래 회의실을 비우지는 않을 것이라는 의미였다. 경찰서에서 나갈 때, 빈센트는 미나가 지나갈 수 있도록 문을 잡아 주면서 애써 실망감을 감췄다. 미나가 준 자료를 보았을 때 빈센트는 당연히 그것 때문에 미나가 자신을 불렀을 것이라고 생각했다. 다시 한번 미나의 세계로 들어가게 되리라고 생각했다. 하지만 이번 방문은 시작도 하기 전에 끝나 버린 듯했다.

"다른 할 말이 있어요. 그러니까…… 사적인 일이에요."

미나가 말했다. 빈센트의 심장은 또다시 거칠게 뛰기 시작했다.

그녀가 걸음을 멈추고 빈센트의 눈을 물끄러미 바라보다가 시선을 피했다. 하고 싶은 말이 무엇이든 꺼내기 쉽지 않은 말임이 분명했다.

"딸아이 때문이에요."

미나가 말했다.

"아이 이름은 나탈리예요. 내 책상 위에 있는 사진 본 적 있죠? 우리, 잠깐 걸을까요?"

*

"강연은 재미있었니?"

나탈리는 발끝으로 바닥을 긁었다. 무례하게 굴고 싶지는 않았지만 정말로 노바가 회의실에서 한 그 많은 말을 들을 기력이 남아 있지 않았다. 회의실에서 진행한 건 기업 고객들을 위한 강연이었고, 노바가 나탈리를 초대한 건 친절한 행동이었다. 할머니를 기다리는 동안 할 수 있는 일이 생기면 웬만큼 다 하겠다고 한 건 어쨌든 나탈리였다. 나탈리는 대답을 피하려고 가방 끈을 조절하는 척했다.

"그래. 아무 말 안 해도 돼."

노바가 웃었다.

"10대 아이들에게는 당연히 아주 지루한 주제였을 거야. 게다가 너는 아직 인생의 아픔을 많이 겪지 않았잖아. 우리에게 꼭 필요한 의미가 있는 것들을 말이야."

"그게 무슨 말이에요? 지금 저더러 하고 싶은 건 다 하면서 자란 응석받이라는 거예요?"

나탈리는 말한 즉시 후회했다.

"죄송해요."

그녀는 조그맣게 중얼거리면서 서둘러 본관 뒤에 있는 큰 건물을 향해 빠른 속도로 걷기 시작한 노바를 따라갔다.

나탈리는 아주 먼 곳에서 보기만 했던 건물이었다. 건물 밖에 있는 방목장에는 풀을 뜯고 있는 말들이 보였다. 어렸을 때, 아무리 간청해 봐도 나탈리의 아빠는 말 타는 걸 허락해 주지 않았다. 아빠에게 승마는 비싸고 시간만 낭비하는, 엘리트주의자들의 위험한 호사일 뿐이었다. 아빠가 어떤 사람인지를 생각해 보면 마지막 비난은 터무니없었다. 나탈리에게 허락된 동물은 드워프 햄스터뿐이었다. 나탈리는 그 햄스터에게 리사라는 이름을 붙여 주었다. 그리고 고작 3주 뒤에 짚

더미 밑에 리사가 죽어 있는 걸 봤을 때는 정말 너무나도 마음이 시리고 아팠다.

"너도 날 용서해 줬으면 좋겠어. 내가 현명하지 못했던 거."

마구간으로 걸어가면서 노바는 고개를 돌려 나탈리를 보며 부드럽게 말했다.

"뭐가요?"

나탈리는 땅 위로 삐쭉 튀어나온 뿌리에 걸려 휘청거렸다.

"너도 당연히 고통을 겪었지. 슬픔도. 어머니를 잃었다는 걸 알아. 그 마음이 어떤지도 알고."

나탈리가 할 수 있는 건 그저 고개를 끄덕이는 것뿐이었다. 엄마에 관해 말하는 건 익숙하지 않았다. 나탈리에게 엄마 이야기를 하고 싶어 하는 사람은 없었다. 특히 아빠는 너무나도 싫어했다.

"저기 봐. 이네스!"

노바가 유쾌하게 소리쳤다. 나탈리의 할머니가 두 팔을 활짝 펴고 환하게 웃으면서 다가왔다. 오랫동안 자리를 비웠던 할머니 때문에 화가 났었는지도 모르지만, 이제 그 감정은 사라졌다. 나탈리도 할머니 품에 안겨서 정말로 환하게 웃었다.

"안녕, 나탈리!"

할머니가 말했다.

"미안, 너무 바빴단다. 이게 조금 보상이 됐으면 좋겠구나."

노바는 이네스의 어깨에 손을 얹고는 다시 본관으로 돌아갔고, 이네스가 나탈리를 데리고 계속 걸어갔다. 그러다 할머니가 갑자기 멈춰 섰고, 그 이유를 깨달은 나탈리의 얼굴이 환하게 밝아졌다. 조금 떨어진 방목장에 말 여섯 마리가 행복하게 풀을 뜯고 있었다. 빠르게 뛰는 심장이 느껴졌다. 나탈리는 언제나 말을 사랑했다. 말은 아름답고, 야성적이고, 용감하고 자유로웠다. 나탈리에게는 없는 모든 것을 가지고 있었다.

"가자."

할머니는 나탈리의 손을 잡고 거의 뛰다시피 할 정도로 속도가 날 때까지 손녀를 끌어당겼다. 말들이 고개를 들고 코를 킁킁대며 귀를 씰룩거렸다. 모두 이네스와 나탈리 쪽으로 몸을 돌리더니 울타리로 천천히 다가왔다. 이네스가 윤기 나는 주둥이를 토닥여 줄 때까지 말들은 한데 모여 서로를 밀치며 열정적으로 머리를 들이밀었다.

"들어가 볼래?"

할머니가 울타리의 문을 향해 고갯짓하며 물었다. 갈비뼈 안에서 나탈리의 심장이 미친 듯이 뛰었다. 지금까지 이렇게 가까이에서 말을 본 적은 없었다. 늘 멀리서 감탄하며 바라만 보아야 했다. 말이 너무 커서 조금은 두려웠다. 하지만 곧 힘차게 고개를 끄덕였다. 나탈리는 할머니를 믿었다.

"당연히 들어가 봐야죠."

두 사람이 울타리 문을 열고 들어가자 적극적인 말들이 두 사람을 둘러싸고 코를 들이밀었다.

"진정해, 제발 진정해."

이네스는 웃으면서 재킷 주머니에서 당근과 사과 조각을 꺼냈다.

"자, 여기."

그러고는 나탈리에게 당근과 사과를 몇 개 내밀었다.

"뇌물이야말로 말이 너를 사랑하게 해 줄 가장 좋은 방법이지."

나탈리는 최대한 공정하게 말들에게 간식을 나누어 주었다. 그중 체구가 작은 녀석은 다른 말들이 간식을 받아먹으려고 할 때 목을 좀 더 길게 빼서 낚아채는 다소 뻔뻔한 방법으로 크기에 따른 불리함을 상쇄했다. 나탈리는 웃었지만, 사실 조금 무섭기도 했다. 가까이에서 본 말의 이빨은 정말 너무나도 컸다.

"이 애 이름은 마스코트야. 우리 꼬마 도둑이지."

나탈리가 콧등을 긁어 주자, 작은 말이 다정하게 나탈리에게 몸을 가져다 댔다. 갑자기 나탈리의 내면에서 모든 감정이 한꺼번에 솟구쳐 올랐다. 댐이 무너져 내린 것처럼, 한 번도 밖으로 내보내지 못했던 그 모든 눈물이 한꺼번에 쏟아져 나왔다. 말들은 그 상황을 이해하는 것만 같았다. 나탈리를 둘러싸고서 따뜻한 몸을, 부드러운 코를 나탈리의 몸에 대고 자신들과 자신들의 확신을 전하며 나탈리가 살면서 단 한 번도 허용하지 않았던 모든 감정을 느낄 수 있게 해 주었다.

잃어버린 것들에, 분노한 것들에, 비통한 것들에, 좌절한 것들에 슬퍼서 울었다. 말해지지 못한 질문들과 결코 여는 것을 허락받지 못한 문들 때문에 울었다. 엄마에 대한 질문. 할머니에 대한 질문. 자신이 진짜 누구인지에 대한 질문들 때문에 울었다.

그때, 나탈리를 감싸 안는 할머니의 팔이 느껴졌다. 말들에게 둘러싸인 채로 낯선 여자에게 꼭 안겨 있는 느낌은 너무나도 이상했다. 물론 그게, 정말…… 이상한 것은 아니라고, 마스코트가 마른 코를 나탈리의 뺨에 댔을 때 나탈리는 생각했다. 사실은 완전히 그 반대였다. 나탈리는 집에 온 것 같았다.

영원처럼 느껴지는 시간이 흐른 뒤에 이네스는 나탈리를 놓아주었다.

"벌써 돌아가야 해요?"

나탈리가 물었다. 좀 더 오래 말과 함께 있고 싶었다.

"아니, 돌아가지 않을 거야. 너와 난 앞으로 나아갈 거야."

이네스가 대답했다. 할머니의 목소리가 어딘가 이상했다. 나탈리에게 익숙한 부드러운 목소리는 사라지고 없었다.

"우린 내부 모임에 갈 거야."

할머니는 나탈리의 눈을 똑바로 보면서 파란색 고무줄을 잡아당겨 손목에 빨간 줄이 생길 정도로 세게 때렸다.

"짐은 모두 챙겨 가자. 여기에 다시 올 수 없을지도 모르니까."

여름의 열기가 이렇게 뜨거운데도, 말들이 엄청난 사랑을 뿜어내 주고 있는데도 나탈리는 갑자기 한기를 느꼈다.

*

롤람스호브 공원을 가로질러 걸었다. 마지막으로 왔을 때 공원은 눈에 덮여 있었고, 그때 빈센트는 총알 잡기 마술에 대해 설명해 주었다. 지금은 흙을 바짝 태우려고 작심한 듯한 햇볕이 내리쬐고 있었다. 나무 그늘 아래 조금이라도 시원한 곳은 소풍을 나온 사람들이 차지하고 있었다.

해변을 따라 부두를 향해 계속 걸었다. 마지막으로 왔을 때는 배가 한 척도 없었지만 지금은 나뭇가지에 달린 흰색 잎들처럼 부두 가득 배가 떠 있었다. 빈센트에게는 배가 있을까. 미나는 궁금했다. 있다면 모터보트일 것 같았다. 돛을 펴고 접으려고 밧줄을 잡아당기는 빈센트는 도무지 상상하기 힘들었다. 그러고 보니 빈센트는 아직까지 나탈리에 관해 한 마디도 묻지 않았다. 미나가 먼저 말하기를 기다리고 있음이 분명했다. 미나도 묻고 싶은 것이 많았다. 나탈리와는 전혀 관계가 없는 질문들이었다. 어째서 지금까지 한 번도 연락을 하지 않았는지, 어떻게 지냈는지 묻고 싶었다. 그리고 어떻게 지냈는지 말해 주고 싶었다. 하지만 어디서부터 시작해야 할지 알지 못했다. 미나는 한껏 숨을 들이마시고, 그럴 용기조차 없어지기 전에 나탈리에 관한 이야기를 시작했다.

"어제 아침에 나탈리의 아버지가 찾아왔어요. 그 애는 자기 아버지하고만 살아요. 나도, 나의 어머니도 두 사람과는 연락하지 않고요. 그런데 지난 금요일에 어머니가 나탈리를 찾아갔어요. 그때부터 나탈리는 할머니하고 있어요."

"그러니까 나에게 이런 말을 하는 이유는······."

"노바가 누군지 알죠?"

빈센트는 눈썹을 추켜세우고, 고개를 끄덕였다.

"잘 알고 있어요. 사실 지난주······."

"오늘 아침에 만났어요."

미나가 빈센트의 말을 가로막았다.

"어머니는 노바가 운영하는 합숙 훈련 센터에서 살아요. 정확하게 말하면 두 사람은 함께 일하고 있어요. 나탈리는 지금 거기 있고요. 아이가 사라졌을 때, 그 애 아버지는 완전히 정신이 나갔어요. 내가 진정하라고 달래야 했죠. 사실은 나를 걱정해야 하는 게 아닌가 하는 생각이 들긴 했지만요."

빈센트가 웃기 시작했다.

미나는 얼굴을 찡그렸다. 그건 전혀 예상하지 않았던 반응이었다. 하지만 어떻게 보면 웃음은 좋은 신호였다. 다른 반응보다 훨씬 괜찮은 반응이었다.

"지난주에 텔레비전에서 노바를 봤어요. 택시를 타고 오는 동안 에피쿠라에 관해 찾아봤고요. 그런데 지금 당신이 노바에 대해 말하고 있잖아요. 그럴 확률이 얼마나 되겠어요?"

"마스터 멘탈리스트인데, 얼마나 되는지 알 수 있지 않을까요? 요즘은 노바라는 여자가 어디에나 있는 것 같으니까 그럴 수도 있겠죠. 그 사람을 좋아하든, 그렇지 않든 간에요."

"나탈리의 할머니는……."

빈센트가 말을 이었다.

"내가 지난 금요일에 제대로 보지 못했다는 뜻이네요. 두 사람이 닮았다고 생각했지만, 그건 내 상상이라고 치부해 버리고 말았거든요. 당신 어머니 이름이 이네스, 맞죠? 그분도 텔레비전에 나왔어요."

미나의 가슴에 따뜻한 기운이 퍼져 갔다. 연락은 하지 않았지만 그녀를 잊어버리지 않은 것이다. 며칠 전까지도 그의 마음에는 미나가 있었던 것이다.

"그러니까…… 텔레비전을 보면서 내 생각을 했다는 거죠?"

미나가 말했다. 빈센트는 말을 더듬었다.

"그러니까, 나는…… 어. 왠지, 당신이 그렇게 말하면, 내가 꼭 그렇게⋯⋯ 말한 것 같지만⋯⋯ 사실 내 말의 의미는⋯⋯."

정말로 그 사람이다. 정말로 미나가 기억하는 빈센트다. 자신의 행동이 사회적으로 용납되는지를 모르기 때문에 어떤 일이든 행하기를 조심스러워하는 빈센트. 하지만 여전히 분명하게 미나를 바라보는 사람이었다.

"당황하지 않아도 돼요. 농담이니까."

빈센트는 너무 놀라서 잠시 대답할 말을 찾지 못했다.

"내가 당신 아파트에 설치한 CCTV가 고장 나기 전까지는 내 텔레비전에 당신이 자주 나왔어요."

빈센트가 받아넘겼다.

"뭐예요, 빈센트. 그건 너무 변태 같잖아요."

멘탈리스트는 자기 대답에 지극히 만족한 것 같았다.

"아무튼, 나의 어머니 말이에요. 그런 조직은 왠지 미심쩍어요. 시골에 있는 농장에서 사람들에게 자기 계발법을 가르친다니, 꼭 사이비 종교 같잖아요. 노바한테도 그렇게 말했어요."

"그러니까 뭐라고 대답하던가요?"

"사이비 종교가 아니래요. 확실히요. 하지만 난 당신 의견을 듣고 싶어요. 왠지 당신은 잘 알 거 같아서요. 가까운 동료라고는 할 수 없지만 그 사람도 당신처럼 순회강연을 다니잖아요. 내가 나탈리를 걱정해야 할 이유가 있을까요?"

빈센트는 대답하기 전에 잠시 고민하는 것 같았다. 급격하게 굽은 길은 커다란 원형 공연장이 있는 공원으로 이어졌다.

"맞아요. 여러 강연회에서 몇 번 만난 적이 있어요. 노바하고는요. 내 개인적인 의견을 묻는다면 흥미롭고도 독특한 시각의 소유자라고 말할게요. 요즘엔 철학 강의를 하는 사람이 많지 않잖아요. 그렇다고 잘 아는 사람이라고는 말하지 못하겠네요. 에피쿠라는 더더욱 모르고."

"알겠어요. 당신은 사람의 정신이 작동하는 방법을 알잖아요. 내가 아는 그 누구보다도요. 그곳이 나탈리에게 도움이 될까요?"

"내가 아는 한, 에피쿠라에서는 진행하는 강좌는 대부분 지도자 자질 향상 프로그램이에요. 자기들 지도자를 구루라고 지칭하는 것 말고는 전통적으로 사이비 종교라고 하는 집단들과 비슷한 특징은 없어요. 무엇보다도 실제로 사람들이 사이비 종교에서 벗어날 수 있게 돕고 있고요. 자립을 가르치는 것도 그 때문이죠. 나탈리가 그 사람들과 어울려도 된다는 허락을 받은 거면 좋겠는데, 언제든 원할 때는 집으로 돌아갈 수 있는 거죠? 자기가 소유한 걸 포기해야 한다거나 자기 생각을 노바의 생각에 맞추려고 하는 건 아니죠? 혹시 정신적으로 스트레스를 받았거나 지쳐 있는 상태인가요? 아니면 피곤하고 감정적으로 불안정한 상태이든지?"

"내가 그걸 어떻게 알겠어요? 그 애는 전적으로 자기 아버지하고 산다고 했잖아요. 그게 무슨 말인지 모르겠어요? 난 전혀 몰라요. 한 번도 연락해 본 적이 없으니까. 하지만 보통 10대 아이들 이야기는 할 수 있겠죠. 그 애들은 늘 피곤하고 감정적으로 불안정한 상태가 기본값이니까."

원형 경기장에 도착하자 빈센트는 콘크리트 벤치에 앉았다. 그리고 가방에서 물병을 두 개 꺼내 한 병을 미나에게 내밀었다. 미나는 받아 든 물병을 물끄러미 바라보았다. 빈센트의 가방으로 들어가기 전에 이 병을 만졌을 모든 손에 대한 생각을 떨치려 했다. 이 병에 입을 대고 마신다는 건 스무 명쯤 되는 낯선 사람들의 손바닥을 핥는 것과 같을 것이다.

빈센트가 가방을 뒤지더니 한 줌이나 되는 빨대를 꺼냈다. 미나는 안도의 한숨을 내쉬었다. 빈센트는 기억하고 있었다.

그에게 고마운 마음으로 병뚜껑을 열고 빨대를 꽂아 시원한 물을 마셨다. 할 수만 있다면 얼굴에 물을 부어 태양에게서 잠시 벗어나고 싶었다.

"자기 계발을 목표로 하는 단체들은 모두 그렇지만 에피쿠라도 상당히 강도가 높아요."

빈센트도 물을 듬뿍 마셨다.

"나탈리가 방황하는 구도자 스타일이라면 더 나쁜 단체에 가입하게 될 수도 있죠. 에피쿠로스의 삶의 방침은 그 애에게 좋을 수도 있고, 그 애를 지루하게 만들 수도 있을 거예요. 그 단체가 해로운 생각이나 이념을 퍼트린다고는 생각하지 않아요. 하지만 당신이 묻는다면 나탈리는, 그러니까 정신적으로 아직 그런 모임에 들어가기에는 너무 어리다고 말하고 싶군요. 당신 어머니의 의도는 좋았을 거라고 생각해요. 그래도 대화해 볼 필요가 있겠어요. 거기 가 보는 건 어때요? 가서 직접 봐요."

"그럴 순 없어요."

미나가 물병을 내려다보면서 말했다.

"지난주까지 나탈리는 자기한테 할머니가 있다는 것도 몰랐어요. 엄마가 있다는 건 지금도 몰라요."

갑자기 너무 힘이 빠져 빈센트의 어깨에 머리를 기대고 싶었다. 육체적으로, 빈센트의 도움을 받고 싶었다. 그러나 미나와 빈센트는 그럴 수 있는 사이가 아니었다. 아직은. 언젠가 그렇게 될 수는 있다. 하지만 지금은 아니었다. 게다가 미나가 방금 한 말을 빈센트가 어떻게 받아들일지도 알지 못했다.

빈센트는 벤치에서 일어나서 주위를 둘러보았다.

"그런데 노바에 관해서 꼭 알아야 할 게 있어요. 그 사람은 누구든 포옹하는 사람이에요. 알고 있으면 좋을 것 같아서요."

"알려 줘서 고마워요. 몇 시간 전에 알았다면 정말 유용했을 거예요."

가끔은 밖에 돌아다닐 때 *멈춰요! 이건 내 몸이란 말이에*

요!라는 글귀를 프린트한 티셔츠를 입어야 하는 게 아닌가 하는 생각이 들기도 했다. 다짜고짜 타인을 안는 건 해서는 안 되는 일이라는 걸 사람들에게 이해시키는 게 어째서 이토록 어려운 걸까? 사실은 아주 가까이 다가와 서는 것도 안 된다는 걸 이해시키는 게?

"아직도 그 사람 향수 냄새가 나는 거 같아요."

미나가 말했다. 빈센트는 냄새를 맡으려는 것처럼 미나에게 몸을 기울였지만, 곧 그렇게 하지 않는 것이 좋겠다고 생각했는지 오히려 뒤로 한 걸음 물러났다.

"이 공원은 진짜 좋아요."

빈센트가 불쑥 말했다.

"이곳이 스톡홀름에서 최초로 생긴 기능학파 공원인 거 알아요? 처음부터 최대한 아름답게 보이는 것보다는 사람들이 실제로 이곳을 어떻게 활용할 수 있을지 생각해서 설계한 곳이죠. 이곳이 생기자 곧 누구나 이런 방식으로 공원을 설계하게 됐어요. 얼마나 많은 사람이 이런 식으로 설계를 했는지, 건축계에서는 이 방식을 스톡홀름 스타일이라고 부르기 시작했고요. 1930년대 에리크 그렘메와 홀리게르 블롬이 이 공원에서 처음으로 해낸 게 있어요. 바로 콘크리트로 야외 공연장을 만든 거죠. 자연스럽게 이동량이 많아질 곳에 보행자 통로를 만들었고요. 그리고 완벽하게 평평해요. 저기를 좀 봐요."

"그게 에피쿠라와 무슨 관계가 있다는 거예요?"

빈센트가 가리키는 곳을 보면서 미나가 물었다. 가까운 곳에서 윗옷을 벗은 남자들이 팀을 짜 몰려다니며 축구를 하고 있었다.

"그 길에 나무숲이나 덤불, 언덕이 있었다면 저렇게 할 수 없겠죠."

빈센트는 만족스러운 듯이 말했다. 분명히 에피쿠라에 관한 대화는 한동안 잊을 것이다. 이 멘탈리스트는 과거에도 자주 그랬듯이 자기 의식 속으로 들어가 버린 것이다.

미나는 웃지 않을 수 없었다. 그녀는 이런 빈센트도 기억했다. 자신이 가진 정보가 지나치게 많을 수 있음을 깨닫지 못하는 남자. 미나는 방해할 생각을 조금도 품지 않은 채 그를 물끄러미 바라보았다.

"누가 공원은 실용성이 없다고 말할 수 있겠어요?"

빈센트가 덧붙였다.

"아무튼, 여기에는 미친 조각상이 몇 개 있어요."

"순식간에 노바에서 공원 건축을 지나 조각상까지 간 거예요? 정말, 이건 당신 기준으로도 기록이겠어요. 무슨 조각상인데요?"

"이리 와 봐요."

빈센트가 축구를 하는 남자들 쪽으로 걷기 시작했다. 미나는 잠자코 따라갔다.

풀밭에는 정말로 아주 커다란 청동 조각상이 있었다. 3미터는 넘을 것 같은 조각상이었다. 이렇게 큰데도 미나는 지금까지 이 조각상의 존재를 생각해 본 적이 한 번도 없었다. 손으로 햇빛을 가려 눈을 보호하면서 조각상을 살펴보았다. 손잡이 자리에 도끼가 달린 가위를 땅속으로 찔러 넣은 것 같은 모양의 조각상이었다. 아니면 재료의 특징을 살려 형상화한 다리와 도끼로 구현한 머리를 나타내는 조각상일 수도 있었다.

"이곳에 다른 조각상들도 있지만, 이게 내가 제일 좋아하는 조각상이에요."

빈센트가 말했다.

"도끼를 휘두르는 남자를 위한 기념비'죠. 작가는 에릭 그라테. 자기 주관이 뚜렷한 사람 같아요. 카롤린스카 병원에 세운 작품도 조각했는데, 너무 논란이 많은 작품이라 병원에서는 처음에 작품을 전시하지 않겠다고 거절했대요. 결국은 정문 옆에 배치하는 걸 허용할 수밖에 없었지만요. 이 조각상은 여전히 수수께끼예요. 작가가 표현하고 싶었던 의미를 정말로 아는 사람은 아무도 없지만, 이교도의 생활 방식을 암시하고 있다는 설명도 있어요. 이 가운데, 남근 보이죠? 이 조각상이 풍요의 여신에게 기도를 하는 사람이라고 여기는 이들도 있어요."

도끼 머리를 바라보는 빈센트는 청동에 반사되는 햇살에 넋을 잃은 것 같았다. 그가 아직 말을 다 끝내지 않았다는 건 알았다. 하지만 아무리 빈센트라고 해도 이번에는 너무 뒤죽박죽이었다. 그건 무언가 다른 할 말이 있고, 그 말을 할 수 있는 방법을 찾고 있기 때문이라고 미나는 이해했다. 그는 무언가 적절한 단어를 찾고 있다고. 미나는 조용히 기다렸다. 그러나 빈센트의 입에서는 아무 말도 나오지 않았다.

"풍요의 여신이란 말이죠?"

미나가 물었다. 빈센트는 조각상에서 눈을 떼지 않은 채 고개를 끄덕였다.

"마리아가 바람을 피우는 거 같아요."

빈센트가 말했다.

그의 입에서 어떤 말이 나올지 기대하긴 했지만, 확실히 미나가 예상한 말은 아니었다.

"케빈이랑."

빈센트가 덧붙였다.

"마리아가 사업을 시작할 수 있게 도와주는 남자랑요."

미처 틀어막기도 전에 거의 짖는 것과도 같은 짧은 웃음이 미나의 입술을 빠져나갔다.

"미안해요. 케빈이라고요. 꼭 테니스 코치 이름 같네요."

빈센트는 웃지 않았다.

"내가 그 남자에 대해 알아봐 주면 될까요? 내가 뭘 할 수 있는지는 모르겠지만, 그래도……."

"아니, 절대로 그런 건 아니에요."

빈센트가 미나의 눈을 똑바로 보면서 말했다.

"전혀 아무것도 알고 싶지 않아요, 다시 조각상을 둘러볼까요?"

미나는 고개를 끄덕였고, 두 사람은 공원을 다시 걷기 시작했다.

"왜 알고 싶지 않아요?"

물을 빨대로 빨아들이면서 미나가 물었다. 빈센트는 어깨를 으쓱했다. 햇살이 너무나도 뜨거웠지만 미나는 빈센트와 함께 걷고 있다는 사실이 좋았다. 미나는 지난 10년간 자신이 힘들게 쌓아 온 모래성이 무너지려 한다는 사실과 빈센트가 아내와 멀어지고 있다는 사실을 옆으로 치워 두고, 조금은 즐거운 이유로 이곳에 와 있는 척을 할 수 있었다.

"정말로 바람을 피우고 있다면 두 가지 결과 가운데 하나가 될 거예요. 우리 관계의 새로운 변곡점이 되어 마리아가 나를 떠나는 거죠. 그렇게 되면 난 마리아가 정말로 바람을 피웠다는 걸 알게 될 테고요. 분명 배신감과 기만당했다는 기분이 들겠지만, 그 사실을 빨리 알게 된다면 그렇게까지 오래 힘들지는 않을 거예요. 그리고 어쨌거나 일어날 일이라면 내가 먼저 터트릴 이유는 없겠죠. 하지만 당장은 바람을 피울 이유가 있어도 마리아가 결국 우리 관계는 유지해야 한다는 결론을 낼 수도 있을 거예요. 그때는 내가 모르는 상태인 게 나아요. 마리아의 입장에서는 바람이 우리 관계를 더욱 단단하게 해 준 셈이니까요. 그런데 내가 마리아가 바람을 피웠다는 사실을 알고 있다면, 그 상황을 그대로 흘려보낼 수 없게 되는 거죠. 그 말은 우리 관계가 다시 좋아질 수 있을 때 내가 그걸 망쳐 버릴 수도 있다는 뜻이고요."

두 사람은 아무 말도 하지 않고 걸었다. 미나는 방금 빈센트가 한 말이 미나가 들어 본 중에 가장 이성적인 말인 건지, 아니면 미나가 생각하는 것보다 그가 감정적으로 힘든 상태인 건지 판단을 내릴 수가 없었다. 이건 미나가 자기 인생에 다른 사람을 들이는 데 소질이 없는 것과는 상관없는 문제였다. 그러나 빈센트가 아내 때문에 상처를 받은 것 같지는 않았다. 그가 말하는 것처럼 이게 이성적으로 행동할 수 있는 문제이기는 한 걸까? 그렇다면, 사랑이라는 감정은 어디에 넣어야 하는 거지?

"혹시 내가 괜한 참견을 하는 거면 미안해요. 하지만, 마리아가 그런 사람인지 아닌지 확인해 보고 싶지 않아요? 바람을 피울 수 있는 사람인지요."

두 사람은 릴라 베스테르브론 다리에 이르렀다. 다리 밑에 있는 스케이트장을 사람들이 가득 메우고 있었다. 콘크리트 바닥에 부딪히는 스케이트 바퀴 소리와 여러 스피커에서 흘러나오는 힙합 음악이 한데 섞여 시끄러웠다. 얼굴을 찡그리며 눈을 마주친 두 사람은 몸을 돌려 처음 공원으로 들어왔던 모퉁이를 향해 걷기 시작했다.

"그거 알아요?"

빈센트가 말했다.

"나는 사람들은 대부분, 어떤 일이든 할 수 있는 능력이 있다고 생각해요. 중요한 건 우리가 어느 시점에 있느냐죠. 우리는 한 곳에 정지된 사람들이 아니에요. 우리 세포는 보통 일정한 시간이 흐르면 새로운 세포로 대체돼요. 3주만 지나도 우리 몸을 구성하는 피부 세포층은 완전히 달라져요. 뇌에서도 석 달에 한 번씩 새로운 세포를 만들죠. 순전히 육체적인 관점에서만 보면 오늘의 당신은 5년 전의 당신과 다른 사람인 거예요. 그리고 몇 달 뒤의 당신도 오늘의 당신과는 다를 거예요. 의견도, 가치관도, 생각도 마찬가지예요. 오늘의 미나는 5년 전의 미나라면 할 수 없었던 일도 해낼 수 있는 능력을 갖고 있는 거죠."

밍크 사체가 가득 찬 컨테이너로 뛰어들었던 것처럼. 미나는 생각했다. 물론 그런 짓을 되풀이할 생각은 전혀 없었다. 어쨌든 빈센트가 하는 말의 의미는 이해할 수 있었다.

"아마도, 내가 결혼한 마리아의 모든 버전 가운데 적어도 한 버전은 바람을 피울 수 있는 사람이겠죠."

빈센트가 말을 이었다.

"그런데 지금 나와 함께 사는 마리아가 그 버전인지는 알 수 없어요. 다음 버전도 아닐 수 있죠. 어쩌면 지금으로서는 그럴 능력이 없지만 다음 버전의 마리아는 다른 사람과 살기로 선택하는 마리아일 수도 있고요. 내 말이 무슨 뜻인지 알겠어요? 내가 알 수 있는 유일한 버전은 지금, 여기 있는 마리아뿐이에요. 하지만 나의 남은 인생은 미래에 올 마리아의 다른 버전들과 보내게 될 테니 그건 그렇게 큰 관심사가 아니라는 거예요."

"아주, 놀라운…… 말이네요. 그러니까 마리아가 케빈과 바람을 피워도 기분이 나쁘지 않은 건, 몇 년 전 여름에 곤돌렌 레스토랑에서 당신의 전 아내 울리카와 벌인 일 때문이 아니라는 게 확실한 거죠?"

빈센트의 얼굴이 창백해졌다.

"마리아가 바람을 피운다면 그건 복수심 때문은 아니었으면 하고 진심으로 바라고 있어요. 아니에요. 그런 식으로 득점을 올리고 싶은 마음은 분명히 없어요."

두 사람은 공원 끝에 도달했고, 다시 경찰서를 향해 걸었다. 미나의 물병은 텅 비었다. 미나는 물병을 쓰레기통에 던져 넣었다. 그가 마리아에 관해 솔직하게 말해 줬으니, 그녀도 아미르에 관해 말해야 할 것만 같았다. 그와 동시에 그가 특별한 견해를 드러낼 리가 없다는 걸 잘 알면서도, 그 말을 한다는 생각만으로 긴장이 됐다. 그래도 빈센트가 알았으면 했다.

"오늘의 미나는 이전의 미나하고는 같지 않다고 해서 하는 말인데."

미나는 헛기침을 했다.

"아마 믿기 힘들 거예요. 근데, 나 데이트해요."

미나는 빈센트의 몸이 굳어지는 걸 느꼈다. 아주 잠시뿐이었지만.

"그 행운아가 누군데요?"

"그 사람 이름은 아미르예요. 변호사고. 그 외에는 잘 몰라요. 잠깐 채팅을 했고, 그리고…… 사실 뭐가 어떻게 된 건지 모르겠어요. 하지만 만나기로 했어요."

거리의 열기는 공원의 열기보다 뜨거웠다. 열기는 벽을 치고 튕겨 나왔고, 아스팔트 위로는 아지랑이가 피어올랐다.

"황반 알죠? 눈에서 초점이 맺히는 곳."

빈센트가 말했다.

"황반은 아주 제한적인 시야에서만 자료를 모아요. 그래서 길 건너편에 있는 저런 건물들 같은 사물을 보려면 초점을 계속 바꿔야 해요. 마치 직소 퍼즐의 모든 조각을 한 번에 한 개

씩만 보는 것과 같죠. 뇌가 그 퍼즐 조각들을 맞춰야 하고요. 그런데 눈은 직소 퍼즐의 모든 조각을 볼 시간이 없어요. 그래서 뇌는 눈이 보지 못한 나머지 부분을 직접 '구성해야' 해요. 우리가 보고 있는 저 건물들의 많은 부분은 뇌가 그렇게 생겼을 것이라고 추론하는 대로 보이는 거예요."

또다시 빈센트의 뇌가 완전히 예측하기 힘든 방향으로 전속력으로 달려갔다. 마리아의 행동이 어느 정도는 이해가 됐다. 케빈이라면 훨씬 대화하기 쉬웠겠지. 그만큼 더 지루하겠지만.

"방금 다시 화제를 바꾼 거 맞죠? 정말 자연스럽게 넘어가네요, 빈센트. 우리, 당신의 사회화 이야기를 하던 거 아니었어요?"

"아니, 분명히 나는 당신의 데이트에 대해 말하고 있는 거예요. 사람의 얼굴을 볼 때도 눈은 당연히 같은 식으로 정보를 모아요. 전체 얼굴을 파악하려고 두 눈과 코끝을 잇는 삼각형 사이를 초점이 빠르게 움직이는 거죠. 그런데 누군가에게 끌리기 시작하면, 음, 이걸 근사하게 표현할 방법이 전혀 없는데, 사람들은 다른 곳…… 그러니까 도톰하게 부풀어 있는, 촉촉한 신체 부위에 관심을 갖게 되죠. 알겠지만……."

미나는 갑자기 보이지 않는 손톱 밑 때에 관심이 생긴 듯한 멘탈리스트를 흘긋 쳐다보았다.

"빈센트, 지금 얼굴을 붉힌 거예요?"

"아무튼."

빈센트는 헛기침을 했다.

"입술이 그런 신체 부위죠. 특히 당신처럼 빨간 입술은. 아, 음, 아무튼, 만약에…… 아미르가, 아미르 맞죠? 만약에 아미르가 당신에게 끌린다면, 그 사람의 시선이 당신의 눈에서 시작해서 코가 아니라 입술로 이동한다면 그 사실을 알 수 있을 거예요. 입술이 에로틱해지는 거죠. 그러니까, 음……."

"우와, 빈센트. 너무 과한 정보 아니에요?"

미나는 짐짓 소름이 돋은 척하며 한 걸음 뒤로 물러났다.

"아무튼, 그거 데이트 아니에요. 진짜 데이트는 아니에요. 지중해 박물관에서 만날 거예요. 그것도 낮에."

경찰서에 다 왔다. 안에는 릴뤼와 오시안의 사진이 기다리고 있었다. 그러나 그 사진들과는 아무것도 하지 못할 것이다. 그저 공원에서 빈센트와 조각상 이야기나 더 하고 싶었다.

걸어오면서 빈센트가 미리 휴대폰 앱으로 부른 택시가 경찰서 정문 앞에 서 있었다. 미나는 아무 말 없이 자신과 가까운 쪽의 택시 뒷좌석 문을 여는 빈센트를 바라보았다. 두 사람은 거의 2년이나 연락하지 않고 지냈다. 문자 한 통 보내지 않았다. 그러나 지금, 그 몇 달의 공백은 애초에 존재하지 않은 것 같았다. 미나와 빈센트는 계속 어울려 왔던 것 같았다.

그가 돌아와서 기뻤다. 정말, 정말 기뻤다. 하지만 그는 돌아온 지 얼마 되지 않아 벌써 떠나고 있었다. 빈센트는 미나의 질문에 대답하지 않았고, 미나는 업무에 복귀해야 했다. 끝내고 싶지 않았다. 아직은 아니었다. 필사적으로 빈센트를 붙잡아 둘 핑계를 생각했지만, 아무것도 떠오르지 않았다.

"원하면 에피쿠라에 관해 조금 더 찾아볼게요."

빈센트가 말했다.

"해롭지는 않을 거예요. 그래도 당신이 어떤 식으로든 나탈리와 대화를 해 봐야 한다고 생각해요. 그들의 지도자 과정이 10대한테 적합한지도 잘 모르겠고요. 그리고 당신은……."

그가 미나를 보면서 한쪽 눈썹을 추켜세웠다.

"황반 명심하고요. 내가 해 줄 말은 그게 전부예요."

"집에 간다고 한 거 아니었어요?"

팔짱을 끼면서 미나가 물었다. 빈센트는 크게 웃으며 택시 안으로 훌쩍 뛰어 들어가 문을 닫았고, 택시는 출발했다. 모퉁이를 돌아 완전히 사라질 때까지 택시를 지켜보았다. 택시와 함께 미나의 조각 하나도 사라졌다. 가지 말라고 했어야 하는데. 특별한 이유가 없어도.

그냥 있어 달라고 했어야 하는데.

하지만 미나는 부탁하지 않았다. 물론 나탈리에 관한 말은 옳았다. 미나의 딸이 주말 전에 그 농장에서 집으로 돌아가지 않는다면 미나는 그곳에 딸을 데리러 갈 것이고, 딸의 아버지의 분노를 감수할 것이다. 그게 싫다면 미나가 가기 전에 그가 직접 가면 되는 거였다. 어쨌든 나탈리는 여름 방학이었고, 미나는 두 사람을 며칠간 같이 지낼 수 있게 할 만큼은 어머니를 믿었다. 미나에게는 생각해야 할 다른 일들이 있었다.

"황반이라."

혼잣말을 하면서 미나는 부르르 몸을 떨었다.

데이트라니…… 정말 어처구니없이 바보 같은 발명품이었다.

*

회의실의 분위기는 그날의 끝을 향해 달려가는 동안에도 주말보다 나아진 것이 없었다. 게다가 이 열기는, 대체 어떻게 가능한 건지 모르겠지만 훨씬 더 뜨거워졌다.

미나의 생각은 빈센트와 만났던 자리에서 계속 맴돌았다. 기억이 남기고 간 감정은 익숙하면서도 조금은 혼란스러웠다. 그는 예전과 달라진 것이 없는 것 같았다. 하지만 그는 사람은 모두 끊임없이 변하는 상태에 있다고 했다. 어쩌면 새로운 빈센트는 과거의 빈센트와 달리 미나를 제대로 이해하지 못하는 사람일 수도 있다. 어쩌면 미나를 진심으로는 이해할 수 없는 사람일 수도 있다. 물론 정말로 그렇게 느껴져서 이런 생각을 하는 것은 아니었다. 미나에게 빈센트는 과거의 빈센트처럼 느껴졌다. 거의 모든 것이. 미나는 빈센트도 자신을 그렇게 느끼기를 바랐다.

"자, 모두 주목."

율리아가 두 손으로 자기 얼굴에 부채질하면서 말했다.

"모두 피곤한 거 알아. 주말에 일하느라 모두 녹초가 됐으니까. 나도 오늘 종일 기자들이 가까이 오지 못하게 따돌렸어. 아직까지는 언론이 우리가 지난 금요일에 찾은 여자아이 소식을 전하는 데 열을 올리고 있어. 하지만 곧 사냥개처럼 냄새를 맡을 거야. 칭찬을 했으면 비난도 해야 하는 게 언론의 황금률이니까. 지금까지 우리를 한껏 추켜올렸으니, 이제는 무너뜨려야지. 그들이 오시안의 시신이 발견됐다는 걸 알아내는 건 시간문제야. 우리에게는 앞으로 나갈 단서가 없고. 릴뤼 사건 때 언론이 마음대로 했다면 그 즉시 수많은 경찰이 옷을 벗어야 했을 거야. 다행히 기자들이 그러진 못했지만."

회의실 구석에서는 보세가 새로 산 번쩍이는 금속 그릇에 담긴 사료를 게걸스럽게 먹고 있었다. 율리아가 약속을 지킨 것이다. 미나는 개가 그 두툼한 혀로 사료를 사방으로 날리는 모습도, 개의 몸에서 털이 계속 빠져나와 둥둥 떠다니는 모습도 애써 외면했다. 머지않아 크리스테르가 회의실에서 보세가 잘 수 있도록 강아지 침대까지 가져다 둘 게 분명했다.

"이제 우리에게는 실수가 용납되지 않아. 책임을 질 사람을, 혹은 사람들을 찾아내야 할 때가 됐어. 부검 결과가 나올 때까지 릴뤼 메예르의 죽음에 관한 모든 내용을 자세히 알아내야 해. 일단 가까운 친척부터 시작하자. 그 사람들은 경찰이라면 지긋지긋할 테지만, 우리로서는 다른 선택의 여지가 없으니까. 페데르와 내가 이미 릴뤼의 어머니는 만나 봤는데, 정말…… 독특한 경험이었어. 릴뤼의 어머니는 법정에서 했던 말을 고수하고 있었어. 릴뤼의 아버지 마우로가 딸을 죽였다고. 그러니까 미나와 루벤, 두 사람이 마우로를 만나 봐. 그 사람은 주말에 다른 지역에 가서 오늘 밤에야 돌아온대. 마우로를 만나는 걸 화요일 아침에 가장 먼저 할 일로 정해 놔. 내일 아침에 바로 만나야 해."

"난 뭘 하지?"

크리스테르가 물었다.

"성범죄자 목록을 살펴봐 주세요. 아니다, 릴뤼를 데려간 사람들의 인상착의를 파악해야 해요. 어린이집 근처에서 목격됐다는 그 노부부 말이에요. 그게 크리스테르가 해 줄 일이에요. 하지만 그 일이 끝나면 다시 목록을 확인해야 해요. 결국 누군가는 해야 할 일이니까요."

율리아가 말을 시작했을 때 조금 밝아졌던 크리스테르의 표정이 다시 침울한 표정으로 돌아갔다.

"이 방에 엔도르핀이 좀 있어야겠네. 그래야 우리가 일을 제대로 할 수 있지."

페데르가 말했다. 그가 들고 있는 휴대폰에서 밝고도 청명한 노랫소리가 울려 퍼지기 시작했다.

"이게 세쌍둥이가 아니스 노래를 따라한……."

"우리도 알아!"

루벤이 고함을 치면서 손바닥으로 테이블을 내리쳤다.

"노래 경연 대회는 다섯 달 전이었어. 다섯 달. 꽉 채운 다섯 달. 그때부터 계속 그 동영상을 봐야 했다고. 언제가 돼야 그만 보여 줄 거야?"

페데르가 민망한 표정으로 테이블을 내려다보았다.

"그냥 우리 팀에 활기를 불어넣고 싶어서."

그가 조용히 말했다.

"그런 노력은 본받을 만하다고 생각해."

율리아가 말했다.

"우리 일을 조금이라도 쉽게 해 주는 거라면 뭐든 환영이니까. 이곳의 스트레스 호르몬을 실제로 가중시키는 일만 아니라면 말이야. 그 세쌍둥이 동영상은 잘 간직하고 있다가 정말로 필요할 때 꺼내 주면 좋겠어."

율리아의 말에 조금은 행복해진 페데르가 고개를 끄덕였다.

"어디까지 했더라?"

율리아가 계속 말을 이었다.

"아, 맞다. 릴뤼 메예르의 사건을 자세히 수사하는 동시에 용의자에 관한 수사 범위를 확장할 필요가 있을 것 같아. 아이를 데려간 사람들에 대한 진술이 그렇게나 다르다는 건 두 사건이 관계가 없다는 뜻일 수도 있어. 하지만 그렇다고 하기에는 두 사건에 비슷한 점이 너무 많아. 아담이 처음에 지적했고 지난 토요일에 드러난 사실을 고려해 보면, 두 사건이 관계가 있을 수도 있다는 쪽으로 점점 더 생각이 기울고 있어. 두 아이는 나이가 같고, 대낮에 납치되었는데 주변 사람 아무도 몰랐어. 두 아이 모두 72시간 동안 실종됐다가 시신으로 발견됐는데, 아이들 몸에는 이렇다 할 상처가 없었고. 이런 사건이 그저 우연히 비슷할 수는 없는 거야. 하지만 그런 추론은 아이들의 납치에 적어도 세 명 이상이 연관되어 있다는 걸 의미하고, 그렇다면 그들이 누구인지, 왜 아이들을 납치했는지에 대한 새로운 의문이 생길 수밖에 없어. 이와 비슷한 다른 사건은 떠오르는 게 없고, 그렇다면 우리는 더 많은 걸 알아내야 해. 아담?"

아담은 헛기침을 했고, 모든 사람이 아담을 향해 고개를 돌렸다.

"알고 있겠지만, 현재 서에는 범죄심리학자가 한 명도 없어. 얀 베리스비크가 떠난 뒤로……."

"해고된 거지."

루벤이 헛기침을 하는 척하면서 끼어들었다.

"사임을 선택한 거야. 아무튼 그 뒤로는 없었지."

아담의 입가에 살며시 미소가 떠올랐다.

"그래서 나는 극단적인 행동을 하는 반사회적 인격 장애를 연구하는 전문가를 만나 봤어. 범인이 한 명이든 여러 명이든, 이런 행동은 극단적이 아닌 다른 것으로는 도저히 분류할 수가 없었기 때문이야. 잘하면 이 전문가가 우리가 쫓는 사람들이 어떤 식으로 연결되어 있는지를 밝히는 데 도움이 될 거야. 그들이 생각하는 방식도."

"빈센트에게 연락해 보는 건 어때? 어차피 외부에 자문을 요청해야 한다면."

미나가 적극적으로 나섰다. 아담이 아무 노인이나 데려오게 할 수는 없었다. 지금처럼 빈센트를 활용할 수 있을 때 말이다.

"그게 누구지?"

아담이 이해할 수 없다는 표정으로 물었다.

"빈센트 발데르."

율리아가 대답했다.

"예전에 우리 사건을 도운 적이 있어. 알고 보니 그 사람의 누나가 연관된 사건이었지만."

아담이 치아 사이로 가볍게 휘파람을 불었다.

"아, 그 사람. 알아, 기억해."

"질문에 대한 답을 하자면, 미나."

율리아가 말했다.

"아담이 이미 그 전문가에게 연락을 했어. 그러니까 이 전문가의 조언을 들어 보고 빈센트에게 연락할지를 결정하는 게 좋겠어. 빈센트는 유능한 사람이지만, 그가 관여하면 모든 게 아주…… 아주…… 특이한 상태가 되어 버리잖아."

미나는 고개를 끄덕였지만, 율리아의 말에는 조금도 동의하지 않았다. 빈센트를 떠나보낸 뒤로 미나는 매 순간 후회했다. 빈센트는 미나의 생명을 구한 사람이었다. 아담이 의뢰한 사람이 누구건, 그 사람은 빈센트와 조금도 같지 않을 것이다.

"더구나, 내가 섭외한 사람은 집단행동 전문가야. 특히 아주 극단적인 형태의 집단행동."

"집단행동이라고?"

페데르가 물었다.

"맞아. 새로운 관점으로 접근해 본 거지."

아담이 고개를 끄덕였다.

"그래도 모두와 상의해 보고 싶었어. 지금까지 우리는 오시안을 살해한 자가 릴뤼를 살해한 자와 동일 인물이거나, 릴뤼의 살인을 모방한 다른 사람일 거라고 추정했지. 모방 범죄일 거라고 말이야. 지금 내가 말하고 있는 건 세 번째 가설이야.

이 가설을 적용하면 거의 동일한 수법으로 아동을 살해한 납치범들에 대한 묘사가 왜 그렇게 다른지 더 잘 설명할 수 있어."

아담은 말을 멈추고 사람들을 보았다. 보세의 헐떡거림만이 회의실에서 유일하게 소리를 내고 있었다.

"어쩌면 우리가 상대하고 있는 것은 한 조직일지도 몰라. 나는 납치범들이 서로 아는 사이일 거라고 생각해."

아담이 덧붙였다. 아무도 대답하지 않았다. 너무나 끔찍한 생각이었다. 하지만 아담의 말대로 그럴듯한 가설이었다.

"이제 내가 말할게."

율리아가 입을 열었다.

"우린 그 어떤 것도 배제할 수 없어. 이게 흥미로운 수사선이라는 건 의심할 여지가 없고."

"모두 내가 상의한 전문가에게 필요한 게 있다면 질문해 보는 게 도움이 될 것 같아."

아담이 말했다.

"사실 얼마 전에 방송에 출연해서, 아마 대부분 이미 알고 있을 거야. 운 좋게 그 사람 일정이 비었을 때 부탁할 수 있었어. 수요일 아침에 올 거야. 그 사람 이름은 예시카 벤하겐이야. 노바라는 이름으로 더 잘 알려져 있지만."

미나는 아담을 물끄러미 바라보았다. 이럴 수는 없는 거였다.

*

　나탈리는 어디로 가고 있는지 전혀 알 수가 없었다. 할머니는 아무런 설명도 해 주지 않았다. 그저 방목장 뒤에 서 있던 자동차로 나탈리를 데리고 왔을 뿐이다. 할머니가 말한 곳이 가까울 줄 알았는데, 벌써 30분째 달리고 있었다. 운전하는 남자는 칼이라고 했다. 키가 크고 금발인 그 남자는 눈부시게 웃었고, 그 역시 에피쿠라에서 만난 모든 사람에게서 본 차분함을 발산하고 있었다. 그래서 질투가 났다.

　나탈리도 그렇게 평온하고 싶었다. 과잉보호하는 아빠도, 사실 잘 알지 못하는 할머니도, 다른 사람 생각에 휘둘리는 친구들도 원치 않았다.

　칼에게도 삶을 힘들게 하는 문제나 짜증 나는 일들이 있지 않을까? 그렇다고 해도 칼에게서는 그런 내색이 전혀 보이지 않았다. 배는 너무 고팠지만 에피쿠라의 분위기는 나탈리에게 좋은 영향을 미쳤다. 지난 며칠 동안이 아주 길었던 과거보다 훨씬 더 차분했고, 행복했다.

　"그래서 할머니가 말한 내부 모임이라는 게 뭐예요?"

　나탈리는 조수석에 앉아 있는 할머니에게 물었다. 할머니가 말하기 전에 나탈리와 함께 뒤에 타고 있던 여자가 대답했다.

　"에피쿠라에서 노바가 가르치는 건 첫 번째 단계일 뿐이에요. 그저 강의를 들으려고 오는 사람들에게는 그 정도로 충분하죠. 하지만 정말로 욘 벤하겐의 유산을 이해하고 싶다면 그 이상이 필요해요. 이네스가 그걸 학생에게 소개해 준다는 건 정말 큰 선물을 주는 거예요. 내부 모임에 들어가려면 보통 몇 년이 걸리거든요. 아, 나는 모니카예요."

"욘 벤하겐이 누구예요? 무슨 말인지 모르겠어요. 노바의 할아버지 이름은 발차르 아니었어요?"

이네스가 몸을 돌려 나탈리를 보았다. 할머니의 눈은 온통 비밀에 싸여 있었지만, 어떤 약속도 담고 있었다.

"욘은 노바의 아버지야. 인생의 의미를 진정으로 이해하고 있었던 유일한 사람이지. 우리는 욘을 따르고 있어."

자동차는 좁은 숲길을 따라 달렸다. 나무들이 옆으로 빠르게 지나갔고, 나무 기둥 사이로 햇살이 불안하게 반짝거렸다. 멀리 앞쪽에 커다란 건물이 얼핏 보였다. 그때 갑자기 그 누구도 나탈리가 있는 곳을 모른다는 생각이 들었다. 나탈리 자신도 몰랐다. 심지어 아버지도 나탈리가 어디 있는지 알지 못했다.

"존재하는 것은 고통이고, 고통은 정화한다."

나탈리의 할머니가 손목의 고무줄을 잡아당겼다가 놓으며 말했다.

"존재하는 것은 고통이고, 고통은 정화한다."

칼과 모니카가 동시에 조용히 읊조렸다.

*

"혹시…… 혹시, 뭔가를 찾으셨어요? 릴뤼에 대해서요?"

뉘켈피간 어린이집의 관리자가 간절한 표정으로 크리스테르를 바라보았다.

"그래서 오신 거 맞죠? 벌써 1년이 지났지만, 제 생각에는 …… 저희는 답을 찾을 거라는 희망을 버리지 않고 있거든요. 아니면…… 그 남자아이 때문에 오셨나요?"

크리스테르는 대답하지 않았다. 이런 것이 경찰로서 마주쳐야 하는 힘든 일 가운데 하나였다. 사람들이 원하는 답을 주지 못하는 것. 릴뤼의 실종은 지금도 어린이집 사람들을 아프게 했다. 어린이집 직원들과 그곳에 다니는 아이들 모두에게 여전히 상처였다. 부모들은 말할 것도 없고. 크리스테르는 이해했다. 그 누구도 그 사건에서 벗어나지 못했다. 그리고 모든 사람이 도대체 무슨 일이 일어난 것인지 알고 싶어 했다. 하지만 아직 크리스테르는 그들에게 답을 줄 수 없었다. 그저 물어볼 것들만 있었다.

"유감이지만, 아직 수사 중인 사건은 말씀드릴 수가 없습니다."

크리스테르는 회피를 택했다.

"그런데, 조금 조용히 이야기를 나눌 수 있는 곳이 없을까요?"

사적인 감정은 조금도 섞지 않은 대답을 했다. 딱딱하고 지극히 냉정한 답변. 대화하는 상대와 명백하게 거리를 두는 대답이었다.

"여기도 괜찮을 거예요. 아이들은 바쁘고, 우리 말을 들을 사람은 아무도 없고요. 게다가 여기 있어야 계속 지켜볼 수 있거든요. 밖에 나와 있을 때는 모두 도와야 해요."

요한나라고 하는 어린이집 관리자는 어린이집 놀이터를 가득 메운 채 놀고 있는 아이들에게서 불안한 시선을 떼지 못했다.

"릴뤼를 데려간 사람들이 그 아이도 데려간 걸까요?"

요한나가 물었다.

"그 대답은 해 드릴 수가……."

크리스테르는 말끝을 흐렸다. 보세가 기운 넘치는 강아지처럼 행복한 아이들 사이에서 정신없이 뛰어다녔다. 처음에는 밖에 묶어 두었는데, 아이들이 울타리로 몰려들자 어린이집 직원들이 강아지를 놀이터로 데려와 아이들에게 인사를 시켜도 되는지 물었다. 보세는 무한히 즐거웠다. 누구에게나 사랑을 주는 보세였지만, 특히 아이들을 더 사랑했다.

"말씀드린 것처럼 릴뤼가 사라진 날 근무했던 선생님들을 만나 보고 싶은데요. 가끔은 이상하게 시간이 지날수록 기억이 희미해지는 대신 선명해지기도 하거든요. 저희는…… 저희는 그 어떤 가능성도 놓치고 싶지 않습니다."

"모두 불러올게요."

요한나가 고개를 끄덕이며 두 사람이 앉아 있던 벤치에서 일어섰다.

"여기서는 그분들을 교육자라고 부르지만요. 레오폴드! 아위샤!"

젊은 남자와 나이 든 여자가 고개를 돌려 두 사람을 보더니 벤치 쪽으로 걸어왔다. 잔뜩 긴장한 몸을 보니 이미 무엇 때문에 자신들을 부르는지 알고 있는 게 분명했다. 멀리서 한 아이가 잔뜩 화가 나 고함을 지르면서 모래를 옆에 있는 남자 아이의 얼굴에 던졌다. 한 교육자가 재빨리 아이들에게 다가가 상황을 정리했다. 레오폴드와 아위샤가 벤치에 도착할 때쯤엔 이미 아이들은 다시 평화롭게 놀고 있었.

그 모습을 보면서 크리스테르는 자신의 세상도 언제나 이렇게 단순할 수만 있다면 좋겠다고 생각했다.

크리스테르는 두 교육자에게 인사를 했고, 두 교육자는 크리스테르 옆에 앉았다. 요한나는 실례한다고 말하고 벤치에서 떠나갔다.

"릴뤼 때문에 그러시죠?"

나이 든 여자가 물었다.

"그 사람들이 그 아이도 데려간 건가요?"

아이들에게서 눈을 떼지 않은 채 젊은 남자가 말했다.

"그건 말씀드릴 수 없습니다."

크리스테르는 두 번째로 같은 말을 했다. 보세가 주인에게 짧게 인사하려고 다가왔고, 크리스테르는 보세가 다시 새로 사귄 친구들에게 달려가기 전에 혀를 주둥이 밖으로 늘어뜨린 채 헐떡이고 있는 보세의 귀 뒤를 긁어 주었다.

"개가 인기가 많네요."

따뜻한 갈색 눈에 미소를 머금은 채 아위샤가 말했다. 한 여자아이가 아위샤에게 다가왔고, 아위샤는 여자아이가 햇빛 차단용 모자를 다시 쓸 수 있게 도와주었다.

"이 시간쯤 되면 분명히 지칠 것 같네요."

사방으로 뛰어다니는 수많은 아이들과 그 아이들이 내는 소리로 귀가 먹먹해질 것 같은 크리스테르가 물었다.

"그렇기도 하고 아니기도 해요. 힘든 일이죠. 하지만 재미있는 일이기도 하고요."

레오폴드가 벤치에 등을 기대면서 대답했다.

"릴뤼가 사라진 날에 대해 기억하는 게 있을까요?"

크리스테르는 사담은 건너뛰고 곧바로 본론을 꺼냈다. 지체할 시간이 없었다.

"그냥 평범한 날이었어요. 평범하지 않은 게 하나도 없었어요. 경계를 서고 눈여겨봐야 할 일은 없었어요. 아위샤도 저도 그 노부부가 지나가는 걸 보기는 했지만, 별다른 생각은 하지 않았어요. 정상적인 노부부처럼 보였으니까요."

"완벽하게 정상적인 노부부였어요."

아위샤가 고개를 끄덕였다.

"둘 다 백발이었어요. 남자 머리는 짧았고, 여자 머리도 그렇기는 했는데…… 세련된 볼륨 매직 머리였어요. 그게 어떤 머린지 아시나요?"

"안경도 썼고요."

레오폴드가 덧붙였다.

지나치게 큰 반바지를 입은 작은 남자아이가 크리스테르 바로 앞에 있는 놀이터에서 넘어졌고, 큰 소리로 울기 시작했다. 재빨리 그 아이에게 다가간 레오폴드는 아이를 일으켜 세워서 달래 주고, 몸에 붙은 모래를 털어 주고, 진정이 된 아이를 친구들 곁으로 돌려보냈다.

"눈에 띄는 건 없었습니까?"

크리스테르가 물었다. 지금까지 들은 말들은 모두 이미 보고서에서 읽은 내용이었다.

"없었어요. 그 사람들은 그저…… 아주 평범한 할머니, 할아버지 같았어요. 여기서 수없이 본 노인들하고 같았어요. 평범하지 않은 점은 하나도 없었어요. 전혀요. 사실 우리도 그 사람들이 릴뤼를 데려간 건지 정확히는 알지 못해요. 릴뤼가 사라졌을 때 아이들이 그 사람들이 릴뤼를 데려가는 것 같았다고 말한 것뿐이거든요. 선생님도 아이들이 어떤지 아시잖아요."

"그렇다면 릴뤼를 데려간 사람들이 그 사람들인 걸 어떻게 아신 거죠?"

"아이들이 그 사람들이 자주색 코트를 입고 있었다고 했거든요."

아위샤가 대답했다.

"레오폴드와 내가 본 할머니도 자주색 코트를 입고 있었어요. 그래서 같은 사람이라고 생각한 거죠. 자주색을 입는 사람은 많지 않잖아요."

"그 전에는 본 적이 없습니까? 릴뤼하고 있는 모습이나, 다른 아이들하고 있는 모습은요? 어린이집 근처에서 자주 봤다거나?"

두 교육자는 고개를 저었다.

"확실하게 단언할 수는 없지만 제가 기억하는 한은 없습니다."

레오폴드가 대답했다.

"저도 그래요."

아위샤도 덧붙였.

크리스테르는 입을 다물고 생각했다. 새로운 정보가 나올 가능성이 없었다. 레오폴드도 아위샤도, 어린이집의 나머지 직원들도 릴뤼가 실종됐을 때 다각도로 질문을 받았다. 몇몇 아이들도 마찬가지였다.

"좋습니다. 이제 그만 괴롭혀 드려야겠군요."

벤치에서 일어나면서 크리스테르가 말했다. 관절은 삐걱거렸고 여름의 열기에 바지가 허벅지에 달라붙었다. 휘파람을 불어 보세를 불렀지만, 보세는 못 들은 척했다. 휘파람을 몇 번 더 불고 날카롭게 꾸짖자 개는 어정쩡한 자세로 다가왔고, 그 뒤를 아이들이 떠들썩한 소리를 내며 쫓아왔다.

"집에 가지 마, 강아지야."

눈보라 속에 서 있는 공주를 그린 윗옷을 입은 여자아이가 말했다. 머리를 양 갈래로 땋은 금발 머리 아이였다.

"미안하지만, 강아지는 집에 가야 해. 우린 할 일이 있거든."

보세에게 다시 리드 줄을 매면서 크리스테르가 대답했다. 보세는 움직이지 않으려 했고, 네 아이가 보세를 끌어안으며 매달렸다. 보세의 커다란 눈에 기쁨이 가득 찼다.

"아니, 이제 가야 해."

리드 줄을 잡아당기자 이번에는 보세도 마지못해 발을 질질 끌며 문 쪽을 향해 걷기 시작했다. 아이들은 여전히 보세의 황금색 몸에 매달려 있었다.

"이제 강아지를 놔주렴. 얘는 집에 가야 해."

크리스테르가 어색하게 말했다. 곁눈으로 레오폴드와 아위샤가 즐거워하며 자신을 쳐다보고 있는 것이 보였다. 크리스테르가 계속 리드 줄을 잡아당기니 마침내 보세의 발걸음이 빨라졌고, 아이들도 어쩔 수 없이 개를 놓아줄 수밖에 없었다. 어린이집 정문을 빠져나오자 보세는 그리운 듯 마지막으로 뒤를 한 번 돌아보더니 차 안으로 쓸쓸하게 풀쩍 뛰어 올라갔다.

*

"미나입니다."

휴대폰 화면에는 발신자 정보 없음이라는 표시가 떴지만, 미나는 자신이 생각하는 그 사람은 아니기를 바라는 부질없는 희망을 품었다.

"나야."

남자의 목소리가 흘러나왔다.

미나는 한숨을 쉬었다. 당연히 그 사람일 수밖에 없었다. 그 사람이 아니라면 이런 밤에 전화할 사람은 아무도 없었다.

"연락은 해 봤어?"

나탈리의 아버지가 말했다.

"이 소리는 대체 뭐야?"

"에어컨이야. 전화는 했는데, 아직 답은 못 받았어."

"그럼 결론은 났군. 벌써 금요일 밤이야. 아직도 집에 오지 않고 있고. 사람을 보내 데려와야겠어. 허용할 수 없는 일이야."

미나는 대답하기 전에 여러 번 크게 숨을 들이마셨다가 내뱉었다.

"제발 그러지 마."

불안정한 마음을 들키지 않길 바라며 미나가 말했다.

아주 잠깐, 그가 이곳에 있는 것처럼 느껴졌다. 그녀의 아파트 안에 들어온 것처럼, 그녀가 만들어 놓은 순수한 오아시스에 침범한 것처럼 느껴졌다. 이 아파트는 미나의 방패였고, 방어막이었고, 갑옷이었다. 하지만 그는 원하는 곳은 어디라도 갈 수 있었다. 항상 그랬다.

남자는 아무 말도 하지 않았다. 그녀의 설명을 기다리고 있는 것이다.

뭐라고 말해야 할까? 나탈리는 언제나 미나에게 이 세상 전부보다 소중했다고? 두 사람 사이가 최악일 때도, 그러니까 미나가 아주 아팠을 때도 나탈리를 생각하면서 견딜 수 있었다고? 나탈리를 위해 미나가 가족을 떠나야 한다는 사실에 합의했을 때는 거의 죽을 뻔했다고? 그 어떤 말도 소용이 없을 거라는 건 알았다. 미나는 자기 행동에 스스로 책임져야 할 어른이니까. 하지만, 세상에⋯⋯ 그때 미나는 지독하게 아팠다. 그것만이라도 그가 이해할 수 있게 되기를, 바랐다.

"내가 당신한테 이래라저래라 할 수 없다는 거 알아."

목소리를 낮추고 미나가 말했다.

"이 일을 어떻게 처리하라고 말할 수 없다는 것도 알아. 내가 그 권리를 포기했다는 것도 알고. 하지만 이번에는 당신이 나를 찾아왔잖아. 나한테 도와달라고 했잖아. 그러니까 시간을 줘. 당신이 지금 당장 그 애를 데리러 가면 더 큰 문제가 생길 수도 있어. 그리고 나탈리에게는 질문할 권리가 있어. 알고 싶어 할 권리가 있다고. 그 애한테는 시간이 필요해. 진실을 감추기로 선택한 건 우리잖아. 그 애는 거짓 속에서 살기를 선택하지 않았어. 그러니까 성급하게는 행동하지 말아 줘. 일단 나한테 이 일을 해결할 기회를 줘. 나는 못 믿어도 나탈리는 믿을 수 있을 거 아냐."

전화기 너머에서 거칠게 숨을 쉬는 소리가 들렸다. 그가 깊이 생각할 때 나오는 버릇이었다. 그의 머릿속에는 두 개의 기둥이 그려져 있을 것이다. 찬성 기둥과 반대 기둥. 거칠게 숨을 쉬고 있다는 건 정말로 신중하게 찬성과 반대를 고민하고 있다는 뜻이었다. 아직도 이 남자에 대해 이렇게 잘 알고 있다니. 놀라웠다. 말로 표현되지 않는 그의 특징들이 그녀는 여전히 익숙했다.

"마음대로 해 봐."

마침내 남자의 목소리가 들려왔다.

"물러나 있을 테니까."

"고마워."

긴장이 풀린 미나는 소파 쿠션에 털썩 주저앉았다.

그는 아무 말도 하지 않았다. 미나는 무슨 말이라도 해야 하는 게 아닌가 고민했다. 죄책감에 해명이든 뭐든 그를 이해시킬 수 있는 말을 해야 할 것만 같았다. 아주 짧은 말이라고 해도, 너무 늦었다고 해도. 그러나 그 순간은 왔다가 금세 가버렸고, 남자는 전화를 끊었다.

텔레비전으로 고개를 돌렸다. 얼굴을 찡그린 채 전화벨이 울리기 전까지 보고 있던 프로그램이 무슨 내용인지 따라가 보려고 했다. 그러나 미나가 큰돈을 써서 들인 커다란 에어컨 두 대가 내는 소음 때문에 텔레비전에서 나오는 소리는 하나도 들리지 않았다. 에어컨 한 대는 거실에 있고 다른 한 대는 침실에 있었다. 두 에어컨은 창문에 낸 틈새에 끼운 굵은 호스로 더운 공기를 밀어내고 아파트 안으로 차가운 공기를 불어 넣었다. 그 덕분에 미나의 아파트는 미나가 유일하게 땀을 흘리지 않는 공간이 되었다. 미나는 에어컨을 사랑했다. 하지만 거기에도 대가가 따랐다. 미나에게는 자신의 생각조차 잘 들리지 않았다.

화면 안에서 짝을 지어 부지런히 움직이면서 카메라를 보고 초조하게 웃는 사람들은 미나의 관심을 털끝만큼도 끌지 못했다. 전문가들이 짝을 지어 주면 교회 제단 앞에서나 처음으로 만나는 커플들은.

정말 놀라운 일이었다. 사회 전체가 모든 사람을 둘씩 짝지어 엮으려는 욕망에 사로잡혀 있다니. 너무 심했다. 이건 마치 고독을 어떤 비용을 들여서라도 근절해야 하는 질병처럼 취급하는 거였다. 그것도 아주 좁은 틀 안에 가둬서. 짝짓기는 반드시 확립해야 할 규범이며 보편적 진리라고 성경에 적혀 있기라도 한 걸까? 아담과 이브가 있었고, 노아의 방주에 모든 동물을 한 쌍씩 실어야 했기 때문에 그렇게 된 걸까? 현대판 노아의 방주는 틴더였다. 외롭지 않기를 간절히 바라는 사람들이 필사적으로 매달리는 앱이었다. 혼자는 너무나도 위험한 것처럼 사람들이 올라타는 앱이었다.

하지만 아담과 이브 이야기는 짝짓기 논리에 내포된 결점도 함께 드러낸다. 낙원에는 언제나 뱀이 있다는 것이다. 텔레비전에 나온 커플들은 에피소드가 방영될 때까지 도대체 몇 쌍이나 연인 관계를 유지하고 있을까, 궁금했다. 후속 방송에서 커플이 되었던 사람들 사이에 흐르는 냉랭한 분위기로 판단하건대 단 한 쌍도 없을 거라고 미나는 추측했다. 논리로 사랑을 만들어 낼 수는 없었다. 수학적으로 해독 가능한 사랑의 코드는 없었다. 그것이 미나가 사랑에 관해 알고 있는 얼마 안 되는 사실 가운데 하나였다.

    이 문제에 대해 빈센트는 뭐라고 말할지 궁금했다. 아마 특별한 도표를 보여 주면서 엄청나게 많은 이야기를 해 줄 것이다. 미나는 노바가 아니라 빈센트가 수사를 도와주기를 간절히 원했다. 특히 나탈리의 상황을 생각해 보면 더더욱 그랬다. 노바가 수사에 끼어들면 상황은 정말 복잡해질 것이다. 미나는 더 이상 노바가 자기 인생에 끼어들지 않기를 바랐다.

    수사 팀은 빈센트와 함께해야 했다.

    텔레비전 채널을 돌려 유명인들이 퀴즈를 풀면서 경쟁하는 프로그램을 틀었다. 훨씬 나았다.

    빈센트.

    빈센트는 이 집에 왔었다. 미나의 요새에 들어왔었다. 하지만 그건 다른 얘기였다. 그는 미나가 들어오게 해 준 것이다. 미나의 선택이었다. 그리고 빈센트는 이해했다. 그는 미나가 되어야 하는 사람이 될 수 있게 해 주었다. 빈센트가 이곳에 있었을 때는 기분이…… 좋았다. 두 사람이 공원에서 만났을 때도 기분이 좋았다. 아마 조금은 지나치게 좋았던 것 같다. 어떤 일이 일어날지 알 수 있었기 때문에. 그리고 이것은 더 좋았다. 미나만의 요새에 있는 것. 혼자서.

    혼자가 된다는 건 강해진다는 뜻이다.

*

 빈센트는 한 손으로 나무 기둥을 짚었다. 다른 손은 신발에 묻은 진흙을 긁어내려고 땅에서 주운 막대를 잡고 있었다. 몇 주 동안이나 비가 오지 않았음을 생각해 보면, 이 여름의 열기는 정말로 숲을 완전히 말려 버렸어야 했다. 언제 불이 나도 이상하지 않을 정도였다. 그런 와중에 빈센트는 굳이 이 지역에 유일하게 남아 있는 습지를 찾아서 곧장 들어와 버렸다.

 다행히 평소에 즐겨 신는 가죽 신발이 아니라 운동화를 신었다. 가죽 신발이 이런 숲에서 버틸 수는 없을 테니까. 그래도 흰색 운동화를 택한 건 좋은 생각이 아니었던 것 같다.

 원래 계획은 아침에 숲을 산책하면서 신선한 공기도 마시고 생각도 하겠다는 거였다. 숲 한가운데 있는 집을 택했는데도 숲에서 보내는 시간이 터무니없이 적었다. 하지만 시작하기에 너무 늦은 때는 없다. 숲에서는 동네를 돌아다닐 때처럼 사람들을 관찰할 기회는 없지만, 자연에서 시간을 보내면 스트레스 호르몬이 감소하고 혈압이 낮아진다는 심리학적, 의학적 연구 결과가 있다. 요즘은 숲 치료도 유행이었다. 전날 그 일들이 있은 후에 빈센트에게 필요한 것이 있다면, 그것은 진정하는 것이었다. 통제력을 되찾는 것이었다.

 그래서 여기, 나무에 기댄 채 서 있는 것이었다. 숲에게 기회를 주려고. 숲은 정말로 아름다웠다. 매혹적이었다. 그저 그가 제대로 집중할 수 없을 뿐이었다.

미나를 만났기 때문에.

어제.

한결같은 까만 머리칼의 미나. 그녀의 내면에서는 훨씬 많은 것을 이해하고 있음을 보여 주는 눈빛을 가진 미나. 언제나 세상의 가장자리에 있고, 자신의 딸을 사랑하는 미나.

그 오랜 기다림 뒤에 연락을 해 온 사람은 미나였다. 그와 대화하기를 원한 사람은 미나였다. 돌이켜 생각해 보면 자신이 연락하지 않은 것이 빈센트는 부끄러웠다. 도대체 무슨 생각을 했던 걸까? 미나는 자신과 다를 거라고? 미나는 그와 이야기하는 걸 원치 않을 거라고? 오래전에 전화를 걸어야 했다. 자신이 연락해야 했다.

케빈 이야기를 꺼낸 건 어리석었는지도 모른다. 그건 미나가 전혀 신경 쓸 필요 없는 일이니까. 하지만 미나는 그에게 가족 이야기를 털어놓았다. 그래서 빈센트도 어떤 식으로든 응답해 주고 싶었다.

그러고는 헤어졌다.

'곧 또 봐요' 같은 말은 나누지 않았다.

가까스로 에피쿠라에 관해 찾아보겠다는 어설픈 약속을 뱉어 낼 수는 있었다. 그러나 에피쿠라에 대해 더 많은 정보를 찾아낼 수 있을 것 같지는 않았다. 해야 할 말이 없다면 미나에게 연락할 이유도 없었다. 젠장.

신발에서 마지막 진흙 조각을 떼어 내고 몸을 똑바로 세웠다. 빙글빙글 돌아가는 이 어두운 생각의 고리는 도대체 무엇일까? 이럴 수는 없었다. 다시는 같은 실수를 하지 않을 것이다. 약속을 잡지 않았다고 연락을 할 수 없는 건 아니었다. 어쨌든 두 사람은…… 친구니까. 친구는 서로 전화를 하는 거니까. 그는 휴대폰을 꺼내 미나의 번호를 눌렀다.

미나의 응답을 기다리는 빈센트 앞에 갑자기 다람쥐가 나타났다. 빈센트를 발견한 다람쥐는 우뚝 멈춰 섰다. 다람쥐는 그를 머리부터 발끝까지 훑어보았다. 적인지 아닌지를 판단하려는 것 같았다. 연결되어 버린 전화 앞의 빈센트처럼 너무나도 긴장해 몸을 파르르 떨고 있던 다람쥐는 용기를 그러모았고, 위험을 감수하기로 결정하고는 재빨리 옆에 있는 나무 위로 뛰어 올라갔다. 빈센트는 다람쥐가 어떤 기분을 느꼈을지 정확히 알았다.

*

미나는 루벤이 발신자를 확인하지 못하도록 휴대폰을 옆으로 틀었다. 루벤이 누가 전화를 걸었는지 알게 되는 상황은 없기를 바랐다.

"안 받을 거야?"

운전석에서 앞을 보고 있던 루벤이 물었다.

"그렇게 계속 울리면 이 차를 도랑에 처박게 될지도 몰라. 최소한 소리라도 꺼 봐."

루벤은 웁란드 베스뷔의 주택가로 차를 몰았다.

"잠깐만."

미나는 깨끗하게 닦은 이어폰을 귀에 꽂고 전화를 받았다.

"미나입니다."

되도록 차분하게 대답했다.

"안녕, 미나. 빈센트예요."

그리고 아무 말도 없었다. 도로에서 들리는 시끄러운 소리 때문에 미나는 빈센트의 말을 제대로 듣지 못했지만, 왠지 전화기 너머로 새들의 지저귐이 들리는 듯했다.

"그냥 궁금해서……."

잠시 또 침묵이 흘렀다.

"다 괜찮은 거죠? 우리가 얘기했던 거?"

정확히 무슨 이야기를 하는 거냐고 묻고 싶었다. 수사에 전혀 진전이 없다는 거? 아니면 나탈리가 아직도 할머니의 거처에서 돌아오지 않았고, 그 애가 무엇을 알게 될지 두렵다는 거?

상황은 전혀 괜찮지 않았지만, 왠지 지금은 조금 나아진 것처럼 느껴졌다. 그러나 그런 말은 하지 못할 것이다. 적어도 동료와 함께 차 안에 있을 때 그런 말을 할 수는 없었다.

루벤이 하얀 테라스가 있는 집 밖에 차를 세우고 시동을 껐다. 그러고는 미나를 보고 질문을 하듯 눈썹을 올렸다. 미나는 고개를 끄덕이며 휴대폰을 가리켰다.

"지금은 통화하기 어려워요."

미나가 대답했다.

"피해자 가족을 만나러 왔거든요. 하지만, 조금 나중에…… 이 문제에 대해 말씀드리고 싶어요. 제가 전화해도 될까요?"

미나는 자신이 이렇게 정중하게 대답하는 이유를 빈센트가 눈치채길 바랐다. 그에게 거리를 두는 게 아니라는 걸 알기를 바랐다.

또다시 빈센트는 잠시 말이 없었다. 그러다 입을 뗐다.

"정말로 인사나 하려고 건 거예요."

왠지 웃고 있는 것 같았다.

"어제…… 당신을 봐서…… 좋았어요. 혹시 인터넷으로 검색해 볼 생각이라면, 황반이라고 입력해도 되고 중심와라고 입력해도 돼요."

빈센트가 전화를 끊는 동안 미나는 기침을 했다. 다행히 루벤은 이미 밖으로 나가고 없었다.

미나가 차에서 내려 루벤 옆에 서자 현관문을 열고 나오는 마우로 메예르가 보였다.

"안녕하세요."

두 사람과 악수를 나누며 마우로가 말했다.

"이미 릴뤼의 엄마와 대화를 해 보셨겠죠. 뭐라고 말했을지는 안 봐도 알겠습니다. 하지만 믿어 주세요. 내가 저지른 범죄는 그 사람을 두고 다른 사람과 사랑에 빠졌다는 것뿐입니다."

마우로는 복도를 막고 있는 세발자전거를 옆으로 치우고 두 사람이 집 안으로 들어올 수 있게 해 주었다. 집 안에는 아이를 키우는 가족이 살아가는 곳임을 분명히 보여 주는 모습들이 있었다. 복도에 있는 유리문 달린 진열장에는 상패와 트로피가 가득했다.

"전 어렸을 때 아주 활발했습니다."

미나의 시선을 알아챈 마우로가 말했다.

"승마부터 펜싱까지 웬만한 건 다 했죠. 하지만 그것도 예뉘를 만나기 전의 일이에요. 예뉘는 그게 제가 허세를 부리는 거라고 생각했거든요. 어쩌면 그 말이 맞는 것 같기도 하고요. 이리 오세요. 뒤뜰로 가죠."

마우로는 집 안을 곧바로 통과해 뒷문으로 나갔다. 그곳에는 아기자기한 데크와 작지만 잘 가꾸어진 정원이 있었다. 어린 남자아이가 작은 에어 수영장에서 첨벙거리며 놀고 있었고, 그 옆에는 임신한 무거운 몸으로 수영장에 발을 담그고 있는 여인이 있었다. 마우로는 그 여인을 자신의 아내 세실리아라고 소개했다.

미나와 루벤은 차양막이 드리운 쾌적한 그늘 자리에 앉았고, 보온병에 담겨 있던 커피를 한 잔씩 받았다. 미나는 차가운 음료를 마시고 싶긴 했지만.

"가서 인사를 못 해서 미안해요."

세실리아가 큰 소리로 말했다.

"이렇게 식히지 않으면 발이 터지려고 해서요."

"이미 경험해 봐서 압니다."

루벤이 웃으며 말했다.

"동료가 3년 전쯤에 세쌍둥이를 얻었거든요."

"세상에, 세쌍둥이라니!"

귀리 우유 한 팩을 가져와서 탁자 위에 놓던 마우로가 몸서리치며 외쳤다.

"어떻게 살아남았대요?"

"죽거나 좀비가 될 줄 알았죠. 하지만 나이 차가 별로 안 나는 두 아이를 기르는 일도 쉽지는 않을 것 같네요."

루벤이 대답했다. 미나는 자신도 모르게 루벤을 물끄러미 쳐다보고 있었음을 깨달았다. 루벤이 친절하게 행동할 뿐 아니라 아이 이야기까지 하다니. 억지로 꾸민 기색은 조금도 없었다. 임산부이기는 하지만 비키니를 입은 세실리아 때문에 정신이 나가 버린 건지도 모른다. 그러나 루벤이 세실리아를 보고 있는 것 같지는 않았다. 미나는 그의 행동이 무슨 병에 걸려서 나타난 증상만은 아니기를 바랐다. 지금은 그 누구도 병가를 낼 수 있는 상황이 아니었다.

"둘이라고요?"

마우로가 키득거렸다.

"저희에겐 아이 둘이 더 있어요. 세실리아가 첫 결혼에서 낳은 아이들이죠. 일곱 살과 다섯 살이에요. 지금은 이웃집에서 놀고 있어요."

"이제 이곳에 온 용건을 말씀드려도 될까요?"

미나가 말했다. 루벤이 아무리 릴뤼의 아버지, 의붓어머니와 유대감을 쌓으려 노력하고 있다고 해도, 미나는 아이들 이야기라면 이제 지칠 만큼 듣고 있었다.

"음, 솔직히 말하면 전화를 하셨을 때 놀랐습니다. 어떤 게 알고 싶은 거죠?"

마우로가 두 손을 앞으로 내밀면서 아내와 눈길을 주고받았다.

"어제 저희 동료 두 명이 전 아내분, 예뉘 씨를 만났습니다. 그분은 당신이 따님의 살해에 관여했다고 주장하더군요."

"빙빙 돌리지 마시고 단도직입적으로 말씀하시죠."

마우로가 커피를 한 모금 마시고 말했다.

"어쨌든, 그래요. 예뉘는 저를 벌주는 걸 인생의 과업으로 삼았죠. 예뉘와 결혼한 상태에서 세실리아를 만났거든요. 인정합니다. 저는 건축 회사를 운영하고 있고, 세실리아는 우리 회사 직원이었어요. 사실 지금도 직원입니다. 하지만 예뉘와 저는 이미 그 전부터 아주 오랫동안 사이가 좋지 않았습니다. 예뉘는…… 예뉘에게는 그 사람만의 문제가 있었죠. 그건 정말로 저하고는 아무 상관이 없는 문제들이었습니다. 그저 저를 속죄양으로 만드는 게 그 사람한테는 더 쉬웠을 뿐이에요. 그러다 제가 세실리아를 사랑하게 됐고요. 예뉘는 저를 그냥 놓아줄 수가 없었겠죠. 그래서 저의 가장 취약한 부분을 공략한 겁니다. 우리 아이를 이용한 거죠."

"그 사람은 첫날부터 저희의 삶을 지옥으로 만들었어요."

세실리아가 배를 토닥토닥 두드리면서 말했다.

"특별한 이유도 없이 무조건 마우로와 마우로의 가족을 미워했고요."

"어째서 당신 한 사람이 아니라 온 가족을 미워한 겁니까?"

커피 잔에 귀리 우유를 따르면서 루벤이 물었다. 미나는 루벤이 우유가 든 커피는 마시지 않는다는 것을 알았다. 그런데 지금 루벤은 커피에 우유를 넣었다.

"저희 가족은 서로 아주 가깝습니다. 그리고 가족들 모두 예뉘를 좋아하지 않았고요. 가족들은 항상 예뉘와 만난 걸 제

실수라고 생각했어요. 하지만 세실리아는 처음부터 사랑했죠. 게다가 그 사실을 조금은 공공연하게 드러냈고요. 요즘은 페이스북이나 인스타그램을 누구나 볼 수 있잖습니까."

"가장 끔찍한 건 마우로를 법정에 세웠다는 거예요."

세실리아의 떨리는 목소리로 미나는 아직도 그 일이 그녀에게는 아주 큰 상처임을 알 수 있었다.

"다행히 법원은 그 사람 주장을 믿지 않았어요. 증거가 없으니까. 그냥 그 사람이 우긴 것뿐이니까요. 자기 주장이 통하지 않으니 그 다음에는 릴뤼를 내세워 자기 마음대로 하려고 하더군요."

"예뉘에게서 릴뤼를 뺏을 생각은 결코 없었습니다."

마우로가 말했다. 검은 머리카락이 이마로 떨어졌고, 그는 머리카락을 다시 머리 위로 넘겼다.

"양육권을 나누자고 제안한 것뿐이죠. 한 주는 저와 지내고 다른 한 주는 예뉘와 지내는 걸로요. 하지만 예뉘는 전부가 아니면 아무것도 필요 없다고 했어요. 릴뤼를 자기 소유물로 여겼죠."

"그 사람은 우리 삶을 파괴했어요."

세실리아는 무릎에 올려놓은 두 손을 불끈 쥐며 분개했다.

"저는 그저 누가 우리에게서 릴뤼를 빼앗아 갔는지 알고 싶을 뿐입니다."

마우로의 목소리는 팽팽하게 긴장해 있었다.

"저는 아닙니다."

"저희도 마우로 씨가 릴뤼를 데려갔다고 생각하지는 않습니다."

미나가 대답했다.

"그래서 이야기를 해 보려고 온 거예요. 지난주에 릴뤼 또래의 남자아이가 릴뤼와 비슷한 상황에서 사라졌다는 소식을 들으셨을 거예요. 저희는 두 사건이 관계가 있는지 조사하고 있습니다. 정말로 누가 릴뤼를 데려갔을지, 의심되는 사람은 없나요?"

"지난번에 아는 걸 모두 말씀드렸습니다."

마우로가 고개를 숙인 채 대답했다.

"제가 릴뤼를 데리러 어린이집에 갔었습니다. 그런데 릴뤼는 거기 없었고요. 그리고 3일 뒤에……."

다시 검은 머리카락이 마우로의 이마로 떨어졌다.

"혹시 가족들끼리 알고 있는 사이는 아닐까요? 소년의 부모님인데, 누군지 아시겠어요?"

미나는 마우로에게 오시안의 부모님 사진을 보여 주면서 이름을 말해 주었다. 한참 사진을 들여다보던 마우로는 천천히 고개를 저었다.

"아니요, 누군지 모르겠습니다. 하지만 정말로 모르는 사람인지는 확실하지 않아요. 제가 안면 인식 장애가 있어서요. 아니, 아니에요. 전혀 모르는 사람들인 게 분명합니다."

미나는 고개를 끄덕이고 세실리아에게 사진을 보여 주었다. 세실리아도 고개를 저었다. 미나는 사진을 다시 주머니에 넣었다. 전혀 진전이 없었다.

"여보, 얼음 좀 더 가져다줄 수 있어?"

세실리아가 남편에게 말했고, 마우로는 즉시 일어났다.

"그래."

"그 노부부라고 하는 사람들은, 혹시 생각나는 사람은 없으신가요?"

루벤이 물었다. 질문의 의미를 전혀 이해하지 못하겠다는 듯이 세실리아가 얼굴을 찡그렸다.

"아."

세실리아가 대답했다.

"없어요. 제가 알기로는 그 사람들이 릴뤼 옆에 있는 걸 본 사람이 없다면서요. 그냥 어린이집 가까이에서 봤다고 하더라고요. 그러니까 그냥 지나가는 사람들이었을 수도 있잖아요. 마우로의 딸을 데려간 사람이 누군지는 모르겠어요. 내 마음 편해지자고 하면 그 애를 데려간 게 예뉘일 거라고 말할 수도 있겠지만…… 아니에요, 정말로 그 사람일 거라고는 생각하지 않아요."

"정서적으로나 실질적으로, 그 양육 분쟁에 얽혀 있던 나이 많은 친척은 없나요? 예뉘 쪽 분들이나, 세실리아 쪽 분들 중에?"

루벤이 머뭇거리며 물었지만 세실리아는 그저 고개만 저었다.

"아니, 아니, 그런 사람은 없어요. 예뉘의 부모님은 돌아가셨고, 저희 부모님은…… 음, 나이가 많으시고 허약하세요. 직접 확인해 보고 싶으시면 두 분 연락처를 드릴 수는 있어요."

"그럼, 연락처를 감사히 부탁드리겠습니다."

루벤은 그렇게 대답했지만 미나의 직감은 세실리아가 진실을 말하고 있다고 느꼈다.

정말 환장할 노릇이었다. 향하는 곳마다 모두 막다른 골목이었다. 내일이면 수요일이 된다. 오시안이 사라진 뒤로 정확히 일주일이 흐른 것이다. 그런데도 그때보다 알고 있는 것이 많지 않았다. 오히려 더 적어진 느낌이었다. 어떻게 이럴 수 있지? 그들은 훌륭한 형사였다. 미나는 그 사실을 알았다. 그런데도 수사 팀은 한 걸음도 앞으로 나가지 못하고 있었다.

마우로가 냉장고에 있는 얼음을 플라스틱 쟁반에 담아 왔다. 세실리아가 있는 곳으로 걸어간 그는 수영장 위에서 들고 있던 쟁반을 뒤집었다. 쟁반 위에 놓여 있던 얼음들이 풍당, 소리를 내면서 물속으로 떨어져 내렸다.

"오오오…… 정말 좋아……."

행복에 젖은 세실리아가 눈을 감고 탄성을 내질렀다. 마우로는 아내의 입술에 입을 맞추고 아내의 머리카락을 어루만졌다. 두 사람은 서로 사랑하고 있음이 분명했다. 미나는 질투로 마음이 찌릿해졌다. 마우로는 세실리아의 주의를 끌기 위해 커다란 물고기를 들고 자세를 취할 필요가 전혀 없었을 것이다. 두 사람에게는 진짜 사랑이 있으니까.

"더는 방해하면 안 되겠네요."

황급히 일어나면서 미나가 말했다.

빈센트에게 전화를 걸고 싶었다. 다급하게 끊을 필요가 없는 상황에서 다시 그의 목소리를 듣고 싶었다. 아무도 궁금해하지 않는 이야기를 쓸데없이 자세하게 설명하는 그의 말이 듣고 싶었다.

아무리 미나가 간절하게 원한다고 해도 혼자인 것은 절대로 강할 수 없었다.

*

마우로의 집을 떠나 경찰서로 오자마자 루벤은 집에서 가져온 깨끗하게 다린 흰색 셔츠로 갈아입었다. 오늘 아침에는 일부러 면도를 하지 않았다. 그의 직업에 수염이 자란 얼굴을 더하면 조금은 독특한 매력을 주어…… 뭐랄까, 위험하면서도 흥미롭게 보인다는 사실을 알고 있기 때문이다. 적극적으로 매력을 드러내지는 않을 테지만 첫인상을 좋게 하는 건 결코 해로울 게 없었다. 아만다하고 한 약속은 다른 사람을 쫓아다니지 않겠다는 것뿐이었다. 여자가 다가올 때 어떻게 해야 한다는 이야기는 하지 않았다. 어쩌다 보니 문제의 여자가 옳은 방향으로 가도록 쿡 찔러 주게 된 거라면, 그땐 어쩔 수 없었다. 결정은 사실상 여자의 몫이니까.

루벤의 생각은 할머니를 만났을 때 깨달은 사실로 계속 돌아갔다. 아스트리드는 그의 딸임이 틀림없었다. 그 정보는 도대체 어떻게 처리해야 하는 걸까?

당분간 그 문제는 제쳐 두어야 했다. 아담이 말한 극단적인 집단행동 전문가를 만나야 했으니까. 이제 곧 노바가 도착할 것이다. 웃을 때면 보조개가 생기는 노바. 브라질이나 아시아, 아니면 미국에서 왔을 것 같은 아름다운 황금색 피부, 자신감 넘치지만 다정한 미소를 지을 줄 아는 노바는 그 외모로 미루어 보았을 때 분명히 언제나 주목을 받았을 것이다. 그런 사람에게 어울리는 외모를 갖추는 것, 그것이 루벤이 할 수 있는 최소한의 노력이었다.

그리고 한편으로는 노바가 그를 기억하지 못했으면 하는 바람도 품고 있었다.

몇 년 전에 노바는 강연을 했고, 그 강연에는 경찰이 수백

명 넘게 참석했다. 그러니 노바가 그를 기억할 가능성은 거의 없었다. 비록 강연이 끝난 뒤에 그가 두 번이나 노바에게 데이트 신청을 했지만 말이다. 게다가 복사실에서는 대놓고 유혹하기도 했다. 하지만 노바 같은 여자에게는 그런 일이 비일비재할 것이다.

루벤의 머릿속이 꼬여 갔지만, 노바는 아직 오지 않았다. 아담이 로비에 도착한 노바를 데리러 간 동안 페데르는 테이블에 데니시 페이스트리를 늘어놓느라 정신이 없었다. 노바 같은 여자에게는 끈적한 빵을 주면 안 된다. 와인을 권해야지. 스시 볼이나.

"수염에 바닐라 크림 묻었어."

루벤은 테이블에 앉으면서 조용히 페데르에게 말했다.

그는 회의가 시작될 즈음에 자신의 체취와 완벽하게 조화를 이룰 수 있도록 시간을 맞춰 몽블랑 향수를 뿌렸다. 회의가 시작할 때 갓 뿌린 향수 냄새를 풍기는 건 전형적인 초심자의 실수였다. 하지만 노바가 늦게 도착한다면 향수 냄새는 사라지고 말 것이다. 도대체 왜 이렇게 오래 걸리는 걸까? 그리고 왜 미나는 저런 표정으로 보는 걸까?

"무슨 할 말 있어?"

조그맣게 속삭이는 루벤의 입에서는 의도한 것보다 더 퉁명스러운 목소리가 튀어나왔다. 미나가 움찔하며 대답했다.

"그냥 좀 긴장하고 있는 거 같아서. 혹시 무슨 일 있어?"

"긴장한 것 같다고?"

루벤은 웃어 보이려고 했다.

"내가? 내가 마지막으로 긴장했던 건 원 나이트 하려고 신분증을 요청했을 때인데."

"루벤!"

율리아의 목소리가 날카로웠다.

"도대체 몇 번이나 말해야…… 아, 오셨군요."

아담과 노바가 회의실에 들어오면서 동료들의 대화는 끝났다. 정말 완벽한 타이밍이었다. 루벤의 향기도 완벽했다. 게다가 더는 미나에게 변명을 할 필요도 없었다. 루벤은 1년의 대부분을 매점에서 군나르 같은 동료들을 만날 때 들려줄 새로운 여자 이야기를 만들어 내는 데 할애했다. 그런 이야기에 너무나도 익숙해져서 가끔은 이렇게 나오지 말아야 할 순간에도 입에서 튀어나왔다. 지금처럼 말이다. 그러나 이제는 언제라도 루벤의 실체가 드러날 수 있다. 이야기 밑천이 떨어지고 있으니까.

미나는 루벤을 더 이상 신경 쓰지 않는 것 같았다. 노바가 회의실로 들어오는 순간 미나는 화가 난 것 같았다. 질투하는 것이다. 미나도 수수하기는 하지만, 확실히 아름다운 여자였다. 누구든 그 갈라진 손을 보기 전까지는 분명히 그렇게 생각할 것이다. 그래도 자신이 세련되고 우아한 노바와 경쟁이 될 거라고 생각하다니, 그건 정말 선을 넘는 어처구니없음이었다.

"안녕하세요, 율리아 함마르스텐입니다. 수사 팀 팀장이죠."

율리아가 노바에게 손을 내밀면서 말했다.

"아담은 이미 아실 테고, 여기는 루벤입니다. 미나, 크리스테르, 페데르고요."

루벤은 웃었지만 동시에 살짝 찡그리면서, 겨우 알아챌 수 있을 만큼만 고개를 끄덕여 노바에게 인사했다. 이건 취조할 때 효율적으로 활용하는 오래된 기술이었다. 상대방의 긴장을 풀어 주고, 무의식적으로 서로 이해하고 있다고 느끼게 하거나 사적인 무언가를 공유하는 느낌을 갖게 하는 기술이었다. 노바는 정중하게 고개를 끄덕이더니 곧 페데르를 보면서 따뜻하게 웃었다. 젠장. 루벤의 매력은 이제 한물간 것이 분명했다. 게다가 노바는 그를 알아본 것 같았다. 노바가 시선을 돌린 덕에 루벤은 그녀가 흰색 블라우스의 맨 위 단추 두 개를 풀어 놓은 것을 감사하는 마음으로 관찰할 수 있었다. 치마를 입고 있는 건 아쉬운 점이었다. 그 때문에 등의 곡선이 잘 드러나지 않았으니까. 하지만 치마는 무한한 상상력을 품을 수 있게 했다. 치마를 입은 여자들이 언제나 속바지를 입는 건 아니다. 아만다는 루벤이 좋아하는 생각을 하는 것까지 금지하진 않았다.

미나에게 인사할 때 노바는 어색하게 웃었다. 노바와 아주 가까이 있었는데도 미나는 손을 내밀어 악수를 청하지 않았다. 미나는 늘 그랬다. 미나는 정말 사교술과 예절을 배울 필요가 있었다. 아니면 장갑이라도 끼고 다니든가.

"아담에게 들으셨겠지만, 지금 우리는 오시안이라고 하는 남자아이의 실종 사건을 수사하고 있어요."

노바가 크리스테르와 인사를 나눈 뒤에 율리아가 말했다.

"이런 식으로 아이가 납치되는 일은 정말 드물어요. 게다가 이번 납치 사건은 1년 전에 있었던 납치 사건과 유사해요. 그래서 우리는 두 사건이 연관된 사건이 아닌지 의심하고 있어요."

"얼마나 드물다는 거죠?"

의자에 앉으면서 노바가 물었다. 그녀는 루벤과 마주 보는 자리에 앉았다. 자리 배치에 이의를 제기할 마음은 없었다. 루벤은 노바가 단추를 한 개 더 푼다면 더욱 좋을 텐데라고 생각했다. 페데르가 빵이 담긴 접시를 앞으로 내밀자 노바는 한 개를 집었다. 노바가 빵을 한 입 베어 물자 빵 부스러기가 노바의 입술에 묻었고, 루벤은 혀끝으로 입술을 핥는 노바를 유심히 관찰했다.

갑자기 노바가 동작을 멈추더니 루벤을 물끄러미 쳐다보았다. 그리고 두 눈이 천천히 휘둥그레졌다. 이런, 안 돼. 조금도 잊지 않은 것이 분명했다.

"전에 만났죠."

냉랭한 목소리였다.

"지금도 복사를 도와줄 사람이 필요해요?"

루벤은 얼굴이 완전히 빨개지고 있음을 느꼈다.

"아닙니다. 요즘은 직접 합니다."

그 말을 내뱉은 순간, 루벤은 자기 말이 어떤 뜻으로 들릴지 깨달았다.

"내 말은, 그게 아니라…… 나는 그저…… 어, 우리는…… 아, 됐어요."

동료들이 당혹스러운 표정으로 루벤을 지켜보는 동안 노바의 눈은 웃음을 참느라 반짝이고 있었다. 1 대 0. 노바에게 당했다. 하지만 뭐 어때. 루벤은 이런 취급을 받을 만했다.

"아까 하신 질문에 답을 드리자면, 노바."

아담이 말했다.

"해마다 아이가 사라져서 부모들이 실종 신고를 하는 건수는 수백 건이 넘습니다. 그 아이들 대부분은 실종 신고를 받고 한 시간 정도면 집으로 돌아옵니다. 보통 친구 집에 갔다가 시간을 보지 않아서 늦게 들어가는 경우니까요. 하지만 이번 두 사건은 실제로 아이가 납치됐고 살해됐습니다. 모든 부모님이 두려워하지만 거의 일어나지 않았던 범죄가 일어난 겁니다. 극히 드물었던 일이죠."

"살해됐다고요?"

끔찍하다는 표정을 지으며 노바가 들고 있던 빵을 테이블에 내려놓았다. 율리아가 고개를 끄덕이며 커피를 마시겠냐는 듯이 커피 주전자를 손으로 가리켰다. 노바는 고개를 저었다.

"릴뤼 메예르는 지난여름에 함마르뷔 훼스타드의 부두에서 발견됐습니다."

크리스테르가 한숨을 쉬면서 말했다.

"방수포 밑에서. 지난주 토요일에는 현문 사다리 밑에서 죽어 있는 오시안을 찾았고. 솔직히 말해서, 엉망진창이죠."

"이런 문제엔 언론이 군침을 흘리며 달려든다는 걸 아시게 될 거예요."

루벤이 말했다.

"며칠 동안 텔레비전 뉴스는 사람들이 느긋하게 소파에 앉아서 즐기는 범죄 드라마처럼 소비되겠죠. 다들 그 아이들이 *자기* 아이가 아니라는 사실에 안도하면서요."

노바는 고개를 숙이고 있었다.

"지난여름에 실종된 여자아이는 72시간 뒤에 시신으로 발견됐어요."

율리아가 말했다.

"그리고 정확히 같은 일이 오시안에게도 일어났습니다. 실종되고 72시간이 지난 후 솁스홀멘의 아프 샤프만 옆에서 발견됐어요. 지금까지는 이 사실을 언론에 감춰 왔지만 이제 곧 알려지겠죠. 두 사건의 유사성은 그저 우연일 수도 있지만, 같은 범인을 상대하고 있는 것일 가능성도 있어요."

노바가 율리아를 물끄러미 보았다.

"미안하지만, 나는 왜 부른 거죠? 아무리 생각해도, 내가 정말로 도움을 주고 싶다고 해도, 내가 무슨 도움이 될지 모르겠어요. 난 아무것도…… 살인자들에 대해서는 아무것도 모르는걸요."

노바가 말했다.

"납치 방법이 같습니다."

아담이 설명했다.

"그런데 납치범들의 인상착의가 다릅니다. 릴뤼는 노부부가 데리고 갔고, 오시안은 30대 여자가 데리고 갔죠. 따라서 오시안의 납치범은 작년 사건을 뉴스에서 본 사람이 따라 한 모방 범죄이거나, 아니면……."

"아니면, 아는 사람들일 수 있겠군요."

노바가 아담의 말을 대신 마무리했다.

"그건 규모는 작을지 몰라도 거리낌 없이 극단적인 행동을 할 수 있는 집단이 있다는 뜻이네요. 이제 이해가 돼요."

"그래서 그런 집단을 잘 아는 전문가인 당신을 부른 거예요."

율리아가 말했다.

"그런 집단에 속한 사람들이 생각하는 방식을 알아야 하니까요."

"그들과 우리의 차이는 여러분이 생각하는 것보다 적을 때도 있어요."

팀원들을 돌아보면서 노바가 부드럽게 말했다.

"오랫동안 극단적인 집단을 많이 경험했어요. 그 사람들을 표현하는 가장 일반적인 용어가 사이비 종교일 거라고 생각해요. 시작은 나를 찾아온 한 여인 때문이었어요. 그 사람의 부모님은 오랫동안 사이비 종교적인 특성이 강한 집단에서 딸을 빼내려고 노력했죠. 그 사람은 우리에게 오기를 주저했지만, 우린 결국 그곳에서 그 사람을 빼낼 수 있었어요. 지금은 나를 위해 일하고 있죠. 나는 그 경험을 통해 정말 많은 걸 배웠고요. 우리 이야기가 널리 소문나고부터 우리에게 문의해 오는 사람이 아주 많아졌어요. 지금 그 일이 우리 사업의 가장 큰 부분이라고 할 수는 없지만, 우리 일의 일부이기는 해요. 어떤 식으로든 내가 오랫동안 쌓아 온 지식이 여러분의 수사에 도움이 됐으면 좋겠네요."

루벤은 노바가 사랑을 나눌 때도 부드러울지 궁금했다. 저 하얀 블라우스를 완전히 풀어 버리면 말이다. 물론 그걸 바라는 건 아니다. 그래도, 어쩌면 노바에게 복사를 하고 싶은지 물어는 보는 게 좋을지도 모르겠다는 생각을 했다. 그러자 화난 얼굴의 아만다가 눈앞에 나타났고, 루벤은 부끄러워졌다. 하지만 이건 그저 생각일 뿐이었다. 실제로 섹스 없이 지낸 지 여섯 달이 넘었다. 그건 그가 참을 수 있는 기간보다 다섯 달하고도 3주가 넘게 지난 것이었다.

"어떤 조직이나 사이비 종교 집단에 빠진 사람들은 그 전까지 자신이 하게 되리라고는 생각도 못 했던 행동을 할 수 있어요. 이런 사람들이 추구하는 건 맥락이에요."

"맨슨 패밀리*처럼?"

생각에 잠긴 크리스테르가 중얼거렸다.

"맞아요. 아니면 크누트비의 '그리스도의 아내'와 그 신자들처럼요. 에피쿠라에도 오사 발다우의 신자가 두 명 있어요."

노바가 말했다.

"오사도 지금은 아주 작은 마을에서 늙은 아버지와 함께 잊힌 존재로 시들어 가고 있다더군요. 권력과 황금을 좇던 자아도취적 망상하고는 완전히 멀어진 채로. 아주 잘 됐죠."

크리스테르가 대답했다.

"미안하지만, 어떻게 갑자기 그게 사이비 종교와 관계가 있다는 생각으로 도약할 수 있는 거죠?"

---

* 1960년대 미국에서 잔혹한 대량 살인 사건을 일으킨 찰스 맨슨과 그의 추종자 집단

페데르가 수염을 긁으면서 말했다.

"사이비 종교라면 우연히 서로 알게 된 세 미치광이하고는 같은 문제일 수가 없지 않나요? 그리고 사이비 종교라고 해도 그건 종교잖아요. 종교가 어떻게 아이를 납치하는 이유가 될 수 있는 거죠?"

"우리는 아무 편견도 가지지 않을 거예요."

율리아가 플라스틱 서류철로 부채질을 하면서 말했다.

"지금으로서는 가능한 한 모든 단서를 좇고 있어요. 하지만 노바도 이런 집단의 사람들이 1년이라는 간격을 두고 같은 행위를 반복한 게 드문 일이라는 건 인정할 거예요. 그들이 미쳤다고는 생각하지 않아요. 미쳤다기에는 너무 치밀하거든요. 극단적 행동에 관한 노바의 지식이 필요한 건 그 때문이에요."

"그건 종교와 사이비 종교에 대해 흔히 하는 오해죠."

노바가 대답했다. 루벤은 그녀가 업무 모드에 들어갔음을 알았다. 이제 복사실은 꿈도 꾸지 않는 게 좋았다.

"사이비 종교는 무엇에라도 열광할 수 있어요."

노바가 말을 이었다.

"사이비 종교, 정치 활동, 전체주의적 발상은 전반적으로 비슷한 점이 있다는 사실을 보여 준 연구가 있어요. 그 셋을 하나로 묶는 것은 분명하고 극단적인 사고 패턴이에요. 확실히, 사이비 종교는 경배의 대상이 있어야 해요. 하지만 그 대상은 신이어도 되고 한 나라의 대통령이어도 돼요. 도널드 트럼프를 숭배할 수도 있고 근본주의를 숭배할 수도 있어요. 사람들은 무엇이든 확신하고 믿을 수 있어요. 그 아이들을 납치한 사람들이 서로 알고 있다면, 아주 강한 형태의 확신을 공유하고 있을 거예요. 그렇지 않았다면 그런 끔찍한 살인을 저질렀을 리가 없어요. 살인이라는 게 적절한 용어인가요?"

크리스테르가 단호하게 고개를 끄덕이면서 보세의 목을 긁어 주었다.

"릴뤼 메예르와 오시안 발테르손의 살인자들이죠. 다섯 살짜리 아이들이었어요."

크리스테르가 말했다. 보세가 낑낑거리면서 두 눈을 크게 뜨고 침울한 주인을 올려다보았다.

"그게 꼭 종교적 믿음일 필요는 없어요. 그저 사람들이 아이들을 납치해 올 수 있게 하는 강력한 지도자만 있으면 되는 거예요."

루벤은 콧방귀를 뀌었다. *사실을 보여 준 연구가 있어요.* 노바는 마치 빈센트처럼 말하고 있었다. 확실히 노바는 그 멘탈리스트의 업그레이드 버전이었지만 말이다. 그녀는 자신의 관심을 온통 페데르에게 집중하고 있는 것 같았다. 루벤은 페데르의 힙스터 수염을 과소평가한 것이 분명하다. 하지만 그들이 독특한 사건을 다루고 있는 만큼 평소와는 다른 방식으로 접근해야 한다는 율리아의 말은 옳다. 그리고 그 말이 노바가 경찰서에 몇 번 더 찾아와 얼굴을 보일 거라는 뜻이라면, 루벤으로서는 반대할 이유가 없었다.

"지도자라고요?"

율리아가 되물었다.

"그래요. 한 집단의 사람들이 외부 규정이나 사회의 법에 어긋나는 극단적인 행동을 할 때는 거의 언제나 그 뒤에 강력한 지도자가 있어요. 사람들을 능숙하게 조종하고, 강력한 힘을 발휘하고, 마음에 두려움을 심어서 특정한 행동을 해야 한다는 확신을 주는 사람이 있는 거예요."

"우리가 다루는 것이 이런 집단이라고 가정해 봅시다."

율리아가 말했다.

"논의를 진척시키기 위해서요. 그렇다면, 이런 살인을 한다는 사실이 이 집단에 관해 알려 주는 게 뭘까요? 이런 짓을 하는 건 어떤 사람들이죠?"

노바는 잠시 생각에 잠겼다.

"좋아요. 사이비 집단은, 그것이 정치 집단이건 종교 집단이건, 전혀 다른 성격의 집단이건 간에 의식을 좋아해요. 그것이 그들의 독특한 행동을 규정하는 한 가지 방법이에요. 당신이 말해 준 범죄 행동에는 분명히 의식적인 측면이 있어요.

순수한 상징적인 요소가 있음은 말할 것도 없고요. 릴뤼와 오시안은 발견되기 전에 3일 동안 사라진 상태였어요. 아마 아시겠지만, 3은 가장 신성한 수예요. 고대 그리스의 피타고라스는 3은 완전수라고 했죠. 3은 출생과 삶, 그리고 죽음을 의미해요. 시작과 중간과 끝을 의미하죠. 기독교는 삼위일체를 믿어요. 동화에서는 모든 일이 도입, 확립, 변화라는 심리적 모형에 따라 세 번씩 일어나고요. 유일한 문제는 3이 너무나도 많은 걸 의미할 수 있다는 거예요. 여기서는 3이 정확히 어떤 의미라고 말하기 힘들어요. 시신이 발견된 장소도 흥미롭고요."

루벤은 한숨을 쉬었다. 이제 노바는 훨씬 더 빈센트처럼 말하고 있었다. 사실 수사 협조를 빈센트에게 부탁하지 않은 건 이상한 일이었다. 그 멘탈리스트가 사이비 종교에 관해서는 잘 모를 수도 있긴 하지만 말이다. 아무튼 빈센트에게도 모르는 게 있을 수 있다는 사실에 루벤은 조금 기분이 좋아졌다.

"그게 무슨 뜻이죠?"

율리아가 물었다.

"릴뤼와 오시안을 모두 물가에서 찾았다는 게 흥미로워요. 두 아이는 익사했나요?"

"아니요."

미나가 대답했다.

"릴뤼는 질식사예요. 오시안의 사인은 아직 조사하고 있는 중이고요. 하지만 우리가 찾았을 때 젖어 있지는 않았어요."

루벤은 회의를 시작하고 나서 미나가 처음으로 발언했음을 깨달았다.

"그렇다면 어째서 물가에 아이들을 둔 걸까요? 물은 놀라울 정도로 강력해요. 신성하다고 할 수 있을 정도로 상징성이 강해요."

"그럼 3을 좋아하고 물을 경배하는 미친놈들을 찾아내야겠네요."

미나의 목소리는 신랄했다.

"그게 소아 성애자 집단이나 인신매매 조직을 쫓는 것보다 훨씬 그럴듯하게 들려요. 아, 알겠지만, 아동 대상 성범죄나 인신매매는 실제 세상에서 일어나는 범죄예요."

노바는 어깨를 으쓱했다.

"동의해요. 사이비 종교가 아주 그럴듯한 설명은 아니라는 걸요. 하지만 특정 단어에 너무 구애되지 않았음 좋겠어요. 왜냐하면 아무리 생각해도 두 아이의 살인에는 의식과 상징적인 요소가 너무 명확하게 보이거든요. 서로 관련이 없다는 게 더 이상할 정도로요. 아이들을 데려간 사람들이 다르다는 건 그 사람들만 납치에 관여한 게 아니라는 뜻일 테고요. 노부부와 젊은 여자라고 했죠? 그건 그 사람들을 시켜서 그런 행동을 하게 한 사람이 있다는 거예요."

"그 세 사람 중에 지도자가 있을 수도 있죠."

미나가 대꾸했다.

"어째서 다른 사람이 더 필요한지 모르겠는데요."

노바가 고개를 끄덕였다.

"물론, 옳은 말이에요. 그 세 사람이 전부일 가능성도 있어요. 하지만 극단적 행동을 하는 집단의 지도자는 언제나 계획을 세워요. 자신이 직접 행동에 나섰다가 체포되기라도 하면 계획이 뒤집혀 버리고요. 그게 내가 누군가 더 있을 거라고 믿는 이유예요."

노바가 율리아를 보았다.

"나는 경찰이 하는 일에 대해서는 아는 게 없어요. 그래도 감히 말하자면 스웨덴에서 극단주의자들의 행동을 나만큼이나 많이 경험한 사람은 없을 거예요. 당신의 이야기를 들은 뒤에 내가 한 생각은 이건 최고점에 단 한 사람이 있는, 위계질서가 잡힌 집단 사람들의 의식이라는 거였어요. 아까도 말했듯이 이런 행동을 하려면 그들보다 훨씬 더 큰 무언가에 대한 강한 믿음에 사로잡혀 있어야 해요. 나보다 낫고 더 자격이 있는 사람이 전적으로 다르게 설명할 수도 있겠지만요. 아무튼 내가 해 줄 수 있는 말은 이게 전부예요."

"의견 주셔서 감사해요. 이해하시겠지만, 노바의 가설은 우리가 흔히 접하는 가설과는 달라요. 하지만 우린 모든 가능성을 살펴봐야 해요."

율리아가 대답했다.

"물을 좋아하는 살인자들이라."

크리스테르가 중얼거렸다.

"스톡홀름이 물의 도시란 게 우리에게는 다행이군. 일을 더 어렵게 하는 게 아니라 더 쉽게 해 주는 걸 만났다면 그건 정말 나쁜 거니까."

"물이 정말로 중요하다는 말은 아니에요."

노바가 말했다.

"그저 내 관점에서 보면 그 사건들은 확실히 연관성이 있다는 걸 강조하고 싶었던 것뿐이죠."

"혹시 더 하실 말씀 있을까요, 노바?"

율리아가 시계를 보면서 물었다.

"아니라면 이쯤에서 마무리해야겠네요. 다음에 또 자리를 갖고 의견을 들려주시면 좋겠어요."

노바는 잠시 생각하다가 고개를 저었다. 검은 머리카락이 잠시 노바의 얼굴을 덮었다. 자신이 그 머리카락을 정말로 만지고 싶어 한다는 걸 루벤은 깨달았다. 세상에, 금욕이라니. 정말 터무니없이 어리석은 생각이었다.

"음, 한 가지 더 말씀드릴 게 있어요."

일어서는 율리아에게 노바가 말했다.

"정말로 사이비 종교가 원인인 사건을 다루고 있는 거라면 한 가지를 분명히 기억해야 해요. 납치를 한 사람들을 잡아서 가두는 게 전부가 아니라는 거요. 그 사람들은 그냥 평신도일 뿐이고, 언제든 쉽게 교체될 수 있는 사람들이에요. 그 사람들을 막을 수 있는 방법은 오직 하나, 내가 말한 지도자를 찾는 거예요. 살인…… 명령을 내리는 사람 말이에요. 그 사람을 잡아야 해요."

"그 말은, 지도자를 잡지 않으면 당신이 말한 계획이 수립될 때까지 그 사람들은 계속 살인을 할 거란 말이죠?"

페데르가 중얼거렸다.

"그러니까 더 많은 아이가 죽을 수도 있다는 거로군요. 더 많은 가족이 무너지고."

회의실에는 침묵이 감돌았다. 노바는 페데르를 오랫동안 바라보았다. 루벤은 목이 조이는 것 같았다. 그렇다고 침묵을 깨고 싶지는 않았다.

"그 말이 맞을 것 같아서 두려워요."

노바가 대답했다.

2권에서 계속

옮긴이 김소정

생물학을 전공했고 과학과 역사를 좋아한다. 독서 모임과 번역 공부를 꾸준히 하고 있고, 오랫동안 번역을 하고 싶다는 바람이 있다. 옮긴 책으로는 《아주 사적인 은하수》, 《우리를 방정식에 넣는다면》, 《허즈번드 시크릿》, 《사라진 지구를 걷다》 등이 있다.

컬트 1

초판 1쇄 2024년 12월 11일

지은이 카밀라 레크베리, 헨리크 펙세우스
옮긴이 김소정

책임편집 이정
표지디자인 정나영

펴낸이 차보현
펴낸곳 어느날갑자기
출판등록 2017년 8월 31일 제2021-000322호
블로그 https://blog.naver.com/dayonepress
인스타그램 https://www.instagram.com/oneday_press
유튜브 '책략가들' https://www.youtube.com/@dayonepress

컬트 1 ⓒ 카밀라 레크베리, 헨리크 펙세우스, 2024
ISBN 979-11-7335-010-8 04850
　　　 979-11-7335-009-2 04850 (전 3권)

* 잘못된 책은 구입하신 서점에서 바꾸어 드립니다.
* 오탈자 및 오류 제보는 dayonepress@naver.com으로 보내 주시기 바랍니다.
* 이 책의 출판권은 지은이와 펜슬프리즘(주)에 있습니다. 내용의 전부 또는 일부를 재사용하려면 반드시 양측의 서면 동의를 받아야 합니다.
* 어느날갑자기는 펜슬프리즘(주)의 임프린트입니다.